KB253205

한국문학과 풍토

김병택 著

새미

책머리에

  몇 년 전부터 내가 지속적으로 관심을 기울이고 있는 분야는 지역문학이다. 내가 판단하기에, 지역문학의 개념을 새롭게 정립하는 일부터 지역문학사를 서술하는 일까지, 지역문학의 체계화를 위해 누군가가 반드시 앞장서서 해야 할 일들은 부지기수로 많다.

  제1부 '지역문학의 현실과 미래'는 지역문학과 관련된 글들로 이루어졌다. 지역문학 작품을 색다른 시각에서 평가하고자 하는 사람들도 지역문학의 중요성에 대해서만은 적극 동의하리라 믿는다. 제2부 '역사와 현실의 변주'의 네 편 글은 작품론들이다. 그 대상은 모두 지역시인들의 작품이며, 그것들은 한결같이 지역인의 삶과 자연을 반영하고 있다는 공통점을 지닌다. 제3부 '시에 대한 몇 가지 물음'과 제4부인 '주체적 문화를 위하여'의 글들은 대부분 그때그때의 필요에 따라 씌어진 것으로 제4부의 경우는 특히 더 그러하다.

  나는, 독자들이, 이 책의 도처에서 강조된 지역문학의 중요성을 단순한 지역주의적 사고 방식의 결과로 받아들이지 않기를 바란다. 이 책에서 빈번하게 사용된 용어인 지역문학의 '지역'성 속에는 향토성·전통성·민족성 등이 융합된 풍토성의 의미도 함께 들어 있기 때문이다. 곁들여 말하면 '한국문학과 풍토'라는 이 책 이름은 이와 관련이 깊다.

　끝으로 어려운 사정에도 불구하고 흔쾌히 출판을 맡아주신 정찬용 사장과 무더위를 견디며 수고한 편집부 여러분께 깊은 감사를 드린다.

2002년 8월

김 병 택

차 례

제1부

지역문학의 현실과 미래

근대성 담론과 제주문학의 근대성

Ⅰ. 프롤로그

우리에게 근대란 과연 무엇인가라고 묻는 사람들은 다음과 같은 양쪽의 생각들 중 어느 한쪽의 생각들에 대해서만 동의할 수 있을 것이다. 그 양쪽의 생각들이란 한쪽의 ①근대성에 대한 논의는 서구를 중심으로 논의되어야 한다는 생각, ②설령 우리를 중심으로 논의한다 하더라도 근대라고 부르는 시대 속에는 근대·현대 또는 근대 이후가 혼재되어 있어서 근대에 대한 논의가 매우 어려우리라는 생각과, 다른 한쪽의 ①근대성에 대한 논의는 마땅히 우리를 중심으로 논의되어야 한다는 생각, ②근대는 분명히 존재하므로 논의가 얼마든지 가능하다는 생각을 말한다.

그러나 근대에 대한 생각이 반드시 이렇게 상반되는 것만은 아니다. 근대에 대해 생각하는 사람들은 누구나 다 근대라는 시대가 어느 지역에서나 역사 발전의 동력으로 작용해 왔음을 인정하고 있는 데에서 감지할 수 있듯이 근대에 대한 생각이 일치하기도 하는 것이다. 이러한 생각을 포함한, 근대에 대한 모든 생각의 중요성은 문학과의 관계 속에서 논의될 때에도 그대로 유지된다. 근대라는 시대는 문학과도 밀접한 관계에 놓여 있기 때문이다. 이 점은 바로 이 글에서 근대성을 담론의 대상으로 삼는 근거이기도 하다.

　이 글의 궁극적인 의도는 제주문학의 근대성을 살펴보는 데에 있다. 그러나 이 의도를 이루기 위해서는 우선 근대성 담론의 방향이 무엇인가에 대해, 그리고 한국문학의 근대성이란 무엇인가에 대해 살펴보는 것이 필요하다. 그래서 나는 이 글을 이러한 순서에 따라 전개할 작정이다.

Ⅱ. 근대성 담론—버먼과 앤더슨의 경우

　모더니티(modernity)는 단순히 근대라는 시기를 뜻할 수도 있으나 추상명사로는 근대성, 즉 근대의 근대다운 특성을 뜻한다.[1] 근대는 경제적 측면, 정치적 측면, 자아의 측면 등 여러 가지 측면에서 접근할 수 있다. 이 글에서는 주로 문학적 측면에서 접근하고자 하지만, 곧바로 그렇게 하지 않고 넓은 범주에서부터 논의를 시작해 보기로 한다.

　근대가 얻을 수 있었던 성과는 두 가지인데,[2] 그것의 하나는 이성의 힘을 확인한 점이다. 자세히 보면 근대가 개척한 이성의 능력은 여러 가지 문제를 내포하고 있다. 그래서 그 이성이 적용된 근대철학과 근대과학은—그러한 점을 일단 양해하고 난 후의, 가능성의 관점에서 이루어지는 것이기는 하지만—지금 여러 가지로 비판을 받는다. 그러나 사실 이성 없이 해낼 수 있는 것은 아무것도 없다. 이성의 더 많은 발전 가능성에 대한 논의가 다음 시대로까지 이어져야 하는 이유가 여기에 있다.

　그것의 다른 하나는 시민사회를 창출한 점이다. 오해가 없도록 해두자. 여기에서 말하는 시민사회는 부르주아 사회가 아니라, 고대에서부터 중세까지의 공동체 원리에 대체되는 새로운 인간관계의 틀로 태어난 사회를 말한

---

1) 백낙청, 「문학과 예술에서의 근대성 문제」, 『창작과비평』, 1993년 겨울호, p. 11.
2) 이에 대한 논의는 이마무라 히토시, 『근대성의 구조』, 이수정 역 (민음사, 1999), pp. 57~58.에 의거했다.

다. 그런데 그것은 결국 자본주의 경제나 20세기의 사회주의 경제에 편입되면서 발전의 가능성을 박탈당하게 된다. 헤겔이나 마르크스가 몰두하였고 그 밖의 여러 곳에서도 문제가 되어온 시민사회를 다시 한번 새로운 관점에서, 즉 상호 관계의 근대적 경험이라는 형태로 재정리할 필요가 있다.

시민사회에는 일상생활에 있어서의 상호관계 문제와 정치적 공동체에 있어서의 상호관계 문제가 함께 내재되어 있다. 근대사상에서는 정치적 상호관계를 국가라 부르고, 그러한 정치적 공공성의 공간 안에서 정치 주체가 가져야 할 이상적인 모습을 자유와 권리의 주체로 정의한다. 국민 국가의 이념도 실은 이것에 기초해 있었다. 그러나 실제로는 모든 인종과 민족을 초월하여 인간이 인간으로서 누려야 할 자유와 정치적 원리가 봉쇄되고 있는 경우가 많다. 그렇다고 해서 근대가 창출한 자유의 이념이나 권리의 이념, 나아가서는 정의의 이념을 지워버릴 수는 없다. 이것을 어떻게 계승해 갈 것인가 하는 것도 문제로 남아 있다. 그러나 근대성의 범주를 좁혀 구체적인 생활 공간과의 관련 속에서 논의하면 이야기는 달라진다.

Marshall Berman은 1982년에 출판된 *All That Is Solid Melts into Air : The Experience of Modernity*의 서문에서 30여 년 전 뉴욕 브롱스 지역의 '근대 건축' 속에 살고 있고 '근대 가정'의 일원으로 성장하고 있음을 간파한 이래 지금까지 대부분의 일생을 근대성(modernity)의 의미 탐구에 심취하여 왔음을 밝히고 있다. 이 책에서 그는 '근대 생활'의 모험과 공포, 애매모호성과 아이러니를 탐구하고 또 분류한다. 따라서 이 책은 괴테의『파우스트』, 『공산당 선언』,『지하 생활자의 수기』와 같은 텍스트에 대한 다양한 읽기에 의해서 비롯되고 전개된다. 그의 노력은 여기에서 그치지 않는다. 그는 작은 마을, 커다란 건축 현장이나 댐 건설이나 발전소 건설, 조셉 팩스톤(Joseph Paxton)의 수정궁전, 오스망(Haussmann)의 파리의 대로, 페테스부르그의 건설 계획, 뉴욕을 관통하는 로버트 모세스(Robert Moses)의 고속도로 같은 공간적이고도 사회적인 환경을, 그리고 괴테의 시대부터 마르크스와 보들레

르의 시대를 거쳐 우리 자신의 시대까지 이르는 가공적인 인물과 실제상의
인물의 삶을 파악한다. 그는 또한 이 모든 사람들이 확실하고 분명하게 '근
대적인 관심'을 어떻게 공유하고 있으며, 이 모든 서적과 환경이 그것을
어떻게 표현하고 있는지를 설명한다. 그에 의하면 이들 모두는 '변화에의
의지'(will to change)—자신과 자신의 환경을 변화시키고자 하는 의지—에
의해서 즉각적으로 감동을 받게 되고 또 혼란과 해체에 대한 공포에 의해서
도 즉각적으로 영향을 받게 된다는 사실을, 그리고 '견고한 모든 것은 대기
속에 녹아버리는 세상'의 전율과 공포를 알게 된다. 그는 막연하게 이루어지
던 근대성에 대한 논의를 다음과 같이 구체화시킨다.3)

첫째로 그는 근대화의 의미를 새롭게 설정한다. 그에 의하면 오늘날에는
전 세계의 모든 사람들이 함께 하는 생생한 경험—공간과 시간의 경험, 자아
와 타자의 경험, 삶의 가능성과 모험의 경험—방식이 존재한다. 그는 이러한
경험의 실체를 근대성이라고 부른다. 그에게 있어서 근대화란 우리에게 모
험, 권력, 쾌락, 발전, 우리 자신의 변화 및 세계의 변화를 보장해 주는 동시
에 우리가 가지고 있는 모든 것, 우리가 알고 있는 모든 것, 지금 우리의
모든 모습을 파괴하도록 위협하는 환경 속에 자리잡고 있는 우리 자신을
발견하는 것에 다름 아니다. 그는 근대적인 환경과 경험은 지역과 인종,
계층과 국적, 종교와 이데올로기가 지니고 있는 모든 장벽을 무너뜨린다고
본다. 이런 의미에서 근대성이란 모든 인류를 통합한다고 말할 수 있다.
그러나 그는 근대성이 역설적인 통합, 즉 분산된 통합을 의미하는 것임을,
또한 영원한 해체와 갱신과 대립, 애매모호성과 고통이라는 커다란 소용돌
이 속에 우리 자신을 밀어넣는 것임을 놓치지 않는다. 그에 의하면 근대화된
다는 것은, 마르크스가 "견고한 모든 것은 대기 속에 녹아버린다."라고 말한

---

3) M. 버먼의 이론에 대한 소개는 전적으로 M. 버먼, 『현대성의 경험』, 윤호병·이
   만식 역 (현대미학사, 1998)의 서론 내용에 의거한 것임을 밝혀 둔다. 다만 이 책
   의 매우 중요한 용어들인 '현대'·'현대성'은 '근대'·'근대성'으로 바꾸어 사용하
   였다.

바 있는 세계의 일부분이 되는 것이다.

둘째로 그는 새로운 인간형의 탄생을 강조한다. 그에 의하면, "역사는 모든 의상이 보관되어 있는 옷장이기 때문에 인간은 역사를 필요로 한다. 인간은 어떤 옷가지도 자기에게 맞지 않는다는 것을 알게 된다." 원시적 스타일의 옷도 안 맞고, 고전적 스타일의 옷도 안 맞고, 중세적 스타일의 옷도 안 맞고, 동양적 스타일의 옷도 안 맞는 근대인은 "정말로 결코 잘 차려 입은 것으로 보일 수 없다."는 사실을 수용할 수 없어서 "점점 더 많은 옷을 계속해서 입어보게 된다." 그는 근대의 어떤 사회적인 역할도 일찍이 완벽하게 맞았던 적은 없었다고 단언한다. 그에 의하면 근대성에 대한 니체 자신의 입장은 이 모든 것을 즐겁게 수용하는 것이었다. "우리들 근대인은 反야만인이다. 가장 큰 위험에 처해 있을 때에만 우리는 더 없는 기쁨의 한 가운데에 있게 된다. 우리를 기쁘게 하는 충동은 무한한 것, 측정 불가능한 것이다." 그는, 그럼에도 불구하고 니체가 이러한 위험의 한가운데에 영원히 살고자 하지 않았음을, 그리고 마르크스만큼이나 열정적으로 새로운 인간형—'내일과 모레의 인간'—에 대한 자신의 신념을 내세웠음을 강조한다. 이와 더불어 그는 '자신의 오늘에 반대 입장을 띠는' 이러한 새로운 인간형은 근대인이 자신들이 살고 있는 무한한 위험을 통과해서 자신들의 길을 헤쳐나가기 위해 필요로 하는 '새로운 가치를 창조하기' 위해서 용기와 상상력을 가지게 될 것임을 주장한다.

셋째로 그는 근대성의 경험에 대해 논의한다. 그는 근대성에 대한 20세기의 작가와 사상가의 말에 가까이 귀기울이고 또 이들과 한 세기 전의 작가와 사상가를 비교해 본다면, 상상 영역의 전망과 축소에 대한 근본적인 단조로움을 발견하게 될 것이라고 예측한다. 19세기의 사상가들은 근대생활의 애매모호성과 모순에 대해서 필사적으로 씨름하면서 살아가는 그러한 생활의 추구자인 동시에 적대자였다는 것이다. 그는 이들의 아이러니와 내적 긴장은 이들의 창조력의 일차적 원천이었고, 이들의 20세기 후계자들은 엄격한 대립과 진부한 총력화를 위해서 이들보다 훨씬 더 많이 투쟁하였음을 부각시킨다. 그는 근대성이 맹목적이고 무비판적인 열성과 결합하지도 않았고 신올림피아적인 추락과 경멸을 저주하지도 않았음을 상기시킨다. 그는 어떤 경우이든 근대성은 근대인에 의해서 형성될 수도 없고 변경될 수도 없는 폐쇄된 '모노리드'(monolith)라고 생각되었으며, 근대생활에 대한 개방적인 비전은 폐쇄된 비전에 의해서, 즉 '둘 다 / 모두'(Both / And)는 '둘 중 하나 / 또는'(Either / Or)에 의해서 대체된 것으로 본다.

넷째로 그는 모더니즘에 대한 새로운 시각을 제공한다. 그에 의하면 마르크스와 니체 및 그들의 동료들은 세상의 한 작은 부분만이 진정으로 근대적이었던 순간에 전체로서의 근대성을 경험하게 되었다. 그는 한 세기가 지난 후 근대화의 과정에서, 세상의 가장 먼 구석에 있다 하더라도 어느 누구도 피할 수 없는 올가미를 던졌을 때 우리들은 맨 처음의 모더니스트들로부터 그들 자신의 시대에 대해서가 아니라 우리 자신의 시대에 대해서 상당한 양을 배울 수 있었음을 중시한다. 그는, 우리가 이들 모더니스트들이 조금이라도 생존하기 위해서 자신들의 일상생활의 매순간마다 온 힘을 다해서 붙들어야만 했던 모순에 대한 통제력을 상실하였다고 본다. 그에 의하면 역설적으로 이들 맨 처음의 모더니스트들은 우리가 우리 자신을 이해하는 것보다도 더 훌륭하게 우리 자신—우리들의 생활을 형성하고 있는 근대화와 모더니즘—을 이해할 수 있었을 수도 있다. 그는 이들의 비전을 우리들 자신의 것으로 만들 수 있고, 우리 자신의 환경을 참신한 눈으로 바라보기 위해서 이들의 파악 능력을 우리 자신의 것으로 활용할 수 있다면, 우리의 생활에는 생각했던 것보다도 더 심오한 깊이가 있다는 것을 알게 될 것으로 생각한다. 그는 우리가, 우리 자신과 똑같은 딜레마와 투쟁하는 전 세계의 모든 사람들과 더불어 우리 자신의 공동체를 느끼게 될 것으로, 이러한 투쟁에서 발전된 상당히 풍부하고 활력 있는 모더니스트 문화와 다시 접촉하게 될 것으로 본다. 그는 이러한 문화를 우리 자신의 것으로 알게 되기만 한다면, 그것이야말로 권력과 건강의 거대한 원천을 포함하고 있는 문화임을 주장한다.

앤더슨은 "Moderinity and Reality"에서 버먼의 이러한 견해에 반대한다. 이 글은 1983년 7월, 미국 일리노이대에서 열렸던 '근대성과 혁명'이라는 주제의 세미나 기고문을 수정·보완한 것이다. 그의 저서인 *A Zone of Engagement*(Verso 1992)에는 제2장 "Marshall Berman : Modernity and Revolution"으로 수록되어 있다. 후기(1985)는 처음에는 없었는데, 앤더슨이 나중에 덧붙인 것이다. 여기에서는 『창작과비평』 80호(1993년 여름호)에 수록된, 김영희·유재덕의 공동 번역 「근대성과 혁명」[4]을 논의의 텍스트로 삼았다. 앤더슨이 이 글에서 강조하고 있거나, 버먼을 비판하고 있는 내용을 중심으로 논의해 보면 다음과 같다.

먼저 앤더슨은 버먼의『견고한 모든 것은 대기 속에 녹아버린다』에는 매우 중요한 숨은 텍스트(sub-text)가 들어 있음에 주목한다. 그에 의하면 이 책의 제목과 그 골격을 구성하는 주제는『공산당 선언』에서 나온 것인데, 마르크스를 다룬 두 번째 장은 이 책에서 가장 흥미로운 부분 중의 하나다. 그러나 두 번째 장은 근대성의 역동성에 대한 마르크스 자신의 분석이 근대성이 공산주의적 미래로 나아간다고 본 그의 전망 자체를 결국은 무너뜨리게 된다는 문제 제기로 끝맺고 있음을 간과하지 않는다. 앤더슨은 부르주아 사회로부터의 해방이 지닌 본질적인 면모가—자본의 속박과 그것이 불러온 모든 왜곡이 철폐된 만큼—역사상 처음으로 가능해진 개인의 무한한 발전에 있다면, 그렇게 해방된 개인들의 조화나 그런 개인들로 구성된 사회의 안정을 무엇이 보증해 줄 수 있는가라고 물으면서, 버먼 자신이 내세웠던 다음과 같은 상반된 두 범주의 물음을 소개하고 있다. 그것의 하나는 "설령 노동자들이 공산주의 운동을 성공적으로 수행한다 해도, 그리고 그 운동이 혁명을

---

4) 페리 앤더슨, 「근대성과 혁명」, 김영희·유재덕 역 『창작과비평』, 1993년 여름호, pp. 336~371.

성공시킨다 해도, 근대적 삶의 물결 속에서 어떻게 단단한 공산주의 사회를 건설해낼 수 있겠는가? 자본주의를 녹아 사라지게 만드는 사회적 힘들이 공산주의 역시 녹아 사라지게 만드는 것을 무엇으로 막을 수 있을까? 모든 새로운 관계들이 굳기도 전에 시대에 뒤쳐진 것이 된다면 연대며 박애며 상호부조의 정신이 어떻게 유지될 수 있겠는가? 모든 자본주의 복지국가와 더불어 모든 사회주의 정부도 그랬던 것처럼, 공산주의 정부도 경제적 활동과 사업뿐 아니라 개인적·문화적·정치적 표현을 엄격히 제한해서 물결을 가로막으려 할 수는 있을 것이다. 그러나 그런 정책이 성공한다면 이것은 각자와 모두의 발전이라는 마르크스주의의 목적을 배반하는 것이 되지 않겠는가?"이고, 그것의 다른 하나는 "어느 날 자유무역이 활짝 열어놓은 수문으로 의기양양한 공산주의가 흘러나온다면, 공산주의와 함께 혹은 뒤이어서 혹은 그 속에 휩싸여 어떤 끔찍한 충동들이 흘러나올지 누가 알겠는가? 각자 모두의 자유로운 발전을 이루고자 하는 사회에 그것 특유의 허무주의 유형들이 생겨나리라는 것은 쉽게 상상할 수 있다. 아니, 공산주의적 허무주의가 부르주아적 허무주의보다—더 과감하고 독창적이긴 하지만—더욱 파괴적이고 격렬한 것이 될 수도 있다. 자본주의가 하한선을 정함으로써 근대적 삶의 무한한 가능성을 제한하고 있는 반면에, 마르크스가 말하는 공산주의는 해방된 자아를 어떤 제약도 없는 무한한 미지의 인간적 공간으로 진출할 수 있게 하기 때문이다."이다. 이어서 앤더슨은 버먼이 내린 다음과 같은 결론을 소개하고 있는데, 이렇게 하는 의도는 독자들의 견해를 묻고자 하는 데에 있는 듯하다. "그러므로 우리는 아이러니컬하게도 근대성에 대한 마르크스의 변증법이 자신이 묘사하는 자본주의 사회의 운명을 그대로 재연함을, 다시 말해 마르크스의 변증법 자체를 흔적도 없이 사라지게 만드는 힘들과 이념을 산출하고 있음을 알 수 있다."

다음에 앤더슨은 모더니즘 역시 내적인 변화를 겪는다는 버먼의 주장에 이의를 제기한다. 그에 의하면 버먼의 보완적인 개념인 모더니즘은 그보다 앞서 발생한 근대적인 경험을 표현하는 일관된 어휘의 출현을 의미한다는 점에서 근대화 과정보다 뒤에 오지만, 일단 정착되면 모더니즘 역시 내적인 변화를 겪지 않는다. 모더니즘은 단순히 재생산될 뿐이라는 것이다. 그는, 버먼이 모더니즘 예술을 우리 시대의 삶과 적절히 통합할 수 없도록 방해하는 사고 경향에 대해서는 이의를 제기하면서도, 20세기에 모더니즘 예술이 최고도로 만개했고 만개하고 있다고 주장한 점은 그의 기본 태도와 관련해서 시사하는 바가 크다고 말한다. 그러나 앤더슨은 버먼의 주장이 네 가지의 난점을 지니고 있음을 비판한다.

첫째의 난점은, 버먼이 하나의 구체적인 미적 형식으로서의 모더니즘이 일반적으로는 바로 20세기 직후에 시작된 것으로, 전형적으로는 사실상 19세기, 18세기 혹은 그 이전의 리얼리즘이나 다른 고전적인 형식과 대조적인 것으로 이해하고 있다는 점이다. 그런데 이러한 이해 방식과 버먼이 훌륭하게 분석하고 있는 괴테·보들레르·푸슈킨·도스토예프스키 등의 작품들이 사실상 모두가 이와 같은 일반적인 의미에서의 모더니즘보다 앞선 시대의 것이라는 사실은 서로 어긋난다. 20세기 초반에 나온 벨르이와 만젤스탐의 소설은 유일한 예외라고 할 수 있다. 모더니즘도 좀더 차별화된 역사적 시간 속에서 구성할 필요가 있다는 것이 앤더슨의 주장이다.

둘째의 난점은, 버먼의 견해를 따를 경우, 실제로 모더니즘의 지리적인 배분이 놀랄 만큼 불균등하다는 점이다. 앤더슨에 의하면 유럽이나 서방세계의 경우에도 모더니즘이 전혀 발생하지 않은 중요한 지역들이 존재하며 자본주의적 상업화나 세계시장의 선두주자였던 영국은 좋은 사례이다. 앤더슨은, 엘리엇이나 파운드에게는 교두보였고 조이스에게는 국외지였던 영국은 독일·이탈리아·프랑스·러시아와는 달리 20세기 초반에 사실상 어떤 중요한 자생적인 모더니즘 운동도 산출하지 못했다고 주장한다. 그래서 앤더슨은『견고한 모든 것은 대기 속에 녹아버린다』에 나타난 버먼의 포괄적인 시야에 영국이 빠져 있는 것은 우연한 일이 아니라고 말한다.

셋째의 난점은, 모더니즘 전체를 버먼과 같이 파악할 경우, 대비되는 여러 미적 경향들의 차이나 다양한 예술장르들을 구성하는 미적 실천들 사이에 존재하는 여러 차이점들을 인정하지 못한다는 문제가 생긴다는 점이다. 그러나 앤더슨은 사실 모더니즘이라는 공통적인 이름으로 묶이는 다양한 문학운동들에서 가장 눈에 두드러지는 점을, 이들이 자본주의적 근대성과 맺는 관계가 천차만별이라는 데에서 찾고 있다. 앤더슨에 의하면 상징주의·표현주의·입체파·미래파·구성주의·초현실주의 등 20세기 초반의 모더니즘에는 대여섯 가지의 결정적인 조류들이 있었고, 이후의 움직임들은 거의 모두 이들의 단순한 파생물이나 돌연변이에 불과하다. 그는, 이 조류들의 이론 및 실천들이 서로 대립된다는 점만 보아도, 근대성에 대한 고전적 모더니즘의 태도를 규정하는 어떤 한 가지 특징적인 정서(stimmung)가 있을 가능성은 거의 없다고 판단한다. 그는, 이런 입장들에서 산출된 많은 예술들에는, 당대나 그 이후 이루어진 근대문화 전체에 대한 이론화 작업에서 나타난다고 버먼이 비판한, 근대문화에 대한 양쪽의 극단적 태도의 소지가 이미 담겨 있음을 주장하면서, 서로 대립적인 색채를 보여주는 독일 표현주의와 이탈리아 미래파를 그 사례로 들고 있다.

마지막 난점은, 버먼의 논의 틀 안에는 근대성에 관한 20세기의 이론과 실천, 예술과 사상 사이의 괴리를 설명할 수 있는 여지가 없다는 점이다. 앤더슨은 버먼의 논의에서 시간은 의미심장한 분열증세를 보이고 있음을 감지한다. 앤더슨은 지적인 차원에서는 쇠퇴 같은 것이 이미 시작되었음을, 그리고 버먼이 모더니즘의 고전적인 정신으로 돌아감으로써 예술과 사상에 활기를 불러일으켜 이러한 쇠퇴의 과정을 역전시키려 하고 있음을 잘 읽고 있다. 앤더슨은 일단 근대화를 직선적인 연장과 확장의 과정—이 과정에는 필연적으로 모더니즘 예술의 원천들을 부단히 새롭게 하는 작업이 수반된다—으로 파악하게 되면, 이런 쇠퇴 과정은 버먼의 구도 속에서 요령부득의 현상이 될 수밖에 없음을 지적한다.

버먼에 대한 비판은 국내에서도 이루어진 바 있다. 이선영의 「우리문학 연구의 새로운 지평」[5]이 그것이다. 그러나 이상의 논의만을 통해서도 서구에서 논의되는 정체성이란 과연 무엇인가 하는 데에 대한 대답은 어렵지 않게 얻을 수 있을 것이다. 그러나 우리에게 정작 중요한 것은 한국문학의 근대성, 더 나아가 제주문학의 근대성을 알아보는 일이다.

---

5) 이선영, 「우리 문학 연구의 새로운 지평」, 민족문학연구소편 『민족문학과 근대성』 (문학과지성사, 1995), pp. 15~16.
"버먼은 더구나 마르크스의 자본주의 발전론을 잘못 해석하기도 한 바 있는데, 이런 버먼의 오독에 대해서는 앤더슨이 정확하게 지적하고 있다. 버먼은 근대성 이라는 것은 근대화 과정에서 겪게 되는 경험으로 규정하며, 이 경험은 본질적으 로 전통적인 관습이나 역할의 벽이 와해될 때 겪게 되는 제한 없는 자아 발전이 라는 주체상의 과정을 의미하는 것으로 본다. 그러나 마르크스에 있어 자아는 타 자와의 관계와 무관하게 선험적으로 주어지는 것이 아니라, 애초부터 타자와 불 가분의 관계에 의해 구성되는 것이다. 그리고 그러한 타자와의 공존에는 늘 제한 이 있게 마련이고 그런 제한이 없다면 발전 자체도 일어나지 않게 되는 것이다. 따라서 버먼은 근대화 과정에서 겪게 되는 자아 발전이 타자와의 관계에 의해서 제한적으로 이루어진다는 마르크스의 주장을, 그것이 타자와 관계없이 무제한적 으로 이루어지는 것으로 잘못 이해한 셈이 되는 것이다. 그리고 그 결과 버먼은 앤더슨이 바르게 지적하고 있는 것처럼, 마르크스가 개인주의적인 제한 없는 발 전론에 의해서 마침내 그 자신의 미래 사회에 대한 전망 자체를, 또는 그의 근대 성에 대한 변증법 자체를 스스로 파괴하고 있는 것으로 잘못 해석하고 있는 것이 다. 따라서 현대의 모더니즘 옹호론자인 버먼은 자신의 근대성 개념을 마르크스 주의의 토대와 상부구조라는 개념이나, 알튀세르의 레벨 개념 같은 전체적 구조 나 일종의 전체적 의미에 근거해 파악하지 못한다. 버먼은 그보다 오히려 그런 전체성의 의미가 근대사상의 경향에 반대되는 점을 주목할 필요가 있다고 한다. 이처럼 사실상 해체론자에 가까운 버먼이니만큼 그가 자신의 근대성 개념의 핵심 을 바로 위의 책 제목처럼 궁극적으로 견고한 모든 것이 소멸·해체된다는 데에 두는 것은 하등 이상할 것이 없다고 하겠다. 또 버먼은 마르크스를 자신의 모더 니즘적인 시각으로 해석하여, 그를 드디어 '모더니즘 상상력의 절정'을 이룬 사람 으로까지 파악하게 된다. 그런데 여기서 버먼이 말하는 '모더니즘'이란 랭보, 니 체, 릴케, 예이츠에게서 우리가 발견하려는 것들, 이를테면 '사회과학에서의 모더 니즘'이나 '계몽주의적 근대성'과 유사한 것이라기보다 '예술에서의 모더니즘' 내 지 '미적 근대성'에 연결되는 그런 성질의 것이다."

Ⅲ. 제주문학의 근대성

1. 한국문학의 근대성

앞에서 살펴본 대로 버먼의 근대성 이론이 모더니즘 이론이라면, 앤더슨의 근대성 이론은 리얼리즘 이론이라고 할 수 있다. 따라서 전자에서는 미적 근대성이, 후자에서는 서사적 근대성이 추출된다. 지금까지 한국문학의 미적 근대성에 대해서는 많이 논의되어 왔으나 서사적 근대성에 대해서는 상대적으로 논의가 소략한 실정이다. 그래서 이 글에서는 한국문학의 서사적 근대성 쪽에 대해서만 잠시 살펴보기로 한다.

백낙청은 다분히 강요된 근대에 주체적으로 대응하는 한국문학의 성격을 논의한다.6) 그는, 우선 타율적인 근대전환이 민족의 자주성 상실과 민중 억압의 지속 내지 강화로 이어진다는 점에서 제대로 된 근대문학은 민족문학의 성격, 좀더 구체적으로는 민중적인 민족문학의 성격을 띤다는 것이 민족문학론이 견지해온 입장임을 확인한다. 이어서 그는, 민족문학과 근대문학을 이렇게 본질적으로 일치시킴과 동시에, 민족문학의 기본적인 지향을 리얼리즘에 두기도 했음을 상기시키면서, 이것은 서양에서도 근대문학의 출발점이라고 대체로 합의된 르네상스시대가 협의의 사실주의와는 다른 리얼리즘 개념을 본격적으로 적용해볼 수 있는 문학·예술의 첫 번째 개화기로 꼽히기도 한다는 점을 감안할 때, 결코 터무니없는 발상이 아님을 주장한다.

이와 함께 그는 오늘날 서양에서 리얼리즘론 자체의 전반적인 후퇴를 맞아, 근대문학=민족문학=리얼리즘문학이라는 기본 틀을 새롭게 점검할 필요가 절실하다고 보면서도, 만해 한용운이나 벽초 홍명희처럼 전통문화에

---

6) 백낙청, 앞의 글, 앞의 책, p. 26.

깊이 뿌리박은 반외세 정신에다 근대성의 과감한 수용을 겸한 작가들만이 민족문학의 주류로 자리잡을 수 있었다고 단언하고 있다.7)

한국문학의 근대성과 리얼리즘에 대한 나병철의 논의8)에는 설득력이 있다. 그는 한국문학의 두 가지 리얼리즘이 두 가지 근대성과 관계를 맺고 있으며 또한 그 양쪽 길을 모색하는 사상적 맥락, 즉 부르주아 민족주의와 사회주의의 맥락을 지니고 있다고 주장한다. 그에 의하면 그 부르주아 민족주의와 사회주의는 민족해방을 목표로 한 점에서 한데 손을 잡기로 했지만 두 사상의 전제가 되는 근대성이 서로 상충되었기 때문에 근본적으로 그들은 통합되기 어려운 성격을 지니고 있었다.

> 민족주의는 우리 민족의 불행이 자본주의적 근대화가 미진한 데 있었다고 생각하여 부르주아적 근대화를 목표로 삼았다. 반면에 사회주의는 부르주아적 근대성이 낳은 모순이 우리의 고통을 초래했음을 자각하고 '반부르주아 근대성적' 사회주의 근대성을 내세웠다. 전자는 실력 양성론을 계승하여 우리의 내적 역량을 배양함으로써 당면한 난관들을 개선해 나가고자 했다. 이에 반해 후자는 현실적 모순의 근원인 자본주의적 관계를 전복시킴으로써 일시에 문제를 해결하려는 정치 투쟁을 강조했다. 부르주아 개량주의와 마르크스 레닌주의라는 두 가지 노선은 이렇게 해서 생겨나게 되었다. 이처럼 상이한 근대 기획들이 논쟁의 장을 형성한 것은 식민지 사회의 특수성에서 기인된 것이었다.9)

그러나 이러한 주장이 온전하게 정당성을 확보하기 위해서는 미심쩍은 부분이 해명되어야 한다. 그 해명이란 예를 들면 일제치하의 민족주의가 과연 부르주아적 근대화를 목표로 삼은 것이 사실인지의 여부에 대한, 그리고 사회주의가 과연 '반부르주아 근대성적' 사회주의 근대성을 내세웠는지의 여부에 대한 해명을 말한다. 일제치하 민중들의 지상과제가 민족해방에

---

7) 백낙청, 앞의 글, 앞의 책, pp. 26~27.
8) 나병철, 『근대성과 근대문학』 (문예출판사, 1996), pp. 129~130.
9) 위의 책, p. 129.

있었고 이데올로기의 기능도 그러한 점과 관련해서 수행되었다는 점을 생각하면 그것은 더욱더 필요하다 할 것이다.

2. 지역문학으로서의 제주문학의 근대성

한국문학의 서사적 근대성에 대한 논의 방향은 당연히 지역문학의 하위개념으로서의 제주문학의 근대성에 대한 논의 방향으로 이어진다. 그러나 구체적 논의의 내용은 달라질 수밖에 없다. 서사적 근대성의 바탕을 이루는 역사와 현실은 지역에 따라 다르기 때문이다. 이 점은 바로 지역문학과 제주문학의 하위개념인 4·3문학에서 서사적 근대성을 찾게 되는 배경이기도 하다. 4·3문학은 어디까지나 지역문학과 제주문학의 하위개념이므로 여기에서는 지역문학에 대해서 먼저 논의하기로 한다.[10]

지역문학이라는 말은, 광의로는 그 지역의 문학이라는 개념으로, 협의로는 그 지역 출신 작가의 문학작품 또는 오랫동안 그 지역에 거주한 작가의 문학작품이라는 개념으로 사용되어 왔다. 물론 그 지역 구성원들의 삶과 정서를 반영해야 한다는 내용적 조건이 소홀히 취급되었던 것은 아니다. 그러나 그것은 어디까지나 이차적 조건이었다. 당연히, 작가는 그 지역 출신 작가이거나, 오랫동안 그 지역에 거주한 작가여야 한다는 지역적 조건이 중시될 수밖에 없었다. 이처럼 작가의 지역적 조건은, 그 작가의 문학작품을 지역문학으로 인정하는 데에 작용한 중요한 근거였다.

작가·독자·비평가·학자·기자 등 많은 사람들은 공통적으로, 서울문학을 제외한 모든 지역문학은 서울문학에 비해 열등하다고 인식한다. 이것은 오래 전부터 아무런 저항도 받지 않고 이어져 온 보편적인 인식이며, 지역문학이 처해 있는 적나라한 현실을 말해주는 것이기도 하다. 그러나 지금은 21세기이다. 지방자치제의 실시에 따라, 지금까지 서울 중심으로

---

10) 지역문학과 4·3문학에 대한 논의는 졸고, 「지역문학의 현실과 미래」, 『영주어문』 제4집(영주어문학회, 2002), pp. 247~250.을 거의 그대로 따랐다.

이루어지던 정치·경제·사회·문화 등 모든 분야의 활동은 각 지역으로 분산되어 독자적으로 이루어지고 있다. 지금이야말로 지역문학의 낡은 개념을 과감히 버리고 지역문학을 새롭게 인식해야 할, 그리고 지역문학의 새로운 개념을 설정해야 할 때이다. 지역문학의 새로운 개념을 설정하는 것은 이 시대의 중대한 요청이다.

지역문학의 새로운 개념을 설정하기에 앞서 지금까지 통용되던 지역문학의 개념에는 어떠한 난점들이 있는가를 알아보기로 한다. 협의의 지역문학의 지역적 조건은, 그 지역 출신의 작가나 오랫동안 그 지역에 거주한 작가의 문학작품이어야 한다는 것이었다. 그런데 이러한 조건을 적용한 지역문학의 개념에는 그 지역 출신의 작가나 오랫동안 그 지역에 거주한 작가가, 지역 주민의 삶이나 정서와 무관한 문학작품을 창작할 경우, 그 문학작품도 지역문학에 포함시켜야 하는 난점이 있다. 지역 구성원들의 삶과 정서를 반영한 문학작품이어야 한다는, 내용적 조건을 적용한 지역문학의 개념에도 난점이 있기는 마찬가지이다. 다른 지역 출신의 작가가 그러한 문학작품을 창작할 경우, 그 문학작품도 지역문학에 포함시켜야 하는 난점이 바로 그것이다. 이러한 난점들은 장르 명칭과 그 장르의 작품 내용이 마땅히 빈틈없이 일치되어야 한다는 문학의 상식으로 보면 치명적인 것들이다.

이러한 난점들을 고려할 때 지역문학의 개념은, 지역의 정체성과 특수성을 드러내는 문학으로 설정하는 것이 바람직하다. 지역문학의 개념을 이렇게 설정하면, 지역의 정체성과 특수성을 드러내는 지역문학은, 당연히 그 지역 출신이거나 그 지역에 오랫동안 거주한 작가에 의해서만 창작이 가능할 터이므로, 앞에서 열거한 난점들이 일거에 해소된다. 그리고 서울문학과 지역문학의 서열 문제도 사라지게 된다. 또한 지역문학과 민족문학의 연결고리도 확보할 수 있다.

에릭슨에 의하면 정체성은 개인이 지니고 있는 연속성·단일성·독자성·불변성과 그와 같은 개인의 동일성에 대한 의식적인 감각이다.[11] 또한 정체성은 사람이 자라고 발전함에 따라 자신과 하나가 되는 존재감인 동시에, 또한 그의 역사뿐만 아니라 미래와도 하나가 되는 존재의 공동체 감각을 가진 친근감이다.[12] 이러한 개인 정체성의 개념에 맞추어 말하면, 지역의 정체성은 그 지역에만 존재하는 연속성·단일성·독자성·불변성이며, 지역의 특수성과 동궤에 놓인다고 할 수 있다. 역사·지리·언어·민속·가치관·공동체 의식 등을 통한, 지역의 이러한 정체성과 특수성을 드러내는 것은 지역문학의 일차적 조건이다.

그런데 잘 생각해 보자. 정체성과 특수성을 드러내는 것만으로 지역문학의 조건을 제대로 모두 다 갖추었다고 할 수 있을까? 그렇지는 않을 것이다. 그래서 지역의 작가에 의해 창작되는 지역문학은 지역의 정체성과 특수성을 유지하고자 하거나 유지하고자 했던 현실적, 역사적 경험을 다루어야 한다는 또 하나의 당위적 조건이 추가되어야 한다. 이러한 조건과 지역 구성원을 포함하는 민족의 외연이 결합될 때에 지역문학은 진정한 민족문학이 될 수 있을 것이다.

지역문학의 개념이 위에서 말한 조건들을 갖춘다면, 소재를 중심으로 하는 지역문학의 하위개념을 설정하는 것은 얼마든지 가능하며 자연스럽기까지 하다. 이 부분에서는 지역문학과 제주문학의 하위개념으로서의 4·3문학의 경우를 들어 살펴보기로 한다.

4·3문학을 부정적으로 생각하는 사람들이 4·3문학에 대해 던지는 물음은 ①4·3문학은 존재하는가, ②4·3문학이 존재한다면 논의 대상이 될 수 있을 만큼 축적되어 있는가, ③4·3문학이 축적되어 있다면 과연 연구할 만한 가치가 있는가 등 세 가지이다. .

이 세 가지 물음을 잘 따져 보면 ①은 4·3문학의 존재 여부에 대한 물음이다. 이 물음에는 4·3예술, 또는 4·3문학이라는 명칭에 대한 거부감이

---

11) Erik H. Erikson, *Identity : Youth and Crisis* (New York : Norton, 1968), p. 183.

12) Erik H. Erikson, *Identity : Dimension of a New Identity* (New York : W. W. Norton and Company, Inc., 1974), p. 27.

내포되어 있다. 장르를 장르류와 장르종으로 구분할 때 4·3문학은 당연히 장르종에 속한다는 것을 알면서도, 4·3문학을 부정적으로 생각하는 사람들은 짐짓 4·3문학이 장르종이 될 수 없음을 주장한다. 인위적인 경우를 제외하고 말하면, 장르종은 사건·배경·주제에 따라, 또는 독자의 '기대의 지평'에 부합되는 형식·내용의 지배적 특성에 따라 결정된다. 6·25문학·분단문학·4·19문학이 그러한 것처럼 4·3문학도 그에 따라 결정된 문학의 엄연한 장르로 존재할 수 있다.

②는 4·3문학 작품의 분량에 대한 물음이다. 1988년 전예원에서는 『4·3島 유채꽃』이라는 작품집을, 제주작가회의에서는 1998년에 4·3시 선집 『바람처럼 까마귀처럼』을, 2001년에 4·3소설 선집 『깊은 적막의 끝』을, 2002년 4월에 4·3희곡 선집 『당신의 눈물을 보여주세요』를 각각 간행한 바 있다. 여기에다 시인·작가들이 개인적으로 발간한 시집, 소설집에 수록된 작품들을 모두 합하면 시의 경우 수백 편, 소설의 경우 수십 편이 넘는다. 『4·3문학 전집』을 간행해도 좋을, 아니 당연히 간행해야 할 정도의 분량이다. 4·3을 바라보는 시각도 수난사적 시각, 항쟁사적 시각 등 다양하고 작품의 분량도 논의 대상이 될 수 있을 만큼 충분히 축적되어 있다.

③은 4·3문학의 가치에 대한 물음이다. 이 물음 속에는, 4·3문학은 연구할 만한 가치가 없다는 대답을 기대하는 심리가 들어 있다. 4·3문학은 감상의 대상인 동시에 연구의 대상이기도 하다. 4·3문학이 연구할 만한 가치가 없는 문학이라는 인식은 4·3에 대한 부정적 인식에서 비롯되었음이 분명하다. 역사적 사건에 대한 인식이 그 사건을 다룬 문학 연구에 대한 인식의 기반이 된다면, 그것은 문학 연구에 대한 몰이해의 결과라 할 만하다. 4·3문학은 연구할 만한 충분한 가치를 지니고 있다.

지역문학, 또는 제주문학의 하위개념으로서의 4·3문학의 존재 여부, 문학작품의 분량, 문학의 가치를 묻는 물음에 대한 이와 같은 대답은 4·3문학의 확고한 기반을 확인하는 것이나 다름없다. 이것은 결론적으로 말해서 지역문학으로서의 제주문학의 서사적 근대성이 4·3문학을 통해 드러난다고 판단하는 근거이기도 하다.

Ⅴ. 에필로그

이제 본론의 핵심적 내용만을 정리해 보면 다음과 같다.

1) 버먼의 근대성을 네 가지의 방향에서 논의한다. 첫째로 그는 근대화의 의미를 새롭게 설정한다. 그에 의하면 오늘날에는 전세계의 모든 사람들의 함께 하는 생생한 경험—공간과 시간과 경험, 자아와 타자의 경험, 삶의 가능성과 모험의 경험—방식이 존재한다. 그는 이러한 경험의 실체를 근대성이라고 부른다. 둘째로 그는 새로운 인간형의 탄생을 강조한다. 그에 의하면, "역사는 모든 의상이 보관되어 있는 옷장이기 때문에 인간은 역사를 필요로 한다. 인간은 어떤 옷가지도 자기에게 맞지 않는다는 것을 알게된다."—원시적 스타일의 옷도 안 맞고, 고전적 스타일의 옷도 안 맞고, 중세적 스타일의 옷도 안 맞고, 동양적 스타일의 옷도 안 맞는다—근대인은 "정말로 결코 잘 차려 입은 것 같이 보일 수 없다."는 사실을 수용할 수 없어서 "인간은 점점 더 많은 옷을 계속해서 입어보게 된다." 근대의 어떤 사회적인 역할도 일찍이 완벽하게 맞았던 적은 없었기 때문이다. 셋째로 그는 근대성의 경험에 대해 논의한다. 그에 의하면 근대성에 대한 20세기의 작가와 사상가의 말에 가까이 귀기울이고 또 이들과 한 세기 전의 작가와 사상가를 비교해 본다면, 상상 영역의 전망과 축소에 대한 근본적인 단조로움을 발견하게 될 것이다. 넷째로 그는 모더니즘에 대한 새로운 시각을 제공한다. 그에 의하면 마르크스와 니체 및 그들의 동료들은 세상의 한 작은 부분만이 진정으로 근대적이었던 순간에 전체로서의 근대성을 경험하게 되었다. 한 세기가 지난 후 근대화의 과정에서, 세상의 가장 먼 구석에 있다 하더라도 어느 누구도 피할 수 없는 올가미를 던졌을 때 우리들은 맨 처음의 모더니스

트들로부터 그들 자신의 시대에 대해서가 아니라 우리 자신의 시대에 대해서 상당한 양을 배울 수 있었다.

2) 앤더슨은 버먼의 주장을 비판적인 시각으로 점검한다. 그 과정에서 그가 발견한 난점들은 ①버먼이 하나의 구체적인 미적 형식으로서의 모더니즘은 일반적으로는 바로 20세기 직후에 시작된 것으로, 전형적으로는 사실상 19세기, 18세기 혹은 그 이전의 리얼리즘이나 다른 고전적인 형식과 대조적인 것으로 이해하고 있다는 점, ②버먼의 견해를 따를 경우, 실제로 모더니즘의 지리적인 배분은 놀랄 만큼 불균등하다는 점, ③모더니즘 전체를 버먼과 같이 읽을 경우, 대비되는 여러 미적 경향들의 차이나 다양한 예술 장르들을 구성하는 미적 실천들 사이에 존재하는 여러 차이점들을 인정하지 못한다는 문제가 생긴다는 점, ④버먼의 논의 틀 안에는 근대성에 관한 20세기의 이론과 실천, 예술과 사상 사이의 괴리를 설명할 수 있는 여지가 없다는 점 등이다.

3) 한국문학의 미적 근대성과 제주문학의 미적 근대성은 별반 다르지 않다. 미적 근대성이 지역적 환경에 따라 달라지는 것이 아니기 때문이다. 그러나 서사적 근대성의 경우는 그렇지가 않다. 서사적 근대성의 바탕을 이루는 역사와 현실은 지역적 환경에 따라 다르기 때문이다. 이 점은 바로 지역문학으로서의 제주문학, 특히 4·3문학에서 서사적 근대성을 찾는 이유이기도 하다. 결론적으로 지역문학으로서의 제주문학이 지니는 서사적 근대성은 4·3문학을 통해 드러난다고 할 수 있다.

4 · 3소설의 유형과 전개

Ⅰ

작품을 평가할 때 그 가치 기준을 어디에 두느냐에 따라 평가의 결과가 다르게 나타나는 것은 당연하다. 가령, 한 작품을 연속성의 입장에서 평가하는 것과 비연속성의 입장에서 평가하는 것은 확실히 다른 결과를 보여준다. 그런데 모든 작품이 이와 같이 두 가지의 입장에서 평가될 수 있는 가능성을 지니고 있는 것은 아니다. 어떤 작품은 그러한 가능성을 충분히 지니고 있지만 작품에 따라서는 아예 처음부터 한 가지 입장으로만 접근해야 하는 경우도 있다.

제주의 4 · 3을 소재로 해서 쓰여진 4 · 3소설의 경우는 어떨까. 4 · 3이 많은 사람들에게 주는 의미는 이데올로기의 혼란과 1948년 전후의 국내외의 불안한 정세, 그리고 그에 따라 희생된 수많은 사람들의 억울한 죽음, 恨 등에 초점이 모아져 있다. 게다가 4 · 3의 진상이 아직까지도 확실하게 밝혀져 있지 않기 때문에, 특히 제주 출신 작가들은 그것을 연구하는 학자의 입장과는 다른 입장에서 문학작품을 통해 그 진상을 밝혀 보려는 노력을 기울여 왔다고 생각된다. 물론 역사와 문학은 본질부터 다른 분야이긴 하지만 4 · 3이 문학작품의 소재가 되었을 경우에는 상상력이 개입할 수 있는 여지는 극도로 축소되고 상대적으로 사실성에 충실해질 수밖에 없을 것이다. 다른 소설이 아닌 4·3소설인 한에 있어서는, 4·3에 관한 이야기가 이제까지 금기시되어 온 터이므로 앞으로는 가능한 한 4·3에 관한 실제의 이야기를 써야 한다는 쪽으로 작가들의 생각이 굳어져 있기 때문이다. 따라서 우리가 4·3을 소재로 해서 쓰여진 4·3소설을 평가하려 할 때는 일단 연속성의 입장에 서지 않을 수 없는 것이다. 그렇다고 해서 이미 발표된 4·3소설들이 미학적 측면을 도외시하고 있다거나 비연속성의 입장에서 평가될 여지가 없다는 말은 절대 아니다. 오히려 몇몇 4·3소설들은 작품 자체의 성공이 미학적 측면을 통해 이루어지고 있다고 할 수 있을 만큼 빼어난 구성 솜씨를 보여주고 있는 것들도 있다.

이 글은 꽤 많은 분량으로 늘어난—거의 없었던 과거에 비해서—4·3소설들 중 대표적인 작품들을 유형별로 분류하여 거기에 담겨 있는 의미를 연속성의 입장에서 해명하고자 하는 데에 목적을 두고 있다.

II

다음은 내가 이런 목적에 유의하면서 읽은 4·3소설들이다.

    현기영 ; 「순이 삼촌」 「도령마루의 까마귀」 「해룡 이야기」 「아버지」
            「잃어버린 시절」 「아스팔트」 「길」
    현길언 ; 「우리들의 조부님」 「먼 훗날」 「지나가는 바람에」 「귀향」
            「씌어지지 않는 비문」 「불과 재」 「바람과 불길」 「미명」
            「정오표」 「무혼굿」 「집없는 혼」
    오성찬 ; 「사포에서」 「나비로의 환생」 「보춘화 한 뿌리」 「바람의 늪」
            「한라구절초」 「한 공산주의자를 위하여」
    고시홍 ; 「도마칼」
    오경훈 ; 「당신의 작은 촛불」

김석희 ; 「땅울림」

이 작품들 외에도 재일동포 작가인 제주 출신 김석범이 일본어로 쓴 것을 이호철·김석희가 공동으로 번역한『火山島』『까마귀의 죽음』등이 있다.

이상에서 열거한 작품들 중 이 글에서 논의 대상으로 삼은 작품들은 다음과 같다.

A형 : 작가 자신의 4·3체험을 소재로 한 작품들. 「잃어버린 시절」「귀향」
B형 : 4·3의 충격으로 인해 정신질환을 앓고 있는 사람들을 소재로 한 작품들. 「도마칼」「순이 삼촌」
C형 : 4·3의 피해를 입은 지역 주민들의 증언을 소재로 한 작품들. 「보춘화 한 뿌리」「한 공산주의자를 위하여」

A형의 작품을 쓸 수 있거나 쓴 작가로는 현기영, 현길언, 오성찬 등이며 이들은 유년시절의 기억을 더듬어서 실제로 겪었던 체험을 작품화한 바 있다. B형의 작품들은 고시홍, 오경훈 등에 의해 쓰여졌고 C형의 작품들은 오성찬의 작품들에서 두드러지게 나타난다. 오성찬은 당시의 상황을 체험자들로부터 직접 듣고 기록하는 작업을 오랫동안 계속해 왔으며, 그 결과를 『한라의 통곡 소리』라는 이름의 책으로 엮어내기도 했다.

Ⅲ

먼저 A형에 속하는 현기영의 「잃어버린 시절」에 대해 알아보자. 이 작품의 주인공 종수는 어렵게 태어난 외아들일 뿐만 아니라 성장 속도도 다른 아이에 비해 더디다. 종수 할머니는 여러 번 종수에게 위험한 행동을 일체 하지 말도록 타이르곤 했으나 언젠가는 나무 위에 올라 갔다가 떨어져 죽을 뻔한 일도 있었다. 종수는 글청에 다니고 있었는데, 어느날 종수네 바깥채에 일본군 소대장 1개 분대가 묵게 된다. 종수는 미국 비행기 다섯 대가 격추되었을 때 일본군 소대장이 시키는 대로 '덴노헤이까 반자이'를 외친 일이 있다. 해방이 되자 미군 1개 연대가 읍내에 진주하게 되고 좌익, 우익 단체들이 결성되어 활동을 개시한다. 군정은 과거의 친일파를 중용하는 등 실수를 거듭하고 징병, 징용으로 사지에서 헤매던 젊은이들도 북지나나 남지나에서 귀국선을 타고 속속 입도하게 되는데, 곧 이어 읍내에는 호열자가 번지기 시작한다. 종수도 이 병에 걸렸으나 죽지는 않았다. '좌익병'이 호열자 못지 않게 창궐하던 어느날 종수네는 동네 청년들에 의해 과거에 일본군을 바깥채에 묵게 했다는 이유 때문에 친일파로 낙인찍히게 된다. 이듬해 3·1독립운동 기념일날 읍내의 북국민학교에는 2만 군중이 동원된 대집회가 열렸으며 파쇼 타도와 반미 구호를 외치는 시위를 벌이다가 경찰의 발포로 6명의 희생자를 내고 만다. 종수도 '왓샤' 소리를 내는 청년들과 함께 섞이려다 아버지에게 크게 혼난다. 1948년 4월 3일 산에 숨어 있던 좌익은 기어코 4·3을 저질러 놓고 만다. 5·10총선거 때에도 입산자와 경찰은 여전히 대립되어 각종 사건이 끊이질 않았다. 이즈음에 종수 아버지는 다른 여자와 건너 마을에 딴살림을 차린다. 결국 종수 아버지는 도박죄까지 쓰게 되고 엉뚱하게 도피자로 몰리게 되어서 어디론가 사라져 버린 후 영영 돌아오지 않는다. 사람들이 '까닭없이' 무수히 죽어가는 세상이었기 때문에 사람들이 종수에게 아버지의 행방을 물으면, 폭도에게 죽창을 맞아 죽었다고 대답하곤 했다.

　이상의 줄거리를 통해 우리가 쉽게 발견하게 되는 것은 주인공의 비극적인 삶이다. 그 이유가 주인공의 의지와 관계없이 진행된 시대 자체에 있다고 볼 때 삶의 비극성은 더 커진다. 이러한 역사의 소용돌이를 비켜갈 수만 있었다면 주인공은 그처럼 불행하지 않았을 것이며 주인공의 아버지, 할머니도 한 가정의 테두리 안에서 나름대로의 권위를 지키며 역할을 다했을 것이다. 그러나 한 시대의 이데올로기는 항상 개인과 가정의 문제를 무시하고 인간을 위한다는 허울좋은 명분을 앞세우기 일쑤이다. 종수의 경우, 아버지의 不在가 어른이 될 때까지, 어쩌면 죽는 날까지 엄청난 고통의 근원으로 작용했을 것은 뻔하다. 지금도 4 · 3을 체험한 많은 사람들은 그것이 남겨 놓은 생채기로부터 자유롭지 못하며 그것은 생존방식에까지 영향을 미치고 있음을 볼 때, 이 작품은 개인의 운명은 시대의 흐름(변화)에 의해 결정된다는 것, 개인의 생애와 체험은 얼마든지 역사적 성격을 지닐 수 있다는 것 등에 대한 인식을 제공했다고 볼 수 있다.

A형의 다른 작품인 현길언의 「귀향」은 아버지로부터 '18일오사카발항공편착'이라는 국제전보를 받는 이야기로 시작된다. 주인공 '나'의 기억에 남아 있는 아버지는 서울에 유학을 가서 경성제국대학을 다니고 있었고 귀향하게 되면 사각모에 망토를 걸치고 말을 달리던 사람, 그리고 마을 사람들의 기대를 충족시킬 수 있는 사람이었다. 그런데 아버지는 서울로 가서 공부를 더 하라는 할아버지 권유도 듣지 않고 읍내 중학교의 영어 선생으로 눌러 앉게 된다. 아버지 방에는 밤마다 젊은 사람들이 들끓기 시작하였으며 때로는 그들끼리 싸움을 하기도 하였다. 그러던 어느날 아버지는 먼 산길을 떠나는 차림으로 훌쩍 집을 떠났는데 바로 그 다음날에는 경찰들이 들이닥쳐 집안에서 한바탕 소동이 벌어졌다. 4 · 3이 수습되고 6 · 25가 휴전이 되어도 아버지는 나타나지 않는다. 그래서 '나'는 아버지에 대한 강렬한 증오심을 버릴 수가 없다. '나'는 대학을 졸업하고 교수 연구실에서 일을 거들고 있던 중 서독으로 가서 공부할 수 있는 기회가 생긴다. 그래서 '나'는 출국준비를 위해 연구실 일을 그만두고 귀향하게 된다. 그러나 모든 일은 '나'의 뜻대로 되지 않는다. 상경하라는 교수의 전보를 받고 가보니 외국 여행 결격 사유가 있어서 여권이 나오지 않았다는 것이다. 그 사유는 아버지가 아직껏 살아 있다는 것이었다. 그냥 살아 있는 게 아니라 일본에 밀입국하여 그곳에서 결혼을 하고 가정을 가지면서 저쪽 일에 발벗고 나서서 일하는, 소위 거물급이라는 것이었다. 할아버지는 이때 아버지와의 절연을 선언했고 그

후 나흘만에 숨을 거두고 만다. 국제선 대합실에 돌아온 아버지는 유골 상자 속에 담겨 있었다. 이복 동생이 "아버지께서는 돌아가시면서 꼭 고향에 가고 싶다고 했습니다. 편지는 운명하시기 전에 직접 쓰신 것입니다."라고 한 말 속에 그 동안의 경위가 함축적으로 설명되고 있다.

이 작품에서 부각되는 것은 여러 사람의 죽음을 야기시킨 아버지의 행동이다. 물론 이 행동은 이데올로기와 밀접하게 관련된 행동이며 '나'가 서독에 가서 공부할 수 있는 기회마저 봉쇄할 수 있는 걸림돌로서의 역할에까지 이어진다. 이 '역할'이 긍정적인 역할이 아니라 부정적인 역할임은 말할 필요도 없다. 소위 '連坐制'가 그것인데, 제5공화국의 헌법에는 "모든 국민은 자기의 행위가 아닌 친족의 행위로 인하여 불이익한 처우를 받지 아니한다"고 규정되어 있으나 실제로는 이 규정이 잘 지켜지지 않았고 그 범위도 '친족' 정도가 아니라 교우, 학파, 출신 향리에까지 확대되어 왔음은 누구나 다 알고 있는 사실이다. 현기영의 「잃어버린 시절」도 그러하지만 이 작품도 주인공을 둘러싼 시대의 현실을 다른 것보다 중시함으로써 4·3을 중심으로 한 객관적인 진실을 드러내려는 쪽으로 초점이 모아져 있다. 이 때의 객관적 진실은 물론 역사적 진실을 의미하는 것이 아니라 소설로 쓰여진 현실에서 발생하는 예술적(문학적) 진실을 의미한다. 아무리 시대의 현실을 잘 재현한다 하더라도 소설로 쓰여지는 한에서는 역사적 진실 그대로일 수가 없기 때문이다.

B형의 작품인 고시홍의 「도마칼」에 등장하는 어머니는 정신분열증 환자이다. 어머니는 늘 도마칼을 몸에 지니고 다니는데 이렇게 하는 것은 과거의 피해에 대한 방어 본능의 무의식적 표출이거나 아니면 복수심의 발로인 듯하다. '나'는 어머니의 이러한 일련의 증세를 고쳐 보려고 애쓰지만 번번이 실패하고 만다. 신경외과 의사인 손상도에 의하면 "파괴된 뇌세포 하나가 재생되려면 적어도 이십 년을 기다려야" 하기 때문에 어머니에게는 장기적인 정신요법이 필요하다고 한다. 그런데 어머니의 증세는 작은삼촌이 조총

런계 재일동포 모국 방문단에 끼어 제주를 방문했을 때부터 더 증세가 악화
된다(이 작품의 주인공 '나'는 작은삼촌의 양자로 들어갔기 때문에 작은삼
촌은 법적으로 아버지가 되고 이 작품에서 자주 등장하는 '어머니'도 법적인
어머니이며 실제로는 작은삼촌의 부인 즉 작은어머니이다.). 어머니가 앓고
있는 정신병의 증세는 예컨대 문을 부순다든지 유리를 깬다든지 하는 파괴
적인 것이 대부분이다. 언젠가는 철물점에 가서 도마칼을 훔친 일도 있었다.
마침내 작은삼촌이 도착하여 옛날의 부인인 어머니와 상면하지만 어머니는
여전히 혼미한 상태에 있다. 기도원에서조차 속수무책인 어머니를 '나'는
온갖 방법을 동원하여 정상적인 상태로 만들어 놓으려고 노력을 해보지만,
'밥 먹을 적이나 잠 잘 적이나 도마칼을 노리개처럼 차 앉아 사는 어른'이기
때문에 어머니를 모시러 기도원에 갔을 때에는 발목에 쇠사슬을 채워 숙소
건물 기둥에 묶어 있는 상황과 마주치게 된다.

　이 작품에서 무엇보다도 우리가 주목해야 할 것은 도마칼의 상징이다.
그런데 도마칼이 상징하는 바를 찾기는 어렵지 않다. 그것은 평온한 일상의
삶을 파괴한 세력에 대한 복수심을 물체화한 것이며 삶의 본질적인 영역과
인간다움을 지키려는 정신의 극단적 아이러니이다. 따라서 어머니의 삶은
좀처럼 치유되기 어려운 정신병의 증세로 채워질 수밖에 없고 '나'의 고통은
계속될 수밖에 없다. 도마칼이 상징하는 바가 과연 그러한 것인지를 확인해
보려면 작품 속에서 '도마칼'이 차지하는 문맥과 그것의 출처를 눈여겨보면
된다. 그러나 우리는 그 '도마칼'이 구체적으로 어떠한 시대, 어떠한 삶을
전제로 한 상징의 도구인가에 대한 복선을 마련할 수도 있었지 않은가 하는
생각을 하게 된다. 이러한 생각을 하게 되는 것은 상징의 도구로 설정된
'도마칼'을 적절하다고 판단하면서도 원천적 배경과 함께 제시되어야 할
미래에 대해서는 아무런 언급이 없기 때문이다. 물론 생각하기에 따라서는
미래에 대한 이야기는 독자가 나름대로 엮어야 할 몫일 수도 있긴 하지만
말이다.

　B형의 다른 작품인 현기영의 「순이 삼촌」의 '나'는 모처럼 이틀간의 휴가를 받고 고향인 제주로 내려간다. 가족묘지 매입 관계로 상의할 일이 있으니 할아버지 제삿날에 맞춰 내려오라는 큰아버지의 편지가 있었던 것이다. 그 날은 두 집 제사가 있는 날이라 큰당숙 댁에서 초저녁에 제사를 치른 다음 모두 큰집에 모였다. 그런데 서울에 올라와 밥을 해주며 같이 살았던 순이 삼촌이 보이질 않았다. 다른 사람에게 그 까닭을 물었더니 환청 증세가 심하고 신경쇠약에 시달리던 순이 삼촌은 국민학교 근처의 일주도로변 밭에서 시체로 발견되었다는 것이다. 음력 섣달 열여드레날 하루에 추렴돼지가 유난히 많고 한밤중이면 슬픈 곡성이 여기저기서 터지는 것은 순이 삼촌네 밭처럼 옴팡진 다섯 개의 밭에서 많은 사람들이 한꺼번에 살해되었기 때문이다. 밭을 에워싸고 벼락같이 총질을 해대 순이 삼촌은 그때 죽을 사람이었는데 살 한 점 상하지 않고 살아났으니 참 신통한 일이라는 이야기를 실마리로 하여 봇물이 터진 것처럼 4·3 당시의 이야기가 쏟아져 나오기 시작한다.

　작가는 이 작품의 한 부분에서 그 당시의 모든 상황을 명백한 죄악으로 규정하고 이 명백한 죄악이 한 번도 고발되어 본 적이 없음을 개탄하고 있다. 「도마칼」에서의 어머니가 정신분열증에 시달리듯 이 작품에서의 순이 삼촌도 그 사건의 후유증으로 환청 증세와 신경쇠약에 시달린다. 이것에 대해서는 작가가 의도하는 궁극적인 메시지가 공통의 방법에 의해 표출되고 있다는 점보다도 두 사람 모두가 정신병에 시달릴 만큼 충격이 컸다는 점에 초점을 모아 생각해 볼 만하다. 두 사람이 정신병에 시달리는 것은 이상한 일이 아니라 오히려 자연스러운 일이며 심리구조가 비정상이면 비정상일수록 일상의 생활 논리에서 벗어나는 것은 당연한 일이다. 순이 삼촌의 언행에 대한 여러 사람들의 반응은 차라리 순이 삼촌으로서는 지옥과도 같은 경험이었을 것이다. 이 작품은 恨을 근간으로 하는 4·3에 대한 관점을 소설적으로 제시하는 데에 성공했다고 할 수 있다.

　C형에 속하는 작품인 오성찬의 「보춘화 한 뿌리」는 주인공이며 나레이터

인 '나'가 4·3의 진상을 밝히기 위해 직접 서울에까지 가서 당시의 부대장이었던 장군을 인터뷰한다. 장군은 1948년 그믐께 제주에 갔었는데 부대장인 그에게 부여된 임무는 선무공작 활동을 벌이는 일이었다. 장군이 '나'와의 인터뷰에 응하면서 털어놓은 이야기는 대체로 자기 자신의 무용담이나 공적을 내세우는, 다분히 자기 과시적인 것들뿐이다. 예를 들면 당시에 이 대통령이 서귀포에 내려오게 되니까 지금의 서귀포 1호 광장이 생기게 되었다든지, L5를 타고 서귀포로 가던 중 갑자기 엔진 고장이 난 것을 자기가 금방 고쳐서 위기를 넘겼다든지 하는 것들이다. 심지어 장군은 당시에 제주의 어느 곳을 가든지 도민들로부터 열렬한 환영을 받았으며 장군의 은혜에 보답하는 의미에서 지금의 제주 측후소 옆에는 도민들의 정성으로 송덕비가 세워졌다는 말까지 했다. 둘째 날의 인터뷰에서 장군은 가장 처참한 사진의 하나인 '북촌사건'의 오백 명 보복 사살에 대해 전혀 모르는 일이라고 잡아떼기도 한다. 이 작품은 인터뷰의 내용을 기술하는 형식을 취하고 있으므로 자연히 '나'와 장군이 4·3에 대해 가지고 있는 견해가 자주 피력되곤 한다.

이 작품을 통해서 우리는 역사를 증언하는 증언자의 의도에 따라 그 역사는 진실을 담기도 하고 허위를 담기도 한다는 사실을 발견하게 된다. 이 작품에 등장하는 장군은 우리 주위에서 흔히 볼 수 있는 세속적인 은퇴자의 한 사람일 뿐이며 후에 내려질 준엄한 역사의 심판에 대해서는 무감각한 것처럼 보인다. 장군은 인터뷰에 응하는 등의 친밀성을 보이기는 했으나 역사적 변혁의 현장에 있던 사람으로서의 심각성과 진지성은 거의 찾아보기 어렵다. 4·3이 벌어졌던 시기는 두 개의 이질적인 이데올로기가 끊임없이 교체되고 있던 시기이며 그 과정에서 영위된 제주 사람들의 생활은 어떠한 수치나 통계로도 결코 나타낼 수 없을 정도의 극심한 불안과 공포의 생활이었다. 그런데도 장군은 4·3에 대한 가장 보편적인 인식을 수용하려 하지 않고 있는 것이다. 물론 누구나 다 그렇다고 할 수는 없는 일이지만 책임 있는 증언을 해야 할 사람들이 책임 있는 증언을 하려 하지 않는 경우를,

그 당시의 분위기와 결합시키면서 이 작품은 잘 보여주고 있다.

C형에 속하는 다른 작품으로서는 같은 작가의 작품인 「한 공산주의자를 위하여」가 있다. 이 작품은 향토사학자 양충식 씨가 문화재과의 사무관 한 사람을 대동하고 남제주군 일대의 옛날 비석을 조사하는 과정에서 나타난 주명구에 관한 이야기가 주축을 이루고 있으나, 반드시 그렇다는 느낌을 받기는 어렵다. 주변 이야기가 너무 많이 삽입되었기 때문이다. 주명구는 해방공간의 시기에 이 섬에서 이론적으로 사회주의를 주도한 인물이었는데, 그의 전 생애를 한 마디로 요약하면 '매우 불행했다'고 말할 수밖에 없다. 그는 조직의 명수여서 많은 사람들을 쉽게 모았고 그 사람들에게 반미 감정을 선동하는가 하면 파업을 주동하기도 한다. 그러던 그는 1948년 4월 3일부터 자취를 감추었고, 사 년 후 어느 겨울날 신문에는, 부산에서 남로당 제주지구 거물이 체포되었다는 사실이 보도된다. 지금도 생존하고 있는 부인의 말에 의하면, 옥살이를 한 후에 그는 피해를 입은 사람의 유가족들로부터 온갖 수모를 당하기도 했으나 속죄의 자세로 노력한 결과 이웃들로부터 인정을 받기도 했는데, 결국 위장병, 황달, 간경화, 뇌출혈이 겹쳐 사망하고 만다.

이 작품은 공산주의자 주명구를 등장시켜(간접적인 방법을 사용하긴 했지만) 한 개인의 행동이 경우에 따라서는 다층적인 현실에 영향을 줌으로써 비극의 결과를 초래하게 할 수도 있음을 보여준다. 문제는 주명구가 다른 이데올로기가 아닌 공산주의를 신봉한다는 데에 있으며 또한 공산주의를 신봉하는 주명구의 행동이 개인의 차원에서 마무리되는 게 아니라 집단이나 사회의 차원에까지 연결되고 있다는 데에 있는 것이다. 사회구조를 한꺼번에 변화시키려는 노력은 결국 실패하게 마련이며 더구나 내적 상황의 변화가 선행되지 않은 경우에는 더 말할 필요조차 없을 것이다.

IV

이데올로기와 소설은 항상 밀접한 관계를 맺어 왔거니와 그 밀접한 관계의 터전 위에서 이데올로기는 소설이라는 틀 속에 용해되거나 때로는 포용되면서 소설의 주제를 고차원의 세계로 끌어올리는 역할을 해 왔다고 할 수 있다. 그런데 4·3소설의 경우는 엄밀하게 말해서 사회주의, 공산주의, 좌익, 우익 등의 용어들만 빈번하게 등장했을 뿐 소설과 이데올로기의 예술적 만남은 성공적으로 잘 이루어지지 않은 것 같다. 이렇게 된 이유는 작가들이 한결같이 4·3의 진상만을 가급적 잘 드러내려 하거나 또는 고발하려는 태도를 견지하고 있기 때문이다. 그래서 4·3소설들에는 이데올로기가 인물의 행동이나 사건에 끼어들긴 하지만 주제의 전개 방향에 심각한 영향을 주는 일은 거의 없다. 4·3이 이질적인 이데올로기의 끊임없는 교체 과정에서 발생한 것임에도 불구하고 그 4·3을 소재로 한 4·3소설에서 이데올로기끼리의 갈등을 찾아 볼 수 없는 것은 무엇 때문인가? 역시 그 이유도 작가들의 그러한 태도에서 찾을 수 있을 것이다.

그렇다면 4·3소설의 바람직한 전개를 위한 작가의 역할은 그야말로 중차대한 것이다. 아직도 4·3에 대해서는 밝혀진 부분보다는 밝혀지지 않은 부분이 더 많다. 결국 4·3소설의 훌륭함 여부는 4·3이라는 소재를 가지고 어떠한 방법으로 무엇을 쓰느냐에 따라 결정될 것이다.

4 · 3희곡 또는 장르 설정의 당위성

Ⅰ. 프롤로그

연극은 현실의 현장감을 가장 잘 드러내는 예술의 장르이다. 연극이 그러한 예술의 장르로 꼽히는 이유는, 문학·음악·미술 등이 어느 수준 이상의 상상력을 요구하는 예술인 데 비해, 연극은 그것을 덜 요구할 뿐만 아니라, 배우의 직접적인 연기를 통해 인간의 삶을 직접적으로 보여주는 예술이기 때문이다.

그러나 연극이 진정한 의미에서의 현장감을 드러내는 예술 장르가 될 수 있는 가능성의 싹은, 그것을 가능하게 하는 희곡1)을 확보할 때에 비로소 자라기 시작한다. 그러면 그것을 가능하게 하는 희곡이란 어떤 희곡인가. 간단히 말해서 그것은 현실의 지엽적인 이야기를 담는 희곡이 아니라, 현실의 본질적인 이야기를 담을 뿐만 아니라 더 나아가 그것의 의미까지를 깨닫게 하는 희곡이다.

루카치는, 「예술과 객관적 진리」에서 "보편성은 개별성과 특수성의 속성으로 나타나고, 본질은 현상 속에서 보고 체험할 수 있으며, 또한 법칙은

---

1) 이 글에서의 '희곡'은 무대극의 희곡뿐만 아니라 마당극 대본, 마당굿 대본 등을 포괄하는 넓은 의미로 사용되었다.

특수하게 표현된 개별 경우를 특별하게 움직이는 원인으로서 등장한다.”2) 고 말한 바 있다. 내가 여기에서 주목하고 싶은 부분은, ‘본질은 현상 속에서 보고 체험할 수 있’다고 한 점이다. 4·3을 소재로 하는 4·3희곡이야말로 보고 체험할 수 있는 본질을 적합하게 드러낼 수 있는 현상일 수 있기 때문이 다.

솔직히 말해서 4·3희곡의 중요성과 4·3의 중요성이 서로 결부되어 있음은 아무도 부인하지 못한다. 이것은 마치 6·25문학의 중요성과 6·25의 중요성이 서로 결부되어 있거나, 4·19문학의 중요성과 4·19의 중요성이 서로 결부되어 있는 것과도 같다. 설령, 다른 것은 다 차치하고 문학의 소재에 대해서만 이야기할 때에도 그 점은 변하지 않는다. 따라서 6·25희곡이나 4·19희곡에 왜곡된 6·25나 4·19가 등장하는 것이 용납될 수 없는 것처럼, 4·3희곡에도 왜곡된 4·3이 소재로 등장하는 것은 용납될 수 없는 것이다.

이쯤 되면 4·3희곡이 이른바 리얼리즘의 기법에서 자유로울 수 없다는 논리가 출현하는 것은 아주 자연스러운 일일 것이다. 그 점은 시에서보다 소설이나 희곡에서 더 그러하다.

이 글에서는 이러한 점을 염두에 두면서 제주작가회의가 엮은 4·3희곡 선집 『당신의 눈물을 보여주세요』(각, 2002)에 수록된 작품들을, 4·3을 전체적 소재로 사용한 경우와 부분적 소재로 사용한 경우로 나누어 소략하게 살펴보기로 한다.

Ⅱ. 4·3을 작품의 전체적 소재로 사용한 경우

장일홍의 「붉은 섬」은 제주도 북군 조천면 선흘리 일대에서 벌어진 4·3

---

2) G. Lukács, “Kunst und objektive Wahrheit”, in : ders., *Probleme des Realismus* Bd. 1, *Werke* Bd. 4, Neuwied-Berlin, Luchterhand, 1971, s. 616.

을 다룬 희곡이다. 설정된 기간은 1947년 3월부터 1949년 6월까지이며, 구성은 철저히 시간적 순서를 지키고 있다. 즉, 서장 외세의 침입(1947년 3월 31일), 제1장 멍석말이(1947년 4월 1일), 제2장 입산(1947년 10월 17일), 제3장 무장봉기(1948년 4월 3일), 제4장 집단학살·초토화(1948년 10월 25일), 제5장 우상의 파괴(1948년 10월 30일), 제6장 장두의 길(1949년 6월 7일), 종장 골고다의 십자가 등이 그것들인데, 이 작품은 4·3의 발생에서부터 종료에 이르기까지의 사건을 거의 다 포괄하고 있다.

4·3을 작품의 전체적 소재로 사용하는 작가는 당연히 4·3역사로부터 압력을 받지 않을 수 없을 것이다. 이 경우, 그 압력에 굴복한 작가는 문학작품을 쓰지 않고 역사를 서술하게 될 터이고, 그 압력을 극복한 작가는 역사를 서술하지 않고 문학작품을 쓰게 될 터이다. 「붉은 섬」은 물론 서술된 역사가 아니라 쓰여진 문학이다. 그 점은 다음의 두 가지의 문학적 장치를 통해 확인된다.

첫째, 「붉은 섬」에는 샤머니즘이 개입되어 있다. 그것은 대개 작품에서 독자로 하여금 문학성을 환기하게 하는 힘을 발휘한다. 이 작품에서 특히 성칠모가 팽나무에 대해 경외심을 품는 장면과, 이장이 할망당을 향해 욕설을 퍼부은 것에 대해 무당이 저주하는 장면은—설령 그것이 실제로 있었던 일이라 하더라도—샤머니즘을 개입시킨 작가의 의도를 짐작하게 하기에 충분하다.

둘째, 「붉은 섬」의 종장에는 또 하나의 극이 마련되어 있고, 그것이 예수놀이라는 점은 퍽 의미심장하다. 더욱이 실제 상황에서, 유격대 사령관인 종덕이 예수 역을, 상사가 대제사장 역을, 중사가 바리새인 역을, 소대장이 빌라도 역을 각각 맡는 것은 상상하기가 힘들다. 그러므로 여기에서 작가가 어떠한 효과를 겨냥하고 있음은 분명해 보인다.

이와 함께 이 작품에서, 일본에서 유학한 지식인(상진)이 입산하여 무장봉기에 가담하고 있을 뿐만 아니라, 혁명가(종덕)가 되어 한라산 빨치산의 무장 봉기가 자위를 위한 정당방위임을 밝히면서, 미군정의 폭압과 군경 토벌대의 만행을 만천하에 알리고 있는 점은 주목된다. 지금까지 알려진 4·3에 대한 내용과는 차이가 있기 때문이다.

김경훈의 「마지막 빨치산」도 「붉은 섬」의 경우처럼 4·3을 전면적 소재로 다루고 있다. 다른 것이 있다면 「붉은 섬」이 2년 2개월 정도의 기간에 4·3의 전 과정을 다루고 있는 데에 비해, 이 작품은 9년이라는 긴 기간을 설정하여 1948년의 입산부터 1957년에 4명의 빨치산이 남게 되는 상황까지를 다루고 있다는 점이다.

「마지막 빨치산」은 크게 보면 한라산 빨치산의 활동을 다루고 있는 작품이지만, 초점은 빨치산 사령관 김성규, 중대장 오원권, 변창희, 한순애, 강대원 등이 지닌 신념과 인간적 고뇌 쪽에 맞추어져 있다. 그들이 지니고 있는 신념은 인간적인 삶에 바탕을 둔 것이며, 그들이 지니고 있는 인간적 고뇌 역시 그들의 이력이나 가족사에서도 잘 나타나 있듯이 지극히 소박하다. 그것은, 빨치산 사령관 김성규는 9연대 탈주병으로 입산하여 항쟁 활동을 시작했고, 중대장 오원권은 소테우리·소장수 출신으로 부인과 딸이 경찰의 총에 죽었고, 변창희는 그의 애인인 영분이가 가족을 위해 서청에게 시집간 데 대한 울분을 끝까지 간직하고 있고, 유일한 여자 빨치산인 한순애는 어머니가 2년 전 군인들의 손에 죽은 후 고사리를 꺾다 빨치산에 합류했다는 데에서 잘 드러난다.

마당극의 대본에 익숙하지 않은 독자들은 한순애가 관객을 향해 자신의 이력을 말하는 「마지막 빨치산」의 한 장면에 대해 의아하게 생각할 수도 있다. 그러나 그것은 배우와 관객의 일체감을 지향하는 마당극의 구성 형식 때문에 나타나는 결과이다.

「붉은 섬」과 「마지막 빨치산」이 4·3을 전체적 소재로 사용하고 있는 것은 그만큼 4·3이 우리 역사와 현실의 중요한 화두임을 말해 준다. 그리고 그것은 역사와 현실의 문제를 예술 작품의 중요한 소재로 삼는 데에 희곡이라고 해서 예외가 될 수 없음을 보여주는 것이기도 하다.

Ⅲ. 4 · 3을 작품의 부분적 소재로 사용한 경우

장일홍의 「당신의 눈물을 보여주세요」는 4 · 3을 전체적 소재로 사용하고 있지 않다. 그러나 4 · 3을 전체적 소재로 사용하고 있는 경우에 못지않게 이 작품에서 4 · 3이 차지하는 비중은 매우 크다. 작품의 처음부터 마지막까지의 내용이 모두 4 · 3이 야기한 사건들로 이루어지고 있기 때문이다.

엄기섭네 가족은 엄기섭만 빼고 모두 다 비정상이다. 엄학규는 사육당하는 한 마리의 짐승이 되어 휠체어에 자신의 몸을 의지한 채 덫에 채인 짐승처럼 울부짖기만 한다. 엄기섭의 어머니 최순오는 파충류처럼 차디찬 심장을 가진 여인이다. 엄기섭의 형 엄기태는 주색에 곯아떨어진 폐인이고, 엄기섭의 누나 엄희옥은 선천성 치매증에 걸린 간질병 환자이다. 가족들의 이러한 비정상성의 원인이 4 · 3에 있음은 물론이다.

4 · 3이 이 작품에서 큰 비중을 차지하고 있는 것에 대해서는, 「당신의 눈물을 보여주세요」의 주제적 골간이 엄학규에 대한 최순오의 증오에 있고, 그 증오의 원인이 바로 4 · 3 속에 존재하며, 그 4 · 3이 엄기섭만 빼고 모든 가족을 비정상으로 만들어 버렸다는 식으로 설명할 수도 있을 것이다.

「당신의 눈물을 보여주세요」에서 주목할 만한 기법은 엄학규의 울부짖는 소리 '나~줘'가 다섯 번이나 반복되고 있는 패턴(pattern)이다. 우리는 그것을, '나가게 해줘' 또는 '나 내보내 줘'를 줄인 것으로 보아 작중인물인 엄기태처럼, 이층방의 올가미에서 내보내달라는 뜻으로 풀이할 수도 있고, '나를 빨리 죽게 해줘'라는 뜻으로 풀이할 수도 있다. 그런데 이런저런 뜻풀이와 크게 관계없이 확실한 것은, 그것이 이 작품에서는 4 · 3의 비극성을 강화시키는 역할을 수행하고 있다는 점이다.

기 섭 : 멈춰요! 그만둬요! 제발, 아버질 용서하세요. 5년 동안의 형벌로
            아버진 과거의 죄값을 보상한 셈이에요. 이제 우리 집안의 비극은
            끝나야 합니다. 비극은 형과 누나의 죽음으로 충분해요. 어머니!
            당신의 눈물을 보여주세요. 난 어릴 때부터 어머니의 눈물을 구경
            한 적이 없어요. 울어버리면 원한도 증오도 다 강물처럼 흘러가
            버릴 거예요. 자, 닫힌 가슴을 열고 움켜쥔 주먹을 펴세요, 어머
            니……

이 인용문은 엄기섭이 어머니에게 호소하는 장면이다. 작가는 엄기섭의
입을 통해 모든 갈등과 원한은 해소되어야 하는 것임을 말하고자 한 듯하다.
그러나 독자는 그것을 별반 기대하지 않는다. 그러한 호소로 모든 갈등과
원한이 단번에 해소될 수 없는 것임을 알고 있기 때문이다.

강용준의 「폭풍의 바다」에서 내재적 원리로 작용하는 인물들 사이의 갈
등은 모두 직접적, 간접적으로 4·3과 관련을 맺고 있다. 그 갈등은 최순탁
과 김경자 사이의 갈등, 최순탁과 손성민 사이의 갈등, 최순탁과 최윤정
사이의 갈등, 최윤정과 최윤수 사이의 갈등, 김경자와 손성민 사이의 갈등
등인데 여기에서는 최순탁과 손성민 사이의 갈등에 대해서만 알아보기로
한다.

최순탁과 손성민 사이의 갈등은 이념으로 인한 갈등이다. 그 속에는 아픈
역사에 대한 손성민의 참회도 있지만, 아픈 역사에 대한 최순탁의 정당화도
있다. 또한 거기에는 옛사랑을 회복하려는 손성민의 노력과, 김경자를 놓치
지 않으려는 최순탁의 몸부림도 함께 들어 있다.

서청이었던 최순탁은 일본에서 사회주의 활동을 했던 손성민이 갑자기
나타나 가정을 망치려 든다고 언성을 높이고, 이에 맞서 손성민은 무수한
젊은이들을 빨갱이로 몰아 처단한 최순탁이 어떻게 국회의원 후보가 될
수 있느냐고 몰아세운다. 4·3으로 인한 갈등이 나타나기 시작하는 것이다.
작가는 손성민의 입을 빌려 최순탁이 저지른 과거의 사실을 폭로하기 시작

하는데, 이 때에 맨 먼저 드러난 것은 김경자의 오빠이며 손성민의 친구인 김경서가 죽게 된 것이 최순탁과 관련이 있다는 사실이다.

최순탁과 손성민 사이에 나타나는 갈등의 원인은 이념이다. 두 인물이 지니고 있는, 과거에 있었던 일에 대한 시각은 판이하게 다르며, 따라서 그들의 마음 속에는 상대방을 관대하게 이해할 수 있는 여지가 거의 없다. 이 단계에 이르면 독자는 이 두 인물 사이의 갈등이 전개되는 방향을 어느 정도 예상할 수 있다. 게다가 작가는 두 인물 사이의 갈등에 4·3이라는 역사적 사건을 적극적으로 개입시키고자 하는 의도를 명백하게 드러낸다. 그래서 독자가 두 인물의 갈등에 정의감을 적용하려고 시도하는 것은 별반 의미가 없어 보인다. 4·3은 정의감과는 다른, 이데올로기의 차원에서 벌어진 역사적 사건이기 때문이다.

손성민은 과거에 있었던 일에 대해 성찰하는 모습을 보여주지만 최순탁은 손성민과는 정반대이다. 최순탁은 스스로를 변명하는 데에 급급하고, 손성민과 김경자의 관계를 여전히 부정적으로 바라본다. 최순탁이 그의 전 부인인 김경자를 타인으로 여겨버리면 문제는 더 이상 발생하지 않을 것이다. 그러나 최순탁은 그렇게 하지 않는다. 김경자를 붙잡아두고 싶기 때문이다.

김경자는 최순탁과 손성민 사이의 갈등에 수동적으로 개입하고 있다. 여기에서 '수동적으로 개입하고 있다'는 말은, 목적과 의도가 다르기는 하지만, 최순탁과 손성민이 접근하고 있는데도 불구하고, 그녀는 두 인물의 접근을 허용하고 있지 않다는 뜻이다. 그리고 위 장면에서 손성민이 과거에 있었던 일에 대해 성찰하는 모습을 보여주는 것은 그만큼 그가 더 인간적인 인물임을 말해준다.

두 사람 사이의 갈등에서 확인할 수 있는 것은 최순탁과 손성민 사이에 나타나는 갈등의 원인이 이념뿐만 아니라 김경자의 심리적 태도에도 있다는 점이다. 그것은 '당신은 내게 아무런 권리가 없어요. 난 하루라도 인간들과 살고 싶단 말입니다.'라는 말에서 보듯이, 그녀가 최순탁 쪽이 아닌, 손성민 쪽으로 기울어지는 것으로 구체화된다. 그녀를 놓치지 않으려는 최순탁과 손성민의 싸움에서 최순탁이 패배할 수밖에 없는 것도 그녀의 그러한 태도 때문이다. 다르게 말하면 그것은 손성민을 승리하게 한 요인이다.

제주를 찾는 관광객들은 겉으로 보이는 아름다운 풍광에 쉽게 매료되고 만다. 관광객들은 그것만으로 제주의 명승지를 다 보았다고 생각한다. 그런데 이러한 생각은 위험하다. 아름다운 풍광 속에 감추어진 진실을 놓쳐버릴 수 있기 때문이다.

김경훈의 「살짜기 옵서예」는 바로 이러한 점을 일깨워 주는 작품이다. 이 작품에는, 곳곳의 명승지(정방폭포, 표선해수욕장, 성산일출봉)에서 4·3 때 학살된 수많은 사람들의 억울한 혼이 돌출하는 장면들이 나온다. 그것은 다음 인용문에서 보는 것처럼 섬뜩하고도 처절하다.

여 자 1 : 그때가 1948년 동짓달 열나흘 날이라. 군인덜이 마을사람덜을 모
안 저 알토산으로 내려갔주. 알토산에서 군인들이 사름덜을 향사
에 모이게 핸게마는, 열여덟 살 이상 마흔 살까지 남자덜을 백사장
에 끌고가 기관총으로 와다다다 몰살을 시킨 거라. (마을 남자들은
학살당해 쓰러지고 여자들은 시체를 껴안고 운다.) 그때 죽어간
사름들이 백오십칠 명이라. 그 사름덜이 죽어가난 그 비명소리영,
아팡 죽어가멍 살려주렌 허는 소리영, 저 백사장이 피로 벌겅허게
물들고, 시체에서 털어진 살점덜 틀어먹젠 까매기떼영 바당 깅이
덜이 시커멍허게 몰려오고… 그것만이 아니주. (마을여자들 모래
에 파묻히는 동작을 하며)성읍리 조아무개네 집의 세 살난 애기를
모래 속에 산채로 파묻어 불지 않나, 또 사름을 이 모래 속에 모가
지만 나오게 파묻엉. 물이 들민 허사허게 허고, 어이고 그때 그것들
이 사름이라, 짐승이라도 경은 못허주…(마을 여자들 겁탈당하는
동작을 한다) 그 군인덜이 사름 죽이는 것도 모자랑, 우리 토산리
처녀덜 다 잡아강 벨짓을 다해서. 지네 욕심 다 채워지면 그냥 그
처녀덜 또 다 죽여불고

또한 「살짜기 옵서예」에는, 4·3의 진상을 규명하려는 마을 사람들의
노력을 경찰이 의도적으로 방해하는 장면도 나온다. 이렇게 작가가 4·3을
둘러싼 문제들을 조금의 망설임도 없이 자유자재로 다룰 수 있는 것은, 일차
적으로는 작가가 그 문제에 대해 나름대로의 확고한 의식을 갖고 있기 때문
이고, 다른 측면에서 보면 무대극과는 달리 현실 문제를 작품의 중심부로
당당하게 끌어들이는 마당극의 특성 때문일 것이다.

4·3의 이러한 비극성은 하상길의 「느영 나영 풀멍 살게」에서도 예외
없이 표출된다. 「살짜기 옵서예」가 무고한 양민을 무참하게 학살하는 장면
을 보여주는 데에 비해, 이 작품은 아들에게 아버지를 죽창으로 찔러죽이도
록 강요하는 반인륜의 극치를 보여준다.

남 1 : 빨갱이를 어떻게 해야 하는지 모르나?
시 백 : 주, 죽여야 한다고……
남 1 : 그래, 잘 말했다. 빨갱이는 모조리 죽여야 한다. 죽창을 잡아라!
       (머뭇거리는 시백에게 군사 하나가 죽창을 쥐어준다.) 네 아버지는
       빨갱이다! 너도 빨갱이가 아니라면 네 애비를 찔러! 못하면 너도
       빨갱이야. 빨갱이들은 모조리 죽이겠다! 어서! (주저하는 시백)
기 천 : 찔러! 시백아! 너라도 살아야 한다. 이 아방을 찔러! (시백, 창을
       겨눈다.)
임 생 : 안 된다! 세상에 그런 법은 어서(없어)! 시백아! 안 돼!
남 1 : 그년 주둥일 막지 못해? 이 새끼들아! (군인들 임생을 때린다. 쓰러
       져 정신을 잃는 임생)
기 천 : 시백아, 이 바보 같은 놈! 아방은 이왕에 죽을 거라. 어멍까지 죽일
       테냐? 어서 찔러, 이놈아! 어서!! (시백, 창을 겨누어 찌르려는 순간)
지 송 : 안 돼!! (권총으로 기천을 쏜다. 총을 맞고 튕겨오르는 기천의 다리
       사이를 눈감은 시백의 창끝이 찌르고 시백은 정신을 잃는다.)

이 인용문을 통해 알 수 있듯이 사실상 「느영 나영 풀멍 살게」를 지배하고
있는 것은 恨이다. 그것은 주로 고임생과 그의 장남 강시백을 통해 나타나

며, 이 작품의 전체를 뒤덮고 있는 지배적 분위기이기도 하다.

이 작품에서 그러한 분위기를 처음부터 끝까지 유지하게 하는 데에 기여하는 것은 까마귀이다. 그것은 그악스럽게 울고 사람을 무서워하지 않는 까마귀, 또는 떼지어 다니고 시체를 파먹는다고 알려진 까마귀로서, 그때그때마다 불길한 사건을 예고하는 상징적 역할을 수행한다.

장윤식의 「목마른 신들」은 현기영의 동명 소설을 각색한 마당극 대본이다. 마당극에서는 배우와 관객이 쉽게 소통하도록 하는 것을 아주 자연스러운 기법으로 본다. 그러나 그것이 전체적으로 활기를 띠게 하는 계기로 작용하면서 결국 마당극에 기여하게 되는 경우는 그렇게 흔하지 않다. 그런데 이 작품에서는 그것이 아주 긍정적으로 작용하고 있다.

또한 「목마른 신들」에는 수시로 현재와 과거가 교차한다. 리얼리즘 기법이 반드시 현실의 어떠한 대상을 치밀하게 그리는 것만을 의미하지 않음을, 이 작품은 憑依를 통해 보여준다. 그 빙의는 이 작품에서 4 · 3의 恨을 표출하는 아주 중요한 수단으로 사용되고 있다.

마당굿이라고 할 때의 '굿'은 이미 옛날 그대로의 모방이나 답습이 아니라 우리 시대 마당극을 함께 포괄하면서도 이를 넘어서는 새로운 형태의 만남이자 어울림이다. 예술을 통해 사회적 성취를 구가하는 지속적이며 지구적인 형태의 그것은 바로 일상적인 생활과 놀이를 공유화하여 삶을 집합화하는 총체적인 예술운동이며 문화운동이며 사회운동으로서의 '마당굿'이다. 곧 '일하는 것'과 '노는 것'을 일체화시킴으로써 노동과 연희는 포괄적인 '문화적 삶' 속에 그 구분점이 없어지기 시작한다. 그러므로 '마당굿'은 이제 단순한 예술행위가 아니라 예술이 아닌 것을 드러냄으로써 차라리 예술이기를 기약하는 '예술의 생활화'이며, 거기에는 예술이나 정치가 궁극적인 이념으로 하는 인간다운 삶 즉 이상향의 정신이 내재해 있다.[3]

---

3) 채희완 · 임진택, 「마당극에서 마당굿으로」, 김윤수 외 편, 『한국 문학의 현단계』 (창작과비평사, 1982), p. 204.

문무병의 「동이풀이」는 마당굿 대본이다. 이 작품에서도 4·3은 중요한 소재이며 그것은 무호적자로 살 수밖에 없었던 양씨 할망의 신산한 삶의 원인이 된다. 다른 지역과는 달리 제주에서는 굿의 형식을 통해 개인의 역사가 이야기로 엮어진 경우가 지금까지 거의 없었다는 점에서, 이 작품은 선구적이라고 할 만하다.

「동이풀이」가 단순한 풀이의 단계에서 끝나고 말았다면 우리는 이 작품에 대해 밋밋한 인상만을 지니게 되었을 것이다. 그런데 이 작품은 단순한 풀이의 단계를 넘어서고 있다. 작품 전체에 신명을 불러일으키게 하는 여러 가지 장치를 마련하고 있는 것이다. 이 신명이야말로 민속연희를 민속연희일 수 있게 하는 실제적 근거일 것이다.

IV. 에필로그

지금까지 여덟 작품의 기법을 주마간산식으로 살펴보았다. 살펴본 데에서도 드러나 있듯이 이 여덟 작품은 4·3시나 4·3소설에 못지 않은 문학성을 갖추고 있다. 다르게 말해서 이 여덟 작품은 4·3희곡이 '4·3'에다 기계적으로 '희곡'을 덧붙인 용어가 결코 아님을, 그리고 이 여덟 작품은 문학의 품격을 지니고 있음을 잘 보여준다.

4·3희곡이 4·3시나 4·3소설에 비해 상대적으로 일반인에게 덜 알려진 것은 사실이다. 왜 그러한가. 그것의 첫째는 4·3희곡이 지니는 4·3연극과의 관계에서, 둘째는 시나 소설의 경우와는 다르게 책의 형식으로 출판되어 독자에게 다가설 가능성이 그만큼 적었다는 데에서 찾을 수 있다. 이 둘째 이유는 이 책이 지니는 가치 있는 의의들 중의 하나를 확보할 수 있는 근거이기도 할 것이다.

나는 「지역문학의 현실과 미래」에서 지역문학의 개념을, 지역의 정체성과 특수성을 드러내는 문학으로 설정하고, 지역문학이 민족문학이 되기 위해서는 지역의 정체성을 유지하고자 하거나 유지하고자 했던 현실적, 역사적 경험을 다루어야 한다[4]고 주장한 바 있다.

　말할 필요도 없이 4·3문학에서 파생된 4·3희곡은 지역문학인 동시에 민족문학이다. 그래서 나는 더욱더 지역문학인 동시에 민족문학인 4·3희곡이, 4·3시나 4·3소설의 경우처럼 하나의 온전한 문학 장르로 정착되어야 한다고 생각한다.

---

4) 김병택, 「지역문학의 현실과 미래」『영주어문』 제4집 (영주어문학회, 2002), pp. 247~250. 참조.

「폭풍의 바다」에 나타난 인물들의 갈등과 해소

Ⅰ. 프롤로그

모든 작품이 다 갈등을 다루는 것은 아니다. 예를 들면 와일더의 「우리 마을」은 갈등을 다루지 않는다. 하지만 대부분의 작품은 주동인물과 반동인물 사이의 갈등을 다룬다. 「햄릿」은 주동인물 햄릿과 반동인물인 그의 숙부 사이의 갈등을, 「로미오와 줄리엣」은 주동인물 로미오 줄리엣과 반동인물인 그들의 부모 사이의 갈등을 각각 다루고 있다.

작품 속의 갈등이 반드시 인물들 사이에서만 나타나는 것은 아니다. 그것은 주동인물과 운명 사이에서, 주동인물과 그가 추구하는 목표를 둘러싸고 있는 환경 사이에서, 인물의 마음 속에 도사리고 있는 서로 대립되는 욕망이나 가치들 사이에서도 나타난다.[1] 그러나 대부분 작품 속의 갈등은 인물과 인물 사이에서 가장 많이 나타난다.

갈등은 등장 인물들의 세계관과 가치관을 잘 알 수 있게 하는 작품의 내재적 원리이다. 강용준의 희곡 「폭풍의 바다」[2]에 나타나는 인물들 사이의

---

1) M. H. Abrams, *A Glossary of Literary Terms* (New York : Holt, Rinehart, Winston, 1981), p. 137. 참조.
2) 이 글에서 텍스트로 사용한 작품은 강용준, 「폭풍의 바다」 『폭풍의 바다』 (평민사, 1996)이며, 인용된 장면들의 인물과 대사 사이에 놓여 있는 콜론(:)은 필자가

갈등은 이 작품의 다른 요소보다 훨씬 우세한 모습으로 독자를 사로잡는다. 그래서 그것을 정교하게 분석해 보는 것은 이 작품의 주제를 해명하기 위해서 필수적으로 거쳐야 할 작업이다.

이 글이 의도하는 바는 「폭풍의 바다」에 나타나는 갈등 양상과 갈등의 해소 측면을 살펴보는 데에 있다.

Ⅱ. 인물들의 갈등 양상

인물들 사이의 갈등은 특히 희곡 작품에서 주제를 구현하는 데에 중요한 요소로 작용한다. 그런데 그 갈등은 단일한 갈등인 경우보다는 그 단일한 갈등들이 모여서 이루어진 복합적 갈등인 경우가 훨씬 더 많다.

「폭풍의 바다」는 단일한 갈등들이 모여서 이루어진 복합적 갈등을 통해 주제가 구현되고 있다. 이 작품에 등장하는 인물들 사이의 복합적 갈등은 최순탁과 김경자 사이의 갈등, 최순탁과 손성민 사이의 갈등, 최순탁과 최윤정 사이의 갈등, 최윤정과 최윤수 사이의 갈등, 김경자와 손성민 사이의 갈등 등으로 구분할 수 있다.

1. 최순탁과 김경자 사이의 갈등

최순탁과 김경자 사이의 갈등은 두 인물이 지니고 있는 현재와 과거의 삶의 방식에 대한 비분리적·분리적 사고와 두 인물이 지니고 있는 이중성 등에서 비롯된다. 이러한 점들을 낱낱이 밝히기 위해서는 각각의 경우에 해당하는 장면들을 분석하는 것이 필요하다.

    <장면·1>
    경 자 : 푸넘이나 늘어놓으려고 오셨소?

임의로 삽입한 것이다.

순　탁 : 당신한테 부탁할 게 있어.

경　자 : 모든 걸 당신이 원하는 대로 해드렸는데 뭐가 또 부족하세요. 난
　　　　아무 할 얘기도 없고, 듣고 싶지도 않으니 앞으론 출입도 삼가 줬으
　　　　면 좋겠어요.

순　탁 : 당신마저 이럴 수 있오? 낙선했다고 문전박댄가?

경　자 : 날 조롱할 생각이 아니라면 젊고 유식한 마누라한테 부탁하세요.

순　탁 : 섭섭하구만. 허나 난 쓰러지지 않아. (담배를 피워 문다.)

<장면 · 2>

순　탁 : 시집보냈다고 에미 도리 다한 게 아냐. 당장 정서방한테 돌려 보내
　　　　요.

경　자 : 지들이 앤가요? 알아서 할 테니 상관 마세요.

초량모 : (들어오며) 곧 나온데요. (경자 일을 거든다.)

순　탁 : 좋은 집 해놓고 파리만 날리는군?

초량모 : 그래도 손님은 끊기지 않아요. 윤선이 관광 가이드하면서 단체손님
　　　　모셔 올 땐 자리가 족하다니까요. 언니 요리 솜씨가 좋으니까 다시
　　　　찾는 손님도 있구요.

경　자 : 소금 꺼내 놓은 거 있지?

초량모 : 다 썼어요. 내올까요?

경　자 : 놔둬. 내가 할게.

이 작품에서 최순탁은 매우 큰 비중을 차지하는 인물이다. 그는 현실 속의
평범한 인물과는 다르다. 그는 그녀와 이혼했으면서도 그녀의 집에 찾아와
무엇을 부탁하기도 하고, 딸 최윤정(최윤정의 생부는 손성민이다.)이 남편과
헤어져 집에 와서 살고 있는 것에 대해 '에미'로서의 도리를 일깨워 주는
식으로 이혼하기 이전과 다름없는 행동을 취한다. 이것은 현재의 삶의 방식
과 과거의 삶의 방식을 좀처럼 분리하려 하지 않는 태도이다. 이러한 점
때문에 그는 독자에게 다소 사려분별이 없는 인물로 비쳐진다.

그러나 위의 두 장면만 놓고 볼 때, 이 작품에서 매우 큰 비중을 차지하는

또 하나의 인물인 김경자는 지극히 평범한 인물이다. 그녀는 최순탁과 이혼하기 이전과 분명히 다른 행동을 취한다. 그녀는 남편으로부터 이혼을 당한 보통의 여자가 그러하듯 그의 부탁과 충고를 받아들이지 않는다. 이것은 그와는 달리 현재의 삶의 방식과 과거의 삶의 방식을 분명히 분리하려는 태도이다. <장면·1>에서 그의 부탁을 거절하면서 앞으로 출입을 삼가 주었으면 좋겠다고 말하는 것과, <장면·2>에서 최윤정의 일에 상관하지 말라고 하거나 소금을 꺼내오겠다는 것에서 보듯이 그녀의 이러한 태도는 이 작품에서 그와 그녀의 갈등이 심각한 방향으로 전개될 것임을 예고한다.

<장면·3>
경 자 : 난 빼앗긴 것 없다. 내가 그 양반 덕으로 지금까지 살아온 것만도
         고마운 일이지. 어차피 사람이란 자기 필요한 대로 취하는 것 아니
         냐? 탓할 게 없다. 알고 보면 그 사람도 가련한 인생이지.
윤 정 : 엄마, 저주를 내려 달라고 기도해도 시원치 못할 텐데 미련이라도
         있어요?
경 자 : 살을 맞대고 산 게 몇 년이라고 정이 있겠냐? 단신 월남해서 외롭게
         살 때는 그렇게 억척스럽던 양반이 돈푼이나 모으니까 밖으로만
         휘저어 다니더라. 소금에 절은 마누라만 품다가 치장하고 팽팽한
         젊은애들 보니까 정신이 홱 돌만도 하겠지. 그래서 이중 살림나는
         것까지도 참을 수 있었다. 출세를 위해서 각시 둘 얻는 사람이 허다
         한 세상에 뭐 어쩌냐 싶었지. 서로 편하게 살다 기한 돼서 저승길로
         갈라서면 그만 아니냐? 그렇게 떨어져 살면서도 저게 내 서방이거
         니 생각만으로 위안이 되더라만, 막상 이혼장에 도장을 찍으라니까
         눈앞이 캄캄해지더라. 하지만 어쩌냐? 출세를 하겠다는데 도와드려
         야지.

그러나 위 장면에 이르면 김경자는 결코 평범한 인물이 아님이 드러난다. 그것은 그녀가 이중성을 보여주고 있다는 점에서 그러하다. 이혼한 전 부인을 찾아와 이런저런 간섭을 하는 최순탁도 이중성을 지니고 있는 것은 마찬

가지이다. 그러나 그녀의 그것은 그의 그것에 비해 훨씬 더 강하다. 작가는 그녀의 이중성을 더욱 강화시킴으로써 갈등으로 인해 나타나는 작품의 효과를 의식하고 있는 듯하다.

김경자의 이중성은 마음 속으로는 최순탁을 증오하면서도 다른 한편으로는 그에 대해 '알고 보면 그 사람도 가련한 인생이지.'라고 말하거나 '하지만 어쩌냐? 출세를 하겠다는데 도와드려야지.'라고 말하는 데에서 극명하게 드러난다. 그런데 이러한 점만으로 그에 대해 가지고 있는 그녀의 감정이 부드러워졌다고 할 수 있을까? 잘 따져 보면 실제로 그녀의 감정이 부드러워진 것은 아니다. 그것은 '하지만 어쩌냐?'에서 감지할 수 있듯이 자기 자신의 인생에 대한 운명적 체념이라고 해야 옳다. 그러나 그것이 운명적 체념인 경우에도 그의 이중성과 그녀의 이중성이 두 인물 사이의 갈등을 야기하고 있는 것만은 분명하다.

<장면 · 4>
순　탁 : (유리창 밖 바다를 바라보면서) 찰거머리 같은 더러운 자식. (윤정의 인기척에 현관 밖의 경자를 발견하고 다가가서) 왜 내가 모를 줄 알았어? 아니지 당신은 나한테 복수를 하려는 거야. 최순탁이하고 이혼했으니 이제 마음놓고 와서 데려가라 연락한 거지? (어이없다는 듯이 실소를 지으며) 흐흐흐. 내가 속았어. 내심 은근히 이혼을 바라고 있었어. 당신은 아직도 그놈을 잊지 못하고 있는 거지?
경　자 : 애들이 듣고 있어요.
순　탁 : 애들 생각했다면 어떻게 손성민이란 놈을 불러들일 수 있어?

위 장면은 최순탁이, 30년 동안 일본에서 살다가 조총련모국방문단의 일원으로 참가하여 이루어진 손성민의 귀향에 대해 어떻게 인식하고 있는가를 보여준다. 그것은 순전히 그의 추측에 의존한 것이기는 하지만 그와 김경자 사이의 또다른 갈등을 설명하는 데에는 중요한 의미가 있다. 한편 그녀의 입장에서 보면 그것은 그가 부리고 있는 억지에 지나지 않는다.

　김경자는 최순탁의 공격에 대해 '애들이 듣고 있어요.'라는 짤막한 대꾸로 응수할 뿐이다. 그녀는 그의 공격이 억지임을 잘 알고 있기 때문이다. 그런데도 독자는 그녀가 마음 속으로는 그가 부리는 억지가 전혀 터무니없는 것이 아님을 인정하고 있다는 인상을 받는다. 그것은 그가 부리는 억지를 강하게 부정하고 있지 않는 데에서 기인한 결과이다.

<장면 · 5>

순　탁 : 처음부터 당신은 날 기만했던 거야. 결혼하고서도 마음 속으론 항상 그놈만 생각했지?

경　자 : 그게 무슨 말입니까? 부부로 살면서 재산도 모았고 출세도 했고 애들도 장성하도록 키웠으면 되는 것 아닙니까?

순　탁 : 그래서 후회가 없다 이 말씀인가? 그래. 당신을 기다리는 사람이 있기 때문에 조금도 억울하지 않겠지?

경　자 : 우린 남남입니다. 더 이상 내 일에 참견하려 마세요.

순　탁 : 난 그 꼴은 못 봐. 당신이 그놈을 끌어들여 날 조롱하려 하지만 어림 반푼어치도 없어.

경　자 : 지레 짐작 마세요. 털끝만큼도 그런 생각 없습니다.

순　탁 : 그럼 혼사를 뭘로 생각해서 윤선일 그 놈 아들과 짝지으려는 거야?

　<장면 · 1>에서처럼 위 장면에서도 최순탁과 김경자 사이의 갈등은 두 인물이 지니고 있는, 현재의 삶의 방식과 과거의 삶의 방식에 대한 비분리적, 분리적 태도 때문에 나타나는 갈등이다. 그는 분명히 그녀와 이혼을 했는데도 불구하고 이혼하기 이전의 일을 들추어내고 그녀는, '우린 남남'임을 강조하고 '더 이상 내 일에 참견하'지 말 것을 요구한다. 그가 보여주는 과거의 일에 대한 집착은 결코 단순한 의미에 머무르지 않는다. 그것은 이 작품의 주제를 구현하는 데에 필요한 부분으로서의 기능을 발휘한다. 과거의 일에 대한 집착은 이제 두 인물 사이의 문제에서 끝나지 않고 자식의

결혼 문제와도 연결된다.

위 장면에서 최순탁의 억지는 계속된다. 그는 더욱더 공격적인 자세를, 김경자는 방어적인 자세를 보여준다. 그는 그녀가 손성민을 끌어들였다는 확신에서 그녀를 공격하고, 그녀는 최순탁의 그러한 확신을 무력화시키려고 한다.

2. 최순탁과 손성민 사이의 갈등

최순탁과 손성민 사이의 갈등은 이념으로 인한 갈등이라 할 만하다. 그 속에는 손성민이 보여주는 아픈 역사에 대한 참회도 있지만 최순탁이 보여주는 아픈 역사의 현실화도 있다. 또한 거기에는 옛사랑을 회복하려는 손성민의 노력과 김경자를 놓치지 않으려는 최순탁의 몸부림도 들어 있다.

<장면 · 1>
순 탁 : 뻔뻔스러운 놈. 우리 가정에 흙먼지를 뿌린 게 누군데, 그 따위 소리야? 흥 옛날엔 날 보고 미제국주의의 개라더니 자신은 일본산 똥개가 되셨나? 금세 냄새 맡고 나타나다니. 그래 이번엔 내 딸년 마저 망쳐 놓 작정인가?
성 민 : 나도 인생을 헛살았지만 당신도 지나간 세월을 부끄러워할 줄 알아야 합니다.
순 탁 : 난 부끄러운 일 한 적 없어.
성 민 : 죄없는 무수한 젊은이들을 빨갱이로 몰아 처단한 게 누굽니까? 어떻게 해서 당신이 재산을 모았어요? 그러고도 지도자가 되겠다고 선거에 나섰었소? 후안무치한 인간 같으니.
순 탁 : 네놈이 날 비방할 자격이나 있어? 벌써 죽었을 목숨 구해 줬더니 아직도 빨갱이 때를 완전히 못 벗었군? 이봐 이 사람이 왜 나와 결혼했는지 들어봐. 난 이용당했어.
경 자 : 그만들 하세요. 모두 내 탓입니다.
성 민 : 철면피도 유분수지. 당신은 재산이 탐이 나서 경자를 노린 걸 세상

이 다 알아.

순　　탁 : 장인은 아들을 살리기 위해 혼사를 서둘렀지만 이 사람은 자네를
　　　　　도망 보내기 위해 나한테 매달린 걸 몰라?

성　　민 : 그런데 왜 경서를 죽였소? 이 집안 상속자를 도망 보내 놓고 뒤에서
　　　　　총을 쏜 게 누구야?

경　　자 : (그 말이 충격적인 듯) 오빠가? (휘청거리며 쓰러지듯 벤치에 앉는
　　　　　다)

순　　탁 : (외면하며) 난 아니야.

성　　민 : 그럼 토벌대가 어떻게 알았어?

위 장면에서의 최순탁과 손성민 사이에 나타나는 갈등의 원인은 이념이
다. 두 인물이 과거의 일을 보는 시각은 현저히 다르며, 따라서 상대방을
관대하게 이해할 수 있는 마음의 여지는 거의 없다. 두 사람 사이의 갈등은
이미 어느 정도 예상된 것인데, 여기에 작가의, 두 인물 사이의 갈등에 4·3
이라는 역사적 사건을 적극적으로 개입시키고자 하는 의도가 명백하게 드러
난다. 이때 두 사람의 갈등 과정에 정의감을 적용시키는 것은 별반 의미가
없다. 4·3 자체가 정의감과는 다른 차원에서 벌어진 역사적 사건이기 때문
이다.

서청이었던 최순탁은 일본에서 사회주의 활동을 했던 손성민이 갑자기
나타나 가정을 망치려 든다고 언성을 높이고, 손성민은 무수한 젊은이들을
빨갱이로 몰아 처단한 그가 어떻게 국회의원 후보가 될 수 있느냐고 몰아세
운다.

위 장면은 4·3으로 인한 갈등을 보여준다. 작가는 손성민의 입을 빌려
최순탁이 저지른 과거의 일들을 하나둘 폭로하기 시작한다. 김경자의 오빠
이며 손성민의 친구인 김경서가 죽게 된 것이 최순탁과 관련이 있다는 것도
위 장면에서 드러나고 있다.

<장면 · 2>

순　탁 : 나도 시대의 희생자야. 세월이 좋으니까 당신들이 날 몰아세우지
　　　　만, 난 지금도 빨갱이라면 치가 떨려. 당신들 부모가 반동으로 몰려
　　　　처형당하고 재산까지 빼앗겼다면 앉아서 당하기만 하겠소? 빈털터
　　　　리로 월남해서 오갈데없는 처지에 정부에서 빨갱이 잡을 토벌대를
　　　　모집한다기에 난 지원했지. 그게 서청이야. 우린 적개심 때문에
　　　　물불 가릴 여유가 없었어. 경서의 죽음을 막지 못한 건 지금도 후회
　　　　하오. 허나 우린 명령에 따라 작전을 수행한 죄밖에 없어.

성　민 : 그래요. 지난 세월의 먼지같은 얘긴 다 잊읍시다. 나도 가슴에 증오
　　　　와 저주의 칼을 품고 살았던 젊은 시절을 부끄러워하고 있소.

순　탁 : 그런 뚱딴지같은 소린 집어치워요. 그렇게 후회스러운 인생이라면
　　　　무슨 염치로 나타났어? 옛사랑을 못 잊어선가?

성　민 : 정말 짐승만도 못한 사람과 지금껏 어떻게 살았는지 짐작이 갑니
　　　　다. 당신한테 경자는 돼지발에 편자였어. 머리좋고, 부지런한 경자
　　　　가 탐이 난 게 아니라 물려받을 재산과 결혼한 거야. 늦었지만 이제
　　　　라도 난 되찾고 말겠어.

경　자 : (일어서며) 날 욕되게 마세요. 결혼한 여잔 가정에서 천국을 찾아요.
　　　　허나 지금은 모든 걸 버리니 이렇게 편할 수가 없어요. 날 이대로
　　　　내버려 둬요.

순　탁 : 흥 연극들 하고 있구만. 말해 봐. 날 우롱하기 위해 정조를 저놈한
　　　　테 바친 거지? 아니면 겁탈당한 거야? 어느 쪽이야. 누구든 아무
　　　　관계도 없었다고 부정해 봐. (사이) 왜 말들 못해?

그러나 위 장면에 이르면 손성민은 과거의 일에 대해 성찰하는 모습을
보여준다. 그러나 최순탁은 손성민과 정반대이다. 최순탁은 스스로를 변명하
는 데에 급급하고 있을 뿐만 아니라 손성민과 김경자의 관계를 여전히 부정적
으로 바라본다. 최순탁이 그의 전 부인인 그녀를 타인으로 여겨 버리면 문제
는 더 이상 발생하지 않을 것이다. 그러나 최순탁은 그렇게 하지 않는다.
그것은 손성민과의 불화 원인이 그녀에게 있다고 보고 있기 때문이다.

위 장면에서 김경자는 최순탁과 손성민 사이의 갈등에 그녀가 수동적으로 개입하고 있다. 수동적으로 개입하고 있다는 말은, 경우가 다르기는 하지만 최순탁과 손성민은 공히 그녀 쪽에 접근하고 있는데, 그녀는 두 인물의 접근을 허용하고 있지 않다는 뜻이다. 그런데 위 장면에서 최순탁과는 달리 손성민은 과거의 일에 대해 반성하고 있다. 이것은 그만큼 손성민이 더 인간적임을 말해준다.

<장면 · 3>

성 민 : 우리에겐 진득한 그리움과 오랜 기다림이 있었지 않소. 그 이상 무엇이 필요하겠소. 난 가슴이 터질 것처럼 기쁘오.

경 자 : 당신은 사랑에 눈먼 환자니 지팡이가 필요해요. 내가 지팡이가 되겠어요.

성 민 : 고맙구료. 그 정열을 아직도 간직하고 있다니.

순 탁 : 당신은 아무데도 못 가. 이 최순탁일 떠날 수 없단 말이야. 당신은 내가 다시 일어서는 걸 보아야 해. 김경자는 죽어서도 최순탁이 마누라일 뿐이야.

경 자 : 당신은 내게 아무런 권리가 없어요. 난 하루라도 인간들과 살고 싶단 말입니다. 초량 어멈. 내 물옷과 테왁 어디 뒀지?

성 민 : 거긴 바다가 없는 곳인데 물옷 따위가 무슨 소용이요.

경 자 : 하지만 그건 내 보물인 걸요.

성 민 : 그것 봐요. 당신은 애초부터 바달 떠날 수 없는 물고기요. 갯내음을 맡지 못하면 오래 견디지도 못할 텐데 그러고도 날 따라간다고 했소?

위 장면에서 다시 한번 확인하게 되는 것은 최순탁과 손성민 사이에 나타나는 갈등의 원인이 김경자에게 있다는 점이다. 그녀는 손성민의 달콤한 말에 끌려가는 형국이다. 최순탁과 손성민의 그녀를 놓치지 않으려는 싸움에서 최순탁이 패배하게 되는 것은 그녀의 그러한 태도 때문이다. 다르게 말하면 그것은 손성민으로 하여금 외면적, 내면적인 승리를 얻게 한 요인이다. 그리고 위 장면에서 주목해야 할 것은 '당신은 내게 아무런 권리가 없어요. 난 하루라도 인간들과 살고 싶단 말입니다.'라는 말 속에 들어 있는 그녀의 생각이다. 이러한 그녀의 생각이 결국은 그녀로 하여금 손성민 쪽으로 기울어지게 했기 때문이다.

위 장면에 나타나는 손성민의 말은 인간적이기는 하지만 현실에 바탕을 둔 말은 아니다. 이러한 점은 그녀의 말도 마찬가지이다. 그렇다 하더라도 그녀가 최순탁을 향해 한 말 '당신은 내게 아무런 권리도 없어요'는 이 작품의 방향을 암시한다는 점에서 매우 중요하다.

3. 최순탁과 최윤정 사이의 갈등

김경자는 손성민의 아이를 임신한 후 최순탁과 결혼하게 된다. 최윤정은 최순탁과 결혼한 후에 태어난 딸이다. 그런데 최순탁은 최윤정이 어릴 때 애비 없는 자식이라고 심하게 학대한 적이 있는데, 그것이 최순탁과 최윤정 사이의 갈등의 원인이 된다.

<장면>

순 탁 : 이년이 어디서 앙탈이야?

윤 정 : 애비 없는 더러운 년이라고 이모한테 양육시킬 땐 언제고, 이제
　　　　와서 부친 대우 받으시겠어요?

순 탁 : (돌아서며 헛기침만) 어허. 나 원 참.

윤 정 : (악에 받쳐) 근육이 터질 지경으로 매질한 게 누구예요?

순 탁 : 그건 우연한 실수였다고 몇 번씩 말해야 알아듣겠어?

윤 정 : 흥. 실수라구요? 폭도를 고문하듯 밥까지 굶기면서 며칠을 창고에
　　　　가두었어요. 왜 그랬지요?

순 탁 : 말을 안 듣기에 버르장머리를 가르치려던 거였어.

윤 정 : 난 이미 어린애가 아니었어요. 생생하게 기억하고 있다구요. 어떻
　　　　게 해야 말을 듣는 거죠? 짐승 같은 성욕까지 만족시켜 드리는
　　　　게 자식의 도리인가요?

순　탁 : 닥쳐. 넌 애비를 어떻게 보고 그 따위 소리야?

위 장면만을 놓고 보더라도 최순탁은 결코 인간적인 인물이 아니다. 그는 난폭하고 특수하기까지 하다. 독자는 그와 같은 인물을 통해 현실의 어딘가에서 벌어지고 있을지도 모르는 가정적 비극을 떠올리게 된다. 결국 우리는 그의 비정상적인 성격을 부각시키는 작가의 의도를 포착하게 된다. 작가는 있을 수 있는 일을 통해 우리 삶의 부정적 측면의 세계를 드러내고 싶었던 것이다.

위 장면에서 최순탁을 향해 퍼붓는 최윤정의 말은 일종의 저주이며 복수이다. 최윤정을 학대한 것에 대해 그는 우연한 실수라고 변명하고 있지만 최윤정의 말을 그대로 받아들인다면 그것은 우연한 실수가 아니라 고의적 학대임이 분명하다. 그 점은 할 말이 없게 되자 '닥쳐. 넌 애비를 어떻게 보고 그 따위 소리야?'라고 한 데에서도 드러난다

4. 최윤정과 최윤수 사이의 갈등

최윤정과 최윤수는 아버지가 다르기는 하지만 오누이 사이이다. 최순탁과 최윤수는 정서방과 최윤정을 결혼시키기 위해 정서방으로 하여금 최윤정을 범하게 함으로써 결국 최윤정은 정서방과 결혼하지만 나중에는 이혼한다. 이것이 최윤정과 최윤수의 갈등의 원인이다.

<장면>
윤　정 : 그 정가놈한테 날 내던진 게 누구 작품인데? 그렇게도 내가 거추장
　　　　 스런 존재였니?
윤　수 : 시집보내 줬으면 고맙게 생각해야지, 무슨 헛소리야?
경　자 : 정서방이 그만 착하면 됐다. 넌 일등 신부라도 되는 줄 알어. 더
　　　　 늦기 전에 가 다시 살자고 빌어.
윤　정 : 착해요? 난 깜빡 속았다구요.
경　자 : 몰라도 속고 알아도 속는 게 여자의 운명이라잖니?

윤 정 : 그게 아니예요. 엄마 정말 모르시는 거예요? 모든 게 계략이었다구
         요. 윤수 너 그걸 영원히 숨길 수 있을 줄 알았어?
윤 수 : 뭐? 계략?
윤 정 : 최순탁 씨하고 네가 공모했다는 걸 정가놈이 실토했어.
경 자 : 얘 윤정아?
윤 정 : 엄마도 알고 있죠?
경 자 : (의아해서) 윤수야, 이 무슨 벼락 맞을 소리냐?
윤 정 : 정가놈이 날 덮치게 하고 그걸 빌미 잡아 후딱 식을 올리게 한
         걸 모른단 말이예요?
경 자 : 맙소사, 그게 사실이냐?

최윤정은 최순탁과 그의 아들 최윤수와 공모하여 정서방과 결혼식을 올
리게 한 사실을 들추어 내고 있다. 정서방과 헤어진 지금 최윤정에게는 그것
이 참을 수 없는 일이다. 그래서 최윤정과 남동생 최윤수 사이에는 갈등이
생기게 된 것이다. 따라서 그 갈등은 최윤정이 정서방과 헤어짐으로 해서
생긴 갈등이며 쉽게 해소될 수 없는 갈등이다. 이런 점 때문에 최윤정으로서
는 그것이 아주 심각한 일일 수밖에 없다. 그러나 최윤수는 그와 다르다.
'시집보내 줬으면 고맙게 생각해야지, 무슨 헛소리야?'에서 보듯이 도덕적
으로 전혀 문제가 없다고 생각하는 것이다.

위 장면에서 드러나는 최윤정과 최윤수 사이의 갈등의 원인은 최윤수의
불순한 의도가 그 원인이다. 그런데 이 갈등은 최윤정과 최순탁 사이의 갈등
과도 깊이 관련되어 있다. 최윤정과 정서방의 결혼은 최윤수와 최순탁의
공모에 의한 것이기 때문이다. 김경자는 이제야 비로소 그것을 확인하게
되는데 그녀가 '그게 사실이냐?'고 묻는 데도 최윤수가 그에 대해 대답을
하지 않은 것은 그것이 사실임을 암시한다.

5. 김경자와 손성민 사이의 갈등

김경자와 손성민의 갈등은 심각한 갈등이 아니라 아주 쉽게 해결될 수

있는 갈등이다. 그것은 그녀의 말 '그래서 날 동정하십니까? 소박맞은 여편
네라고 불쌍하게 보이세요? 세상을 오래 사셨으면 아실 만한 양반이 어찌
그런 말씀하십니까?'와 손성민의 말 '난 그냥 떠나지 않겠소. 당신을 혼자
내버릴 수가 없단 말이오. 당신이 날 따르지 않겠다면 내가 당신 곁에서
살겠소'에서 확인된다. 그러므로 그녀와 손성민의 갈등은 위에서 이야기한
갈등들 중 가장 약화된 갈등이라 할 수 있다.

<장면>
성　민 : 그래서 행복하단 말이오?
경　자 : 더 이상 바랄 게 없으니 된 거지요
성　민 : 숨기려고 말아요. 당신이 혼자 몸이라는 걸 다 알고 있소
경　자 : 그래서 날 동정하십니까? 소박맞은 여편네라고 불쌍하게 보이세
　　　　요? 세상을 오래 사셨으면 아실 만한 양반이 어찌 그런 말씀하십니
　　　　까?
성　민 : 나한테도 책임이 있으니까 하는 소리 아니오?
경　자 : 이제 와서 무슨 소용입니까? 부질없는 생각은 마세요. 난 저 바다만
　　　　있으면 혼자서도 얼마든지 살 수 있어요.
성　민 : 그래 당신에겐 바다밖에 필요 없지. 허나 저 수평선가에 떠오르는
　　　　뭉게구름 건너편에도 사람 사는 세상이 있다는 걸 어찌 모르시오?
경　자 : 거긴 당신이 좋아서 살던 세상이지 나하곤 아무 상관없어요. 그러
　　　　니 날 동정하거나 어떻게 하겠다는 생각은 아예 마세요. 난 지금이
　　　　가장 편안하답니다.
성　민 : 난 그냥 떠나지 않겠소. 당신을 혼자 내버릴 수가 없단 말이오.
　　　　당신이 날 따르지 않겠다면 내가 당신 곁에서 살겠소
경　자 : 무슨 소릴 하는 겁니까? 자식들이 보고 있어요. 우릴 의심하고 있단
　　　　말입니다. 젊은 시절 불장난이 무슨 자랑이라고 주책을 부리시려
　　　　는 겁니까?
성　민 : 한때의 불장난이라고? 당신은 그리 생각했소?

이 작품에서 김경자와 손성민 사이의 갈등은 작품의 주제를 이끌어 내는 데에 있어서 아주 중요한 요소로 작용한다. 이 두 인물 사이에 아무런 갈등이 없었다면 이 작품은 밋밋한 과정에 머물러버렸을 공산이 크다. 이 작품에서의 두 인물 사이의 갈등은 결말에서 보는 것처럼 그녀가 손성민을 따라 일본으로 가겠다는 말에 극적인 설득력을 부여한다.

김경자에 대해 지니고 있는 손성민의 애정은 지금까지 유지되고 있는데, 그녀는 그것을 알고 있으면서도 현실적인 문제 때문에 그것을 받아들이지 않는다. 그녀에 대해 지니고 있는 손성민의 애정은 헌신적이다. 그 점 때문에 그것은 순수하고 비현실적이기도 하다. 결국 그녀와 손성민 사이의 갈등은 애정확인으로 인해 나타나는 갈등이다.

Ⅲ. 갈등의 해소

원래 우리의 문학작품에 나타나는 바다는 고려가요인 「청산별곡」의 "살어리 살어리랏다 / 바르래 살어리랏다"에서의 바다처럼 평화로운 삶의 터전으로서의 바다이다. 이 작품에 나타나는 바다는 삶의 근원으로서의 바다이다. 또한 이 작품에 나타나는 바다는 등장인물 김경자와 최순탁 사이의, 그리고 그녀와 손성민 사이의 갈등을 해소시키는 바다이기도 하다.

<장면 · 1>
윤　선 : 에덴의 절벽 밑에 있다는 바닷속 동굴이에요. 옛날엔 그속에 얼굴
　　　　 만한 전복이 많았는데 그 입구를 커다란 문어들이 지키고 있어서
　　　　 함부로 접근도 못했구요, 머구리선(잠수기선) 대놓고 일을 하려면
　　　　 그 문어들이 숨구멍 대롱을 막아버려 작업을 못했대요.

위 장면에서는 바닷속 동굴이 최윤선의 입을 통해 설명되고 있다. 이 작품에서 바닷속 동굴은 상징적인 의미를 지닌다. 최윤선의 설명대로라면 바닷

속 동굴의 바위문은 태풍이 불 경우에만 열릴 수 있는데, 김경자는 다른 인물들과의 갈등이 벌어질 때마다 항상 그곳에 가기를 열망한다.

  <장면 · 2>
  윤 수 : 태풍이 북상중이래요.
  경 자 : 그거 반가운 소식이구만. 이번엔 제발 바위문이 열렸으면 좋겠다.
          (무엇에 홀린 사람처럼 웃음을 흘리면서) 흐흐흐 난 맨 먼저 달려
          갈 거야. 먼저 따는 사람이 임자니까.
  윤 정 : 엄마 정말 죽고 싶어서 그래? 태풍 속에서 물질이 가능하다고 생각
          하는 거야? 그건 개죽음이야.
  경 자 : 너희들은 모른다. 그건 네 할머니, 아니 그 할머니의 할머니 이전부
          터 모두가 소망했던 일이야. 설령 거기가 내 무덤이 될지언정 무슨
          걱정이냐? 잠녀는 바다에서 죽어야 이어도에 간다.
  윤 수 : 넋두리 그만둬요. 어머닌 언제까지 환상 속에 살 겁니까? 그러니
          항상 당하게만 되는 거예요. 눈을 똑바로 뜨고 현실을 바라보세요.
          왜 어머니가 아버질 빼앗겼어요?

  김경자가 태풍이 부는 날에 바다로 가겠다고 하는 것은 그만큼 바다를 삶의 근원으로 인식하고 있기 때문이다. 그녀에게 있어서 바다는 그녀에게 뿐 아니라 조상 대대로 모든 여성들이 지향했던 삶의 터전이다. 그래서 그녀에게는 그 과정에서 발생하게 될지도 모르는 죽음은 두려움의 대상이 아니다. 그것은 작가가 의도하는 작품의 방향이며 주제이기도 하다.

  김경자의 열망은 그만큼 환상적이고 비현실적이다. 그러한 점은 '잠녀는 바다에서 죽어야 이어도에 간다.'는 그녀의 말에서 잘 드러난다. 또한 최윤수의 말 '그러니 항상 당하게만 되는 거예요. 눈을 똑바로 뜨고 현실을 바라보세요. 왜 어머니가 아버질 빼앗겼어요?'에서도 그 점은 마찬가지이다.

  <장면 · 3>
  경 자 : 난 내 방식대로 산다. 누구 하나 도움 안 받고 그렇게 살아왔어.

부모한테 물려받은 건 저 넓은 바다와 튼실한 육신뿐이다. 그리고
나도 너희들한테 물려줄 건 그것밖에 없다. 허나 물질 안 해도 먹고
살 수 있는 세상이니 너희들이 바다를 버리는 건 어쩔 수 없지.

위 장면에서 보는 것처럼 바다에 대한 김경자의 인식은 확고부동하다.
그녀가 바다로 가겠다고 하는 것은 그녀의 삶의 방식을 보여주는 것이기도
하다. 그녀에게는 그 삶의 방식을 변경할 마음이 전혀 없다. 그녀의 그러한
인식은 숙명과 같은 것이다. 작가가 위 장면에서 제주 잠녀들의 숙명적인
삶의 방식을 말하고 싶어한 것은 거의 분명해 보인다.

따라서 김경자는 바다에 대한 집착을 버리지 않는다. 자식들이 바다를
버려도 자기는 바다를 버리지 않겠다는 것이다.

<장면 · 4>
경　자 : 저 높다란 파도 속에 바위문이 열리면 검은 굴이 보인다. 윤정아
　　　　어서 너도 가자. 빨리 따라와.(미친 듯이 바다로 뛰어나간다.)

<장면 · 5>
경　자 : 이제 와서 무슨 소용입니까? 부질없는 생각은 마세요. 난 저 바다만
　　　　있으면 혼자서도 얼마든지 살 수 있어요.

<장면 · 6>
경　자 : 그래요. 바다가 생각나면 언제고 돌아올 겁니다. 당신도 과수원을
　　　　관리하려면 돌아와야 하잖아요?

김경자에게 있어서 바다는 이처럼 삶의 절대적인 근원이다. 그래서 그녀
는 비록 손성민을 따라 일본에 간 후에도 바다가 생각나면 언제고 돌아올
것이라고 말한다.

결국 김경자에게 있어서 바다는 삶의 터전인 동시에 삶의 근원으로 작용
하는 바다이며, 그렇기 때문에 그 바다는 그녀에게 있어서 절대적인 의미를

지닌다. 그녀에게 있어서 바다가 이 정도임을 알게 되면 이 작품을 읽는 독자는 누구나 "결국 그 바다는 우리의 삶의 바다이다."라는 데에 동의하지 않을 수 없을 것이다.

Ⅳ. 에필로그

지금까지 「폭풍의 바다」에 나타난 인물들 사이에 나타나는 갈등과 해소의 장면들을 분석해 보았다. 이제 그 내용을 요약하면 다음과 같다.

첫째, 최순탁과 김경자 사이의 갈등은 이 두 인물이 지니고 있는 현재와 과거의 삶의 방식에 대한 비분리적·분리적 사고 또는 이 두 인물이 지니고 있는 이중성 등에서 비롯된다. 최순탁은 이혼하기 이전과 다름없는 행동을 취한다. 그것은 그가 과거의 삶의 방식을 현재의 삶에 적용하고 있음을 의미한다. 김경자는 남편으로부터 이혼을 당한 보통의 여자가 그러하듯 최순탁의 부탁과 충고를 받아들이지 않는다. 또한 그것은 그녀가 최순탁과는 달리 과거의 삶의 방식을 현재의 삶의 방식에 적용하지 않고 있음을 의미한다. 최순탁과 김경자는 이중성을 지니고 있는데 김경자의 그것은 최순탁의 그것에 비해 훨씬 더 강하다.

둘째, 최순탁과 손성민 사이의 갈등은 이념으로 인한 갈등이다. 두 인물이 지니고 있는 과거에 있었던 일에 대한 시각은 판이하게 다르며, 따라서 그들의 마음 속에는 상대방을 관대하게 이해할 수 있는 여지가 거의 없다. 이쯤 되면 독자는 이 두 인물 사이의 갈등이 전개되는 방향을 어느 정도 예상할 수 있다. 게다가 작가는 두 인물 사이의 갈등에 4·3이라는 역사적 사건을 적극적으로 개입시키고자 하는 의도를 명백하게 드러낸다. 최순탁과는 달리 손성민은 과거의 일에 대해 성찰하는 모습을 보여주고 있다. 그것은 그만큼 손성민이 인간적인 인물임을 말해준다.

셋째, 김경자는 손성민의 아이를 임신한 후 최순탁과 결혼하게 된다. 최윤정은 최순탁과 결혼한 후에 태어난 딸이다. 최순탁은 최윤정이 어릴 때에 애비 없는 자식이라고 심하게 학대한 적이 있는데, 최윤정은 그것을 오랫동안 마음 속에 간직하고 있고, 바로 그것이 최순탁과의 갈등의 원인이 된다. 최순탁은 결코 인간적인 인물이 아니다. 그의 인간성은 난폭하며 특수하기까지 하다.

넷째, 최윤정과 최윤수는 아버지가 다르기는 하지만 오누이 사이이다. 정서방과 최윤정을 결혼시키기 위한 방편으로, 최순탁과 최윤수는 서로 공모하여 정서방으로 하여금 최윤정을 범하게 한다. 결국 최윤정은 정서방과 결혼하지만 나중에는 헤어지게 된다. 이것이 최윤정과 최윤수 사이에 나타나는 갈등의 배경이다. 최윤정과 최윤수 사이에 나타나는 갈등의 원인은 최윤수의 불순한 의도가 그 원인이다. 그런데 이 갈등은 최윤정과 최순탁 사이의 갈등과도 관계가 있다. 최윤정과 정서방의 결혼은 최윤수와 최순탁의 공모에 의한 것이기 때문이다.

다섯째, 김경자와 손성민의 갈등은 심각한 갈등이 아니라 아주 쉽게 해결될 수 있는 갈등이다. 그런데 그녀와 손성민의 갈등은 「폭풍의 바다」에 나타난 인물들 사이의 갈등 중에서 정도가 가장 약한 갈등이라 할 수 있다. 김경자에 대해 지니고 있는 손성민의 애정은 옛날부터 지금까지 유지되고 있다. 그녀에 대해 지니고 있는 손성민의 애정은 헌신적이다. 그래서 그것은 순수하면서도 비현실적이다. 김경자는 자신에 대한 손성민의 애정을 잘 알고 있으면서도 현실적인 문제 때문에 그것을 받아들이지 않는다. 결국 김경자와 손성민 사이의 갈등은 애정확인으로 인해 나타나는 갈등이라 할 수 있다.

여섯째, 김경자가 태풍이 부는 날에 바다로 가고 싶어하는 것은 그만큼 바다를 삶의 절대적인 근원으로 인식하고 있기 때문이다. 그녀가 인식하고 있는 바다는 그녀뿐만 아니라 조상 대대로 모든 잠녀들이 가고 싶어했던 삶의 터전으로서의 바다이다. 그래서 그녀에게 있어서 바다에서 발생하게 될지도 모르는 죽음은 두려움의 대상이 결코 아니다. 김경자의 바다에 대한 열망은 환상적이고 비현실적이기는 하지만, 그녀에게 있어서 바다는 삶의 절대적인 근원이며 삶의 방식과 관련된다. 그런데 바다가 독자에게 그러한 의미로 전달되는 데에 기여한 것은 작가가 「폭풍의 바다」에 장치해 놓은 패턴(pattern)이다. 이 작품에는 바다에 가고 싶어하는 그녀의 마음을 표명하는 부분이 다섯 번 반복되어 있다. 그것은 무심코 이루어진 반복이 아니라 작가가 일부러 설정한 의미 있는 반복이다.

결론적으로 「폭풍의 바다」는 인물들의 갈등과 해소를 통해 제주의 근대사를 헤쳐온 제주 잠녀의 굴곡 많은 삶을 그린 작품이라 할 수 있다.

제주수필에 대한 주문

Ⅰ. 프롤로그

어느 문학 토론회의 자리에서, 문학에 대해 꽤 높은 식견을 갖춘 P씨까지도 수필을 단순하게 '붓 가는 대로 쓴 글'로 이해하고 있음을 알고 잠시 착잡한 마음을 가졌던 적이 있다. 수필에 대한 P씨의 이해는 다르게 말해서 수필에 대한 P씨의 오해였다. 그러한 오해가 P씨에게만 국한된 것이라면 크게 신경을 쓸 일은 아닐 것이다. 문제는 그러한 오해가 널리 퍼져 있을 뿐만 아니라 그러한 오해 때문에 수필이라고 하기에는 수준이 의심스러운 글들도 어엿하게 수필로 대접받고 있고 그야말로 아무렇게나 붓 가는 대로 쓴 수필을 옹호하는 근거로까지 사용되고 있다는 데에 있다.

단정적으로 말할 수는 없으나 그러한 오해의 빌미를 제공한 사람은 「隨筆文學考」라는 글에서 수필을 "글자 그대로 붓 가는 대로 써지는 글"이라고 정의한 수필가 김진섭이다. 그러나 실제로 그가 의도한 바는, 소설에서와 같은 치밀한 구성이나 시에서와 같은 운율·이미지 등의 요소를 지니지 않아도 된다는 의미에서, 수필은 "스스로 느끼고 보고 들은 바를 기록하면 되는 글"이라는 정도의 것이었다. 이 점은 그가 쓴 「생활인의 철학」「청빈예찬」「主婦頌」「涕淚頌」「母頌論」「교양에 대하여」「창」 등을 읽어보면 쉽게 확인된다.

김진섭의 수필은 한결같이 호흡이 긴 만연체 문장으로 되어 있으며 삶에 대한 긍정과 외경의 바탕 위에서 사랑과 고뇌에 대한 서정적이고 사색적인 내용을 담고 있다. 그는 이양하와 함께 수필을 문학적 차원으로 승화시켰고 수필에 관한 이론을 확립하는 데에도 기여한 바가 컸다는 평가에 동의한다면 아직까지도 오해의 빌미를 제공하고 있는 그의, 수필에 대한 정의는 마땅히 올바른 의미로 파악되어야 한다.

이 글이 주로 의도하는 바는 한국수필, 특히 제주수필이 문체·구성·미학의 어떤 점들에 유의해야 하는가를 이론적으로 살펴보는 데에 있다. 그런데 그것을 살펴보기 전에, 이 글은 평소 애정을 가지고 제주수필을 꾸준히 읽는 순수한 독자의 입장에서 썼다는 점을 밝혀 두고 싶다. 따라서 이 글은 제주 수필가들이 쓴 수필을 의도적으로 폄하하거나 비판하는 것과는 거리가 멀다. 또한 수필이라는 장르를 문학의 다른 장르와 비교하면서 우열을 논하는 것과도 전혀 관계가 없다.

Ⅱ. 수필의 문체

오랫동안 글을 쓰는 일에 종사하고 있는 사람들도 무의식적으로 그들이 글에서 사용한 일반적 용어가 적절하지 않았다고 고백한다. 그들의 그러한 고백은 그들이 사용한 용어가 유동적이고 불분명하여 독자들에게 그 의도가 잘 전달되지 못할지도 모른다는 우려에서 비롯된 것이다. 그래서 그들은 그들이 사용하는 용어의 의미를 가급적 최대한으로 통제하려 하며 가능하면 그 의미를 한정하려 한다. 그것은 모두 용어의 혼란을 미리 막으려는 노력의 모습이라 할 수 있다.

그렇다고 해서 모든 글에서 그러한 노력이 필요한 것은 아니다. 문학, 특히 시에서 사용되는 용어의 경우 오히려 의미를 통제하거나 한정하는 것은 극력 삼가야 한다. 시에서는 애매성(ambiguity)의 이론에서 보듯이 하나의 표현이 여러 의미를 나타내는 것을 바람직한 상태로 보고 오히려 그것을 조장하기까지 하기 때문이다. 그러나 이것은 어디까지나 시의 경우이며 수필의 경우에까지 그 이론이 적용되지는 않는다.

문학적인 글이든 일반적인 글이든 모든 글에서는 글을 쓰는 사람의 의도가 잘 전달되는 것이 매우 중요한데 문체는 이와 직접적으로 관련된다. 여기에서는 문체의 개념과 기능, 문체의 종류와 특성, 창조적 문체를 만드는 데에 필요한 조건 등에 대하여 살펴보기로 한다.

스탕달은 문체를 "하나의 주어진 사상에 그것이 드러낼 수 있는 모든 효과를 드러내는 데에 적절한 모든 상황을 부여하는 것"으로 정의한다. 이러한 정의는 분석적이기는 하지만 우리를 형이상학적인 분위기로 끌어들이기 때문에 실제로 글을 쓰면서 부딪히는 구체적인 문제들에 대해 판단하고자 할 때는 크게 도움이 되지 못한다. 그래서 문체라는 말의 뜻에 대해서는 구체적인 문장을 중심으로 파악해야 할 필요가 있다. 문체라는 말의 뜻을 파악하기 위해 먼저 다음과 같은 세 문장[1]을 제시해 보기로 한다.

① 나는 지난주에 발간된 신문의, 지역문화에 관한 칼럼을 누가 썼는지 알고 있다. 그 칼럼을 쓴 사람은 A씨이다. 나는 그의 문체를 잘 알고 있다.
② B씨의 글에 들어 있는 아이디어는 흥미가 있다. 그러나 그는 표현기법을 배워야 한다. 그 글에는 그의 문체가 없다.
③ C씨는 허풍쟁이이며 엉터리이다. 그러나 그의 글은 호언장담 · 야성 · 익살과는 구분되는, 그 이상의 무엇을 담고 있다. 그는 그의 문체를 가지고 있다.

①에서의 문체는 글을 쓰는 사람을 식별하는 데에 기본이 되는 표현상의 개인적 특이성을 의미한다. 그 개인적 특이성은 많은 요소들이 모여 이루어

---

1) J. M. Murry, *The Problem of Style* (London : Oxford Univ. Press, 1956), pp. 4~8. 참조.

진다. 글을 쓰는 사람을 식별하는 데에는 그 요소들이 집합된 문장의 여러 행을 통해 사상의 움직임이나 말씨의 움직임, 상상력의 특징에 주목하는 것이 최선의 방법이다. 일류 문장가는 문장 속의 많은 요소들을 절묘하게 조화시키는 데에 성공하고 삼류 문장가는 그것에 실패한다.

②에서의 문체는 표현기법을 의미한다. 이러한 의미의 문체는 일련의 아이디어를 표현하는 능력 중에서도 특히 지적 아이디어를 표현하는 능력이라고 할 수 있다. 철학자나 수필가에게, 그의 글에 들어 있는 아이디어는 흥미가 있으나 문체가 시원치 않다고 말하는 것은 그렇게 부당하지 않지만 소설가나 시인에게 그렇게 말하는 것은 부당하다. 소설가나 시인이 지니고 있는 것은 아이디어가 아니라 지각·직관·정서적 신념이며 그들은 그것을 그대로 전달하는 사람들이기 때문이다.

③에서의 문체는 '최상의 성과'라는 절대적 의미를 지닌다. 이러한 문체는 개인적인 것과 보편적인 것이 완전히 융합된 것으로서 개인적이고 독자적인 표현을 사용한 글에서 그 의미를 드러낸다. 또한 이러한 문체는 다른 사람이 흉내내기가 어렵고 설령 흉내냈다 하더라도 흉내냈다는 사실이 금방 발견되기 쉽다.

지금까지 문체란 말을 세 개의 다른 의미, 즉 개인적 특이성으로서의 문체, 표현기법으로서의 문체, 최상의 성과로서의 문체로 분리하여 살펴보았다. 그러나 이러한 세 개의 다른 의미들은 자주 혼동된다. 글을 쓰는 사람들 중에서도 특히 비평가는 문체의 의미를 문맥의 전후 관계에 따라 정확하게 사용해야 한다. 그러나 이 말은, 수필가이니까 그것을 아무렇게나 사용해도 된다는 뜻까지를 포괄하는 것은 아니다. 뷔퐁의 말대로 문체는 사람이기 때문이다.

문체는 어떤 의미로 사용되는 것이든 시대·공간과 같은 글쓰기의 환경이나 글쓰기의 목적·장르의 영향을 받는다. 가령, 어떤 사람이 개성적 문체를 사용하고자 아무리 노력한다고 해도 그것은 시대·공간과 같은 글쓰기의 환경이나 글쓰기의 목적·장르의 영향을 받아 결국 개성적 문체의 범주를 벗어나게 되고 마는 것이다. 개성적 문체에 영향을 주는 표현상의 특징 일체를 유형적 문체라 부른다면 우리가 부르는 문체는 결국 개성적 문체와 유형적 문체의 결합으로 이루어진 것이라고 할 수 있다.

그렇다고 해서 개성적 문체의 가치가 반감되는 것은 아니다. 개성적 문체는 일차적으로 글을 쓰는 사람이 선택하거나 창조한 문체이며 유형적 문체의 근간을 이루는 것이기 때문이다. 예를 들어, 김소운의 개성적 문체는 김소운이 선택하거나 창조한 문체이며 시대·공간과 같은 글쓰기의 환경이나 글쓰기의 목적·장르의 영향을 받아 이루어진 유형적 문체의 근간이 되는 것이다.

개성적 문체는 개성을, 유형적 문체는 보편성을 각각 드러낸다. 그런데 개성과 보편성을 함께 드러내는 것은 개성적 문체와 유형적 문체를 변증법적으로 결합시킨 문체를 통해서만 가능하다. 나는 그 문체를 창조적 문체라 부르고자 한다. 창조적 문체는 얻어지거나 만들어지는 것이 아니라 글을 쓰는 사람이 직접 만드는 것이다. 이것은 글을 쓰는 사람이라면 누구나 공통적으로 느끼고 있는 점이다. 창조적 문체를 만들기 위해서는 최소한 다음과 같은 두 가지의 사항2)을 유념해야 한다.

첫째, 스탕달의, 문체에 대한 정의에 나타난 것처럼 하나의 주어진 사상에 그것이 드러낼 수 있는 모든 효과를 드러내는 데에 적절한 상황을 부여해야 한다. 그런데 그것은 기계적인 것이 아니고 자연적인 것이어야 한다. 천부적인 직관력도 없고 능력도 없는 작가일수록 즐겨 사용하는 기술적인 형용사나 맥없고 색깔 없는 부사는 창조적 문체를 만드는 데에 방해가 되는 것일 뿐이다. 아놀드는 "문체의 마력은 창조에 있으며 작가 자신은 창조할 뿐만 아니라 독자를 자극하여 독자가 어느 정도 자신과 같은 수준의 것을 창조하게 한다. 창조는 삶과 기쁨의 감각을 주며, 거기서 비범한 가치가 나타난다"

---

2) 위의 책, pp. 104~114. 참조.

고 말한 바 있다. 창조적 작가는 그가 기술하는 사실을 주장하거나, 그 사실이 그렇고 그런 특징을 가지고 있다고 공언하지 않는다. 만일 그렇게 할 경우, 그는 자기 주장을 실증하여 독자에게 그 진실성을 믿도록 해야 한다는 것을 알고 있다.

둘째, 언어의 타락과 무기력에 저항해야 한다. 언어의 타락과 무기력은 인습적 언어의 사용으로 나타나는 결과이다. 수필가는 모름지기 언어를 풍부하게 하는 감각적 자각을 가질 수 있도록 노력해야 한다. 수필가가 언어에 새 생명을 불어넣을 수 있다면 그것처럼 좋은 일은 없다. 언어에 새 생명을 불어넣는 일이 어렵다면 최소한 언어를 생생하게 유지할 수 있도록 하는 노력을 기울여야 한다. 언어를 생생하게 유지하는 데에 필요한 것이 깊고 진실한 체험과 풍부한 지식임은 말할 나위도 없을 것이다.

결국 일류 수필가가 얻는 승리는 단순한 언어의 승리가 아니라 타락하고 무기력한 언어에 대한 승리이다. 마치 의사가 죽음에 임박한 환자에게, 강하게 조제한 약을 투여함으로써 환자의 체내에 충격을 주어 그 체내의 건강한 요소로 하여금 병적 요소를 물리치게 하듯이, 창조적인 작가는 다량의 발랄하고 신선한 지각을 언어 조직 속에 주입함으로써 언어를 다시 젊고 원기왕성하게 하는 것이다.

Ⅲ. 수필의 구성

수필도 문학의 한 장르이므로 당연히 문학작품이 갖추고 있어야 할 구성 형식에서 자유로울 수 없다. 수필을 무형식의 글이라고 하는 이유는 수필이 아예 형식을 필요로 하지 않는다는 점에 있지 않고 수필이 어느 하나의 고정된 형식을 가지고 있지 않다는 점에 있다. 그런데도 우리가 읽고 있는 수필 중에는 이러한 점을 완전히 무시하고 있는 수필이 적지 않다. 이러한 수필에서 우리가 발견하는 것은 무절제하게 나열된 문장들과 공허함뿐이다.

　형식적 수필을 중심으로 볼 때 수필의 구성은 화제의 전개, 곧 단락의 구조와 밀접한 관계가 있다. 그것은 ①시간적 구성 ②공간적 구성 ③물리적 구성 ④열거식 구성 ⑤점충식 구성 ⑥ 논리적 인과식 구성 ⑦3단식 구성 ⑧4단식 구성 등으로 구분된다. 그런데 이러한 구성들은 글에 있어서의 표면적 형식에 불과한 것이며 글이 본질적으로 지니고 있어야 할 유기성과 결부되지 않는다면 아무런 의미도 없는 것들이다.

　유기체(organism)란 각 부분이 일정한 목적 하에 통일·조직되어 있고 부분과 전체가 필연적인 관계를 가지고 있는 조직체를 말한다. 다시 말하면 부분들의 특수한 결합에 따라 이루어진 전체라고 할 수 있다. 그 부분들은 전체에 속하는 것일 경우에만 나름대로의 의미를 지니게 된다. 이러한 이유로 해서 부분과 전체는 상보적 관계에 놓인다고 할 수 있다.

　문학작품을 생물학적 시각에서 바라보고 그것을 유기체로 유추하여 고찰한 사람은 아리스토텔레스이다. 그는 플롯을 문학의 가장 중요한 부분으로 파악하고 그것을 개별적 행위들의 종합으로 정의한다. 따라서 플롯은 부분들로 하여금 전체를 이루게 하는 근본 원리가 된다. 그렇다면 전체란 무엇인가. 한 마디로 해서 그것은 '완전성'으로 수식되는 전체이다. 여기에서 잠시 그의 주장을 인용해 보기로 한다.

　　하나의 전체에는 처음·중간·끝이 있다. 처음은 필연적으로 그 앞에 아무것도 따르지 않으면서 그 뒤에는 다른 것이 자연히 따르는 것을, 끝은 그와 반대로 필연적으로 다른 어떤 것을 따르면서 그 뒤에는 아무것도 따르지 않는 것을, 중간은 어떤 것을 따르면서 동시에 뒤에 어떤 것이 따르는 것을 각각 의미한다. 그러므로 플롯을 엮는 사람은 아무데서나 시작할 수도 없고 끝낼 수도 없다.3)

　여기에서 그는 존재론적인 시각을 가지고 문학작품 전체의 완전성을 강

---

3) Aristotle, The Poetics, *Literary Criticism : Plato to Dryden,* ed. Allan Gilbert (Detroit : Wayne State Univ. Press, 1962), p. 79.

조하고 있음을 알 수 있다. 그에 의하면 그 완전성은 처음·중간·끝으로 이루어진 구성의 체계를 갖추었을 때 실현된다. 근본적인 의미에서 보면 이러한 주장은 호라티우스의 시론에서도 찾을 수 있다. 그의 시론은 어울림 (decorum)의 개념을 통해서 전개된 시론4)인데 '어울림'이란 문학작품에서의 성격, 주제, 배경, 말씨는 불합리하거나 위화감을 주지 않도록 적절해야 한다는 당위적 개념이다. 예를 들면, 돈 많은 노인에게는 그에 어울리는 행동과 말씨를 부여해야 하고, 순박한 농민에게는 그에 어울리는 언행을 제시해야 한다는 것이다. 그러나 이 경우, 그것이 하나의 원칙으로 고정될 때에 인위적이고 조작적인 느낌을 주게 된다는 점은 경계해야 할 사항이다.

오늘에 와서 아리스토텔레스 유기체론에서의 '유기성'은 그 의의가 상실 되었다는 주장도 있다. 비평의 주요 관심사가 문학작품의 통일성(unity)이어야 한다고 생각하는 비평 체계들에 소유권이 귀속되었다고 보기 때문이다. 그러한 주장은 예술적 사물(artistic object)이 실제로 복합적이면서 통합된 통일체일 뿐만 아니라 미적 효과를 드러내는 통일체이기도 하다는 확신에 토대를 두고 있다. 그렇다면 하나의 예술적인 통일체의 부분들은 따로 분리 되어서는 나타날 수 없는 특성들·의미들·효과들을 지니는 것들이 된다. 이러한 의미에서, 하나의 통일체에서 구별될 수 있는 모든 부분들이 서로 필요 불가결한 관계를 맺고 적절한 배열을 이루고 있다면, 그리고 그 통일체 에서 그것의 완전성에 필요한 부분이 빠져 있지 않다면, 그 부분들은 서로 유기적인 관계를 맺고 있고(organically related) 그 통일체는 '유기적 통일 (organic unity)'을 이루고 있다5)고 할 수 있다.

지금까지 소개한 주장들은—아리스토텔레스의 경우는 비극을, 호라티우 스의 경우는 서사시(오늘의 소설)를 중심으로 전개된 것들이지만—오늘날 씌어지는 모든 글에도 그대로 적용할 수 있는 것들이다. 그 글이 드라마이든,

---

4) Horace, The Art of Poetry, *Literary Criticism : Plato to Dryden*, ed. Allan Gilbert (Detroit : Wayne State Univ. Press, 1962), p. 128.
5) 이명섭, 『세계문학비평용어사전』 (을유문화사, 1985), pp. 376~377.

서사시이든, 소설이든, 수필이든 어떤 관점을 표현하거나 어떤 제목에 관한 명제를 받아들이도록 우리를 설득시키려는, 산문으로 된 문학이라면 그러한 주장으로부터 결코 자유로울 수 없기 때문이다.

Ⅳ. 수필의 미학

수필의 미학에 대한 고찰은 미적 체험, 미적 인식 등을 통한 연역적 방법으로 이루어지는 것이 바람직할 것 같다. 왜냐 하면 수필을 쓰는 사람들에게는 미적 체험과 미적 인식의 실상을 이해하는 것이 곧 미학적 방법을 이해하는 것으로 연결되기 때문이다. 그래서 여기서는 우선 미적 체험과 미적 인식에 대한 내용부터 살펴보기로 한다.

예술 작품에 대한 체험은 두 가지의 양상으로 나타난다. 그것의 하나는 형식적, 추상적 양상이고 다른 하나는 내용적, 구체적 양상이다. 전자는 균형·조화·통일성 등을, 후자는 예술 작품의 구체적 내용을 각각 의미한다. 전자의 경우, 통일성의 개념은 특히 중요하다. 그것은 균형·조화 등 형식적 요소의 통일뿐만 아니라 형식적 요소와 내용적 요소의 통일까지를 포괄하는 것이기 때문이다. '다양함 속의 통일'은 코울리지가 강조한 이후 예술 작품의 절대적 기준으로 인정되고 있다. 미적 체험이란 이와 같이 다양한 요소들 중에서 통일성을 지각하는 것을 말한다. 다시 말하면 그것은 형식과 내용의 통일성을 체험할 때 생기는 즐거움이다. 미적 체험은 그래서 실제적이고 직접적인 이익이나 필요한 정보를 얻기 위한 수단적 체험과는 판이하게 다른, 무목적적인 것이다. 미적 체험에 있어서 미적 대상으로서의 작품을 관조할 수 있는 거리가 생기는 것은 이 때문이다.[6]

미적 인식은 미적 즐거움과 미적 이해의 정규적인 혼합물이다. 그것은 세 가지로 나뉘는데, ①구성의 미학적 인식 ②보완의 미적 인식 ③압축의

6) N. 하르트만, 『미학』, 전원배 역 (을유문화사, 1969), pp. 227~228, 138. 참조.

미학적 인식 등이 그것들이다. ①은 부분과 부분 또는 부분과 전체의 형식적 조화로부터, ②는 형식과 내용의 조화로부터, ③은 작품의 부분에서 나타나는 미학적 특질로부터 각각 연유된다.[7]

하르트만은 글의 미를 숭고미·우아미·골계미 등 세 가지로 구분한다.[8] 그런데 실제로는 비애미를 추가하여 ①숭고미의 수필 ②우아미의 수필 ③ 골계미의 수필 ④비애미의 수필 등으로 구분할 수 있다.

①은 인간의 삶에 나타나는 숭고한 아름다움을 내용으로 하는 수필이다. 예를 들면 성직자의 박애, 사회사업가의 희생, 교육자의 사랑과 헌신, 충효, 모성애 등을 찬미한 수필들이 여기에 해당한다. ②는 우아한 미적 바탕 위에서 씌어진 수필을 의미한다. 이러한 수필은 주로 개인적 정감이 두드러지며 문학적인 글의 특성이 확연하게 나타나는 경우가 많다. 이효석의 수필은 대부분 그것의 시적 정취와 투명한 서정으로 해서 우아미의 수필의 예에 해당한다. ③은 해학을 드러낸 수필이다. 우리나라에도 많이 알려진 찰스 램의 수필에는 골계미의 수필이 많다. ④는 비애적 정서를 바탕으로 해서 씌어진 수필이다. 우리나라에는 서구의 비극이나 서사시가 지니고 있는 비애미의 수필이 거의 없다.

물론 이러한 수필들이 그러한 미 자체만으로 수필의 미학을 보장하는 것은 아니다. 실제의 수필에서는 수필의 미학이 무엇을 통해 드러나는가에 따라서 강화되기도 하고 변질되기도 하고 상실되기도 한다. 그렇다면 수필의 미학은 무엇을 통해 드러날 때에 강화되는가. 한 마디로 말해서 그것은 개성을 통해 드러날 때에 강화된다. 수필의 미학을 논할 때 글을 쓴 사람의 개성을 중시하지 않을 수 없는 것은 바로 이런 이유에서이다. 그런데 그 개성은 누구에게나 저절로 나타나는 것이 아니다. 그것은 어떤 문제에 대한 독특한 시각, 혼자만이 알고 있는 에피소드나 독특한 체험에 대한 독특한

---

7) 김윤식, 『문학비평용어사전』(일지사, 1976), pp. 77~78. 참조.
8) N. 하르트만, 앞의 책, pp. 378~482. 참조.

태도와 해석, 독특한 말솜씨 등을 지니려는 끊임없는 노력을 통해 확보되는 것이다.

V. 에필로그

지금까지 한국수필, 특히 제주수필이 문체·구성·미학의 어떤 점들에 유의해야 하는가를 살펴보았다. 이제 그 내용 중에서 강조되어야 할 점만을 간략하게 정리해 보면 다음과 같다.

(1) 문체는 개인적 특이성으로서의 문체, 표현기법으로서의 문체, 최상의 성과로서의 문체 등으로 구분할 수 있다. 글을 쓰는 사람들 중에서도 비평가는 문체의 의미를 문맥의 전후 관계에 따라 정확하게 사용해야 한다. 문체는 시대, 공간과 같은 글쓰기의 환경이나 글쓰기의 목적, 장르의 영향을 받는다. 문체가 그러한 것들로부터 영향을 받으면 결국 그 문체는 개성적 문체의 범주를 벗어나게 된다. 개성적 문체에 영향을 주는 표현상의 특징 일체를 유형적 문체라 부른다면 우리가 부르는 문체는 개성적 문체와 유형적 문체의 결합으로 이루어진 것이라고 할 수 있다. 개성적 문체는 개성을, 유형적 문체는 보편성을 각각 드러낸다. 그런데 개성과 보편성을 함께 드러내는 것은 개성적 문체와 유형적 문체를 변증법적으로 결합시킨 창조적 문체를 통해서만 가능하다. 창조적 문체를 만들기 위해서는 최소한 두 가지 사항을 유념해야 하는데, 그것의 하나는 주어진 사상에 그것이 드러낼 수 있는 모든 효과를 드러내는 데에 적절한 상황을 부여하는 것이고, 다른 하나는 언어의 타락과 무기력에 저항하는 것이다.

(2) 형식적 수필을 중심으로 볼 때 수필의 구성은 화제의 전개, 곧 단락의 구조와 밀접한 관계가 있다. 그것은 ①시간적 구성 ②공간적 구성 ③물리적 구성 ④열거식 구성 ⑤점층식 구성 ⑥논리적 인과식 구성 ⑦3단식 구성 ⑧4단식 구성 등 여덟 개로 구분된다. 그런데 이러한 구성들은 글에 있어서

의 표면적 형식에 불과한 것이며 글이 본질적으로 지니고 있어야 할 유기성과 결부되지 않는다면 아무런 의미도 없는 것들이다. 유기체란 각 부분이 일정한 목적하에 통일·조직되어 있고 부분과 전체가 필연적인 관계를 가지고 있는 조직체를 말한다. 그 부분들은 전체에 속하는 것일 때에만 나름대로의 의미를 지니게 된다. 이러한 이유로 해서 부분과 전체는 상보적 관계에 놓인다고 할 수 있다. 아리스토텔레스의 플롯이나 호라티우스의 어울림은 모두 문학작품을 유기체로 유추했을 때에 나타났던 개념들이다. 그 개념들은 오늘날 씌어지는 모든 글에도 그대로 적용할 수 있는 것들이다.

(3) 수필의 미학에 대한 고찰은 미적 체험, 미적 인식 등을 통한 연역적 방법으로 이루어지는 것이 바람직할 것 같다. 미적 체험이란 이와 같이 다양한 요소들 중에서 통일성을 지각하는 것을 말한다. 다시 말하면 그것은 형식과 내용의 통일성을 체험할 때 생기는 즐거움이다. 미적 체험은 무목적적인 것이다. 미적 인식은 미적 즐거움과 미적 이해의 정규적인 혼합물이다. 그것은 세 가지로 나뉘는데, ①구성의 미학적 인식 ②보완의 미적 인식 ③ 압축의 미학적 인식 등이 그것들이다. 하르트만은 글의 미를 숭고미·우아미·골계미 등 세 가지로 구분한다. 그런데 실제로는 비애미를 추가하여 ①숭고미의 수필 ②우아미의 수필 ③골계미의 수필 ④비애미의 수필 등으로 구분할 수 있다. 물론 이러한 수필이 그러한 미 자체만으로 수필의 미학을 보장하는 것은 아니다. 수필의 미학은 그것이 개성을 통해 드러났을 때에 강화된다. 그것은 어떤 문제에 대한 독특한 시각, 혼자만이 알고 있는 에피소드나 독특한 체험에 대한 독특한 태도와 해석, 독특한 말솜씨 등을 지니려는 끊임없는 노력을 통해 확보되는 것이다.

제주문학의 특수성과 보편성

I

이 글의 의도는 제주문학의 특수성을 문학의 보편성에 연결하기 위해서는 어떠한 방법이 있는가를 논의하는 데에 있다. 따라서 제주문학의 특수성과 문학의 보편성이 어떠한 것인지를 밝히는 것과는 구별된다. 나중에 드러날 터이지만 그 방법은 수학·물리학의 그것처럼 분명하게 제시될 수 있을 만큼의 뚜렷한 모습을 지니는 것이 아니다. 그렇기는 하지만 이를 어느 정도 이해하기 위해 문학과 수학·물리학이 그보다 더 큰 유개념의 종개념으로 함께 참여할 수는 있어도 결코 유사한 종개념이 될 수 없다는 점을 깨닫는 일은 중요하다. 주지하듯이 수학·물리학에서는 문제를 풀거나 증명하는 과정에서 생긴 약간의 오차를 용납하지 않으므로 특수성이나 보편성이 문제가 될 소지가 전혀 없다. 그런데 문학에서는 그렇지가 않다. 그 약간의 오차를 쉽게 용납할 뿐만 아니라 때로는 그것을 조장하기까지 한다.

왜 그러한가. 수학·물리학에서 추구하는 논리와 문학에서 추구하는 논리가 전혀 다르기 때문이다. 추구하는 논리가 전혀 다르기 때문에 그러하다는 말에는 약간의 어폐가 있는 것처럼 여겨질지 모르지만 그것은 누구도 부인할 수 없는 사실이다. 이야기를 더 진전시키면 그 약간의 오차를 쉽게

용납할 뿐만 아니라 더 나아가 그것을 심화시키는 일도 많이 일어난다고
할 수 있다.

거듭 말하건대 그 방법은 분명하게 제시될 수 있을 만큼의 뚜렷한 모습을
지니는 것이 아니다. 그러나 제주문학의 특수성을 문학의 보편성에 연결하
는 것 자체는 매우 중요한 과제이므로 논의되어야 할 당위성은 충분히 지니
고 있다. 제주문학은 그것 자체에 많은 요소들을 거느리고 있는바 그 방법에
대해 논의하는 가장 바람직한 방법은 모든 요소에 대해 논의하는 것이지만
이 글에서는 제주문학이 거느리는 가장 중요한 요소인 제주방언과 제주의
향토적 소재에 대해서만 논의하기로 한다.

Ⅱ

제주방언을 문학의 보편성에 연결하기 위해서는 어떠한 방법이 있는가에
대한 논의의 실마리는 다음과 같은 세 가지의 물음에서 끌어낼 수 있다.
그것의 첫째는 문학언어는 어떠한 언어인가이고, 둘째는 방언이란 무엇인가
이며, 셋째는 문학작품에서는 왜 방언을 사용할 수밖에 없는가이다.

첫째의 물음에 대한 답은 대략 이렇다. 언어의 기능은 크게 두 가지로
나눌 수 있다. 인식적 기능과 비인식적 기능이 그것이다. 따라서 기능 중심
으로 명칭을 붙이면 인식적 기능을 수행하는 언어는 인식언어, 비인식적
기능을 수행하는 언어는 비인식언어가 된다{박이문, 『시와 과학』(일조각,
1976), pp. 88~98. 참조}. 인식언어는, 경우에 따라서는 어떤 사물이나 생
각을 기록하거나 어떤 이론을 전개할 때 쓰이기도 하고 어떤 존재하는 언어
를 대상으로 그 속에 있는 논리를 비평·분석할 때 쓰이기도 한다. 이러한
인식언어의 두 측면은 서로 명백하게 구별되기 때문에 학자들은 전자의
경우에 해당하는 인식언어를 서술언어, 후자의 경우에 해당하는 인식언어를
'언어에 대한 언어'라는 점에서 고차언어(meta language)라 부른다. 한편

비인식언어는 어떤 사실이나 사건을 평가하는 데 쓰이거나, 혹은 어떤 것을 표시하는 데에 쓰이는 언어로서 어떤 대상 앞에서 언어 사용자의 주관적 태도 또는 느낌을 나타내거나 주로 언어사용자의 소원을 표시한다. 비인식 언어는 평가언어와 행위언어로 나뉘는데 전자는 현실·시대·삶에 대한 주관적인 평가 내용을 나타내는 언어를, 후자는 독자의 어떤 행위를 유발하게 하는 언어를 각각 의미한다.

그렇다면 문학언어는 어떤 언어인가. 박이문이 주장하는 것처럼 우선, 문학언어는 인식언어가 아니다. 문학은 어떤 사물이나 생각을 기록하거나 어떤 이론을 전개하는 것을 목적으로 삼는 것도 아니고, 이미 존재하는 언어를 대상으로 그 속에 있는 논리를 비평·분석하는 것을 목적으로 삼는 것도 아니기 때문이다. 그리고 문학언어는 문학이 독자의 행위를 유발하게 하는 것을 목적으로 삼는 것이 아니라는 점에서 행위언어도 될 수 없다. 문학언어는 결국 평가언어일 수밖에 없다. 예술작품으로서의 문학은 생산자인 작가가 자기의 삶을 통해 얻은 교양을 바탕으로 현실과 삶에 대해 가지는 태도와 여러 체험에 대한 그의 주관적 평가의 구체적인 표현이다. 간단히 말해서 문학은 언어를 통해서 이루어진, 현실과 삶에 대한 재체험의 기록인 것이다.

둘째의 물음에 대한 답은 방언에 대한, 경직된 사고방식의 소유자들에게는 다소 의외로 들릴지도 모르는 내용을 담고 있다. 방언은 시골 사람들의 말이라는 뜻으로 쓰인다. 다소 경멸적인 의도를 담는다면 방언은 시골뜨기의 말이며 세련되지 못한 말로 인식된다. 그러나 잘 생각해 보면 그러한 인식의 근거는 허황된 것임을 알 수 있다. 제주도말·전라도말·경상도말·평안도말·함경도말 등의 방언들은 표준어에 비해 결코 열등하지 않은, 완벽한 구조를 가지고 있다. 그런데도 계속 방언으로 불리는 것은 그 방언들이 사용되는 지역들이 한국을 기준으로 볼 때 정치·경제·사회·문화의 중심지가 아니기 때문이다. 결국 표준어가 되느냐, 방언이 되느냐 하는 것은 이처럼 순전히 비언어적인 조건에 의해 결정되는 셈이다.

언어의 사회적 기능에 초점을 맞추어보면 방언은 표준어에 비해 지위가 한 단계 낮은 언어 체계임이 분명하다. 표준어가 한 국가의 국민 전체간의 의사소통을 가능하게 하는 매개로서의 언어인 데에 비해, 방언은 한 국가의 한정된 지역 안에서의 의사소통만을 가능하게 하는 매개로서의 언어이기 때문이다. 이 점은 방언이, 문학언어로 적합하지 않다는 주장의 근거로 내세워지기도 한다. 그러나 그 근거 자체가 그 주장의 정당성까지를 보장해 주지는 못한다. 앞에서 잠깐 말한 대로 문학은 언어를 통해서 이루어진, 현실과 삶에 대한 재체험의 기록이기 때문이다. 이 경우의 '언어'가 방언을 포함하는 언어를 의미함은 물론이다.

셋째의 물음, 즉 문학작품에서는 왜 방언을 사용할 수밖에 없는가에 대한 답은 둘째의 물음에 대한 답의 연장선상에서 나오는 것이 자연스럽다. 굳이 아리스토텔레스의 주장을 들먹이지 않더라도 언어가 문학의 절대적인 매재임은 확실하다. 그렇다면 제주의 현실과 제주 사람들의 삶을 반영하려 할 경우, 제주에서 통용되는, 제주 사람들의 언어인 제주방언이 문학작품에서 사용되는 것은 너무도 당연하다. 더 나아가 문학이 현실과 삶에 대한 재체험의 기록이라는 점을 생각하면 그것은 더욱 더 그렇다.

이 정도의 논의만으로도 제주방언의 특수성을 문학의 보편성에 연결하기 위해서는 어떠한 방법이 있는가라는 물음과 문학언어로서의 평가언어인 방언을 어떻게 사용하고 어떻게 취급해야 하는가라는 물음이 서로 밀접하게 관련되는 것임은 확연히 드러난다. 그래서 그 방법은, 간단히 말하면 문학작품이나 일상생활에서 방언을 자연스럽게 사용하고 방언을 체계적으로 연구하고 홍보하는 것, 그것이다.

Ⅲ

제주의, 향토적 소재의 특수성을 문학의 보편성에 연결하기 위해서는 어떠한 방법이 있는가에 대한 논의의 실마리도 마찬가지의 방식으로 제기되는 두 가지의 물음에서 끌어낼 수 있다. 그 물음의 하나는 문학의 소재란 무엇인가이고 다른 하나는 문학작품에서는 왜 향토적 소재와 같은 특수한 소재를 사용할 수밖에 없는가이다.

첫째의 물음에 대한 답은 대략 이렇다. 예술작품을 놓고 말할 때 광의의 소재는 예술적으로 형성되지 않은 상태의 재료 일체를 가리킨다. 그러니까 소재는 예술가가 작품을 제작할 때 의도적으로 동원하는 내적, 외적인 일체의 것이다. 소재는 보통 표현 수단으로서의 소재와 표현 대상으로서의 소재로 구분된다. 전자는 매재(medium)라고 부르는 것으로 일종의 물질적인 재료, 감각적인 재료라고 할 수 있다. 예를 들어 조각에서의 대리석, 회화에서의 물감 등은 물질적 재료에 속하고 문학에서의 문자언어나 음성언어 등은 감각적 재료에 속한다. 후자는 제재(subject matter)라고 부르는 것으로 모방예술에서는 재현의 대상이 된다. 예를 들면 문학에서의 작중 인물 · 행위 · 풍경 · 사건 등이 그것들인데 모방예술이 아닌 경우에는 작가의 사상 · 감정 · 정서 · 관념 등도 모두 포함된다.

N. 하르트만에 의하면—다른 예술작품의 경우에도 마찬가지이지만—문학의 소재는 네 가지로 나눌 수 있다. 그것들은 Ding, Lebens, Seele, Geistwelt로서 Ding은 가시적으로 존재하는 것뿐만 아니라 모든 사건과 일을 포함하는 사물을, Lebens는 생활의 모든 것을, Seele는 육체에 머물렀다가 死後에 遊離한 것으로 믿어지는 영혼과 같은 것을, Geistwelt는 정신활동에 의해 벌어지는 모든 세계를 각각 의미한다(Hartmann, *Asthetik*. Berlin. 1953).

문학의 소재가 이러한 것임을 알고 또한 이미 앞에서 말한, '문학은 언어를 통해 이루어진, 삶에 대한 재체험의 기록'이라는 명제를 상기한다면 문학작품에서는 왜 향토적 소재와 같은 특수한 소재를 사용할 수밖에 없는가라는 둘째의 물음에 대한 답은 쉽게 얻을 수 있다. 단, 여기에서 '특수한 소재'

는 우리가 쉽게 체험할 수 없는 월남전의 이야기나 소련 사람들의 삶과 같은 특수한 소재를 의미하는 게 아니라, 한국이라는 나라 전체에 공통적으로 적용되지 않는다거나 한국 사람 전체에게 해당되지 않는다는, 다소 지역적이고 부분적인 범주의 소재를 의미한다는 점을 분명히 해둘 필요가 있다. 그렇다면 문학이 이러한 특수한 소재를 외면할 경우, 그것은 이미 문학다운 문학일 수 없다는 말은 그 물음에 대한 명쾌한 답이 된다. 그것은 지역적이고 부분적인 최소 단위의 현실을 외면한 것이나 마찬가지이기 때문이다.

결국 중요한 것은 제주의, 향토적 소재의 특수성을 보편성에 연결하기 위한 방법을 모색해 보는 일인데, 거기에는 두 가지 방법이 있다. 그것의 하나는 시대의 현실과 그 현실을 살아가는 제주 사람들의 삶을 잘 반영할 수 있는 소재를 발굴하는 것이고, 그것의 다른 하나는 그러한 소재에다 현대적 의미를 부여하는 방법이다. 시대의 현실과 그 현실을 살아가는 제주 사람들의 삶을 잘 반영하는 소재를 발굴하는 것은 소재의 특수성을 특수성에만 머무르게 하지 않기 위해 취해지는 적극적인 방법이라 할 만하다. 그리고 소재에다 현대적 의미를 부여하는 것은, 소재의 진부한 의미를 그대로 방치해 둘 경우에 발생하는 상투적 부패성에서 벗어나기 위해서도 필요하다. 소재의 보편성이란 이처럼 그냥 주어지는 것이 아니라 어떤 적극적인 노력에 의해서 획득되는 것이라고 할 수 있다.

Ⅳ

지금까지 문학의 특수성을 보편성에 연결하기 위해서는 어떠한 방법이 있는가에 대해 논의해 보았다. 이제 그것을 요약, 정리해 보면 다음과 같다.

첫째, 문학언어는 평가언어이다. 예술작품으로서의 문학은 생산자인 작가가 자기의 삶을 통해 얻은 교양을 바탕으로 현실과 삶에 대해 가지는 태도와 여러 체험에 대한 그의 주관적 평가의 구체적 표현인 것이다. 즉,

문학은 언어를 통해 이루어진, 현실과 삶에 대한 재체험의 기록이다. 그리고 문학이 언어를 통해 이루어지는 이상, 제주 사람들의 현실과 삶을 반영하려 할 경우, 제주 사람들의 언어를 사용하는 것은 너무도 당연한 일이다. 이러한 점들을 바탕으로 생각할 때 제주방언의 특수성을 보편성에 연결하기 위한 방법은 문학작품이나 일상생활에서 방언을 자연스럽게 사용하고 방언을 체계적으로 연구하고 홍보하는 데에서 찾아야 한다는 결론에 이르게 된다.

둘째, 문학의 소재는 Ding · Lebens · Seele · Geistwelt 등으로 나눌 수 있다. 문학에서는 왜 향토적 소재와 같은 특수한 소재를 사용할 수밖에 없는가라는 물음에 대해서는, 그렇게 하는 것이 문학다운 문학을 만드는 길이기 때문이라는 대답이 가능하다. 그런데 여기에서 '특수한 소재'는 지역적이고 부분적인 범주의 소재를 의미한다. 제주의, 향토적 소재의 특수성을 보편성에 연결하기 위해서는 시대의 현실과 그 현실을 살아가는 제주 사람들의 삶을 잘 반영할 수 있는 소재를 발굴하고 소재에다 현대적 의미를 부여하는 것이 필요하다.

여기에서 첨언의 형식을 빌어 한 가지 분명히 해야 할 것은 제주문학의 특수성을 문학의 보편성에 연결한 작품이 소위 지역색 작품(local color writing)으로 오해되어서는 안 된다는 점이다. 원래 미국에서 말하는 지역색 작품이란 일반적으로 인간의 보편적 특성과 문제를 통찰하기보다는 작가가 지닌 관심에 따라 한 지역의 외형적인 특징들을 감상적으로 또는 희극적으로 그리는 데에 관심을 기울인 작품을 가리키는 용어이다. 소설 쪽에 국한해서 예를 들면 O. 헨리나 D. 러니언의 뉴욕시에 대한 이야기들이 그것이다. 오히려 제주문학의 특수성을 문학의 보편성에 연결한 작품은 지역소설(regional novel)에 가깝다고 할 수 있다. 지역소설이란 특정 지역의 배경, 언어, 사회구조나 관습 등을 인물의 기질, 감정, 상호관계 등에 영향을 끼치는 중요한 조건으로 인식하고 그것을 강조한 소설을 가리킨다. 예를 들면 하아디의 웨섹스나 포크너의 요크나파타파 지역에 대한 작품이 그것들이다.

지역문학의 현실과 미래

지역문학의 현실을 진단하고 발전적 미래를 모색해 보는 것이 이 글의 의도이다. 따라서 이 글에서는 지역문학에 대한 이분법적 인식의 실상을 살펴본 후에, 지역문학의 개념을 새롭게 설정해야 하는 당위성과 민족문학으로서의 지역문학을 위해 필요한 조건들을 설명한 다음, 마지막으로 지역문학의 발전을 위한 방안을 제시해 보기로 한다.

Ⅰ. 이분법적 인식

'지역문화의 해' 추진위원회 위원장은 2001년 2월 4일, 제주시 관덕정 앞마당에서 거행된 '지역문화의 해' 출범식에서 "지역 간 문화 격차를 해소하고 문화민주주의를 실현하기 위한 지역문화의 해 취지를 살리기 위해 출범식을 제주지역 문화현장에서 지역 주민들과 함께 하는 축제 형태로 개최키로 했다."고 출범식의 의의를 강조한 바 있다. 그런데 짤막한 이 내용 중의 '지역 간 문화 격차를 해소하고'라는 표현은 지역에서 문화 활동을 하는 사람들로 하여금 오래 전부터 지니고 있었던 여러 가지 생각을 불러일으키게 했다.

그 여러 가지 생각을 여기에 일일이 다 밝힐 필요는 없을 것이다. 다만 그 표현이 최소한 간과할 수 없는 두 가지의 전제, 즉 서울문화는 우월한 문화이고 지역문화는 열등한 문화라는 판단과, 지역문화를 서울문화처럼 만들어 놓겠다는 의지에서 비롯되었을 것이라는 추측만은 밝혀 두는 게 좋을 듯하다. 그 표현이 위의 두 가지의 전제에서 비롯되었을 것이라는 추측이 전혀 터무니없는 억측이 아님은, 추진위원회가 올해에 추진하기로 한 사업들 중에 '지역문화 컨설팅 지원사업'이 포함되어 있는 데에서도 확인된다. 결국 지역에서 문화 활동을 하는 사람들은 한국의 문화를 서울문화와 지역문화로 구분하는 이분법적 인식의 전형적인 사례를 또 한번 겪은 셈이다.

서울문화는 정말 우월한 문화이고 지역문화는 열등한 문화일까? 이러한 물음에 답하는 것이 이 글의 직접적인 의도는 아니다. 그러나 이 글의 의도와 관련되는 물음임은 확실하기 때문에 간단히 답해 보기로 한다.

문화를, 인간의 삶의 양식을 의미하는 것으로 보면, 근본적으로 우월한 문화와 열등한 문화를 구분하는 기준은 있을 수 없다. 따라서 우월한 문화, 열등한 문화는 존재하지 않는다. 다만 서울문화를 포함한 모든 지역문화들 사이에는 문화의 우월함과 열등함 사이에서 나타나는 차이가 아닌, 인간의 삶의 양식들 사이에서 나타나는 차이가 존재할 뿐이다.

'지역문화의 해'가 지역에 살고 있는 사람들의, 지역문화에 대한 관심을 고조시킨 것은 확실해 보인다. 그러나 관심을 고조시키기만 했을 뿐 실제로 지역문화를 발전시켰다고 볼 수 있는 근거는 어디에서도 발견되지 않는다. '지역문화의 해'인 2001년이 다 지나간 이 때에 새삼스럽게 '지역문화의 해'와 관련된 문제를 제기하는 것은, 지역문학에 대한 인식도 지역문화에 대한 그것과 크게 다를 바 없다는 판단 때문이다.

Ⅱ. 새로운 개념의 설정

지역문학이라는 말은, 광의로는 그 지역의 문학이라는 개념으로, 협의로는 그 지역 출신 작가의 문학작품 또는 오랫동안 그 지역에 거주한 작가의 문학작품이라는 개념으로 사용되어 왔다. 물론 그 지역 구성원들의 삶과 정서를 반영해야 한다는 내용적 조건이 소홀히 취급되었던 것은 아니다. 그러나 그것은 어디까지나 이차적 조건이었다. 당연히, 작가는 그 지역 출신 작가이거나, 오랫동안 그 지역에 거주한 작가여야 한다는 지역적 조건이 중시될 수밖에 없었다. 이처럼 작가의 지역적 조건은, 그 작가의 문학작품을 지역문학으로 인정하는 데에 작용한 중요한 근거였다.

작가·독자·비평가·학자·기자 등 많은 사람들은 공통적으로, 서울문학을 제외한 모든 지역문학은 서울문학에 비해 열등하다고 인식한다. 이것은 숨길 수도 없고 숨겨서도 안 될 사실이며, 지역문학이 처하고 있는 적나라한 현실이기도 하다. 그러나 잠시 생각해 보자. 지금은 21세기이다. 지방자치제 실시에 따라, 지금까지 서울을 중심으로 이루어지던 정치·경제·사회·문화 등 모든 분야의 활동은 각 지역으로 분산되어 독자적으로 이루어지고 있다. 이제는 지역문학을 새롭게 인식해야 할, 그리고 지역문학의 새로운 개념을 설정해야 할 때이다. 지역문학의 새로운 개념을 설정하는 것은 이 시대의 중대한 요청일 수 있다.

지역문학의 새로운 개념을 설정하기 위해서는, 지금까지 통용되던 지역문학의 개념에는 어떠한 난점들이 있는가를 알아보는 것이 필요하다. 협의의 지역문학의 지역적 조건은, 그 지역 출신 작가나 오랫동안 그 지역에 거주한 작가의 문학작품이어야 한다는 것이었다. 그런데 이러한 조건을 적용한 지역문학의 개념에는 그 지역 출신 작가나 오랫동안 그 지역에 거주한 작가가, 지역 주민의 삶이나 정서와 무관한 문학작품을 창작할 경우, 그

문학작품도 지역문학에 포함시켜야 하는 난점이 있다. 지역 구성원들의 삶과 정서를 반영한 문학작품이어야 한다는, 내용적 조건을 적용한 지역문학의 개념에도 난점이 있기는 마찬가지이다. 다른 지역 출신의 작가가 그러한 문학작품을 창작할 경우, 그 문학작품도 지역문학에 포함시켜야 하는 난점이 있는 것이 그것이다. 이러한 난점들은 장르 명칭과 그 장르의 작품 내용이 마땅히 빈틈없이 일치되어야 한다는 문학의 상식으로 보면 치명적인 것들이다.

이러한 난점들을 고려할 때 지역문학의 개념은, 지역의 정체성과 특수성을 드러내는 문학으로 설정하는 것이 바람직하다. 지역문학의 개념을 이렇게 설정하면, 지역의 정체성과 특수성을 드러내는 지역문학은, 당연히 그 지역 출신이거나 그 지역에 오랫동안 거주한 작가에 의해서만 창작이 가능할 터이므로, 앞에서 열거한 난점들이 일거에 해소된다. 그리고 서울문학과 지역문학의 서열 문제도 사라지게 된다. 또한 지역문학과 민족문학의 연결고리도 확보할 수 있다.

에릭슨에 의하면 정체성은 개인이 지니고 있는 연속성·단일성·독자성·불변성과 그와 같은 개인의 동일성에 대한 의식적인 감각이다.[1] 또한 정체성은 사람이 자라고 발전함에 따라 자신과 하나가 되는 존재감인 동시에, 또한 그의 역사뿐만 아니라 미래와도 하나가 되는 존재의 공동체 감각을 가진 친근감이다.[2]

개인의 정체성 개념에 맞추면, 지역의 정체성은 그 지역에만 존재하는 연속성·단일성·독자성·불변성이며, 지역의 특수성과 동궤에 놓인다고 할 수 있다. 지역문학은 역사·지리·언어·민속·가치관·공동체 의식 등을 통한, 지역의 이러한 정체성과 특수성을 드러내는 문학일 때에 비로소 그 가치를 획득할 수 있고 존중받을 수 있다.

---

1) Erik H. Erikson, *Identity : Youth and Crisis* (New York : Norton, 1968), p. 183.
2) Erik H. Erikson, *Identity : Dimension of a New Identity* (New York : W. W. Norton and Company, Inc., 1974), p. 27.

Ⅲ. 민족문학으로서의 지역문학

  '지역문학은 민족문학이다.'라는 명제가 정합성을 획득하기 위해서는 지역문학의 개념과 민족문학의 개념이 지향하는 바가 동일해야 한다. 지역문학의 개념은 앞에서 지역의 정체성과 특수성을 드러내는 문학으로 설정했으므로, 여기서는 민족문학의 개념에 대해서만 간단히 언급하기로 한다.

  민족문학의 개념에는 복잡한 양상이 존재한다. 1910년부터 1948년까지에 이르는 국가 상실기의 민족문학의 개념과, 해방 이후부터 분단 체제가 지속되고 있는 오늘에 이르기까지의 민족문학의 개념이 다르기 때문이다. 그러나 전자의 경우와 후자의 경우 사이에는 공통점도 분명히 있다. 어느 시대의 민족문학도 그 시대가 다루어야 할 현실적, 역사적 경험을 다루었다는 점이 그것인데 지역문학과 관련해서 논의되는 민족문학의 개념은, 이러한 공통점에 토대를 두어 설정하면 무리가 없을 것으로 생각한다.

  민족문학의 개념을 이렇게 설정할 때, 민족문학의 개념에 내재된 문제는 해결되지만, 지역문학의 개념에는 약간의 문제가 있을 수 있다. 정체성과 특수성을 드러내는 것만으로는 온전한 지역문학이라고 할 수 없는 측면이 있기 때문이다. 그래서 지역의 작가에 의해 창작되는 지역문학은 지역의 정체성과 특수성을 유지하고자 하거나 유지하고자 했던 현실적, 역사적 경험을 다루어야 한다는 최소한의 당위적 조건을 갖출 필요가 있다. 이러한 조건과 지역 구성원을 포함하는 민족의 외연이 결합될 때에 지역문학은 진정한 민족문학이 될 수 있을 것이다. 다음에 이와 유사한 견해를 인용해 보기로 한다.

  지역문학은 한 지역의 문학적 총량이 아니다. 지역문학은 민족문학을 실천하는 구체적 방식이며 역사적인 과정인 것이다. 생존의 정체성을 확인받고 삶의 현실을 반영하는 구체적인 언어예술의 방식이 지역문학이다. 다시 말해

서 21세기적 삶의 세 범주는 세계체제, 민족국가, 지역이라고 할 수 있을
것인데 민족국가의 약화와 세계체제의 강화에서 삶의 정체성을 보장하며 언
어예술로 표현하는 것이 지역문학인 것이다.[3]

위의 인용문에서 암시되고 있듯이, 민족문학으로서의 지역문학은 필연적
으로 이데올로기의 성격을 지니지 않을 수 없다. 그렇다고 그것을 부정적으
로만 바라볼 이유는 없을 것이다. 중요한 것은 지역문학이 이데올로기의
성격을 지닌다는 사실에 있지 않고, 그 이데올로기가 얼마나 보편성을 띠고
있는가의 여부에 있을 것이기 때문이다. 현기영의 「순이 삼촌」과 조정래의
「태백산맥」은 그 이데올로기가 보편성을 띠고 있는, 민족문학으로서의 지역
문학(동시에 지역문학으로서의 민족문학이기도 하다.)의 전형적인 예이다.

Ⅳ. 지역문학의 하위개념—4·3문학

지역문학의 개념이 위에서 말한 최소한의 조건을 갖출 경우, 소재를 중심
으로 한 하위개념의 설정이 얼마든지 가능하다. 여기서는 지역문학의 하위
개념으로서의 4·3문학의 경우를 들어 살펴보기로 한다.

4·3문학을 부정적으로 생각하는 사람들이 4·3문학에 대해 가지는 물
음은 세 가지이다. 그것은 첫째 4·3문학은 존재하는가이고, 둘째 4·3문학
이 존재한다면 논의 대상이 될 수 있을 만큼 축적되어 있는가이며, 셋째
4·3문학이 축적되어 있다면 과연 연구할 만한 가치가 있는가이다.

첫째는 4·3문학의 존재 여부에 대한 물음이다. 이 물음에는 4·3예술,
또는 4·3문학이라는 명칭에 대한 거부감이 내포되어 있다. 장르를 장르류
와 장르종으로 구분할 때 4·3문학은 당연히 장르종에 속한다는 것을 알면
서도 4·3문학을 부정적으로 생각하는 사람들은 짐짓 4·3문학이 장르종이

---

3) 김승환, 「민족문학과 지역문학」. 이 글은 다음 사이트에 게재되어 있다.
   http://trut.chungbuk.ac.kr/~whan86/cri7.htm

될 수 없음을 주장하고 싶어한다. 인위적인 경우를 제외하고 말하면, 장르種은 사건·배경·주제에 따라, 또는 독자의 '기대의 지평'에 부합되는 형식·내용의 지배적 특성에 따라 결정된다. 6·25문학·분단문학·4·19문학이 그러한 것처럼 4·3문학도 그에 따라 결정된 문학의 엄연한 장르로 존재할 수 있다.

둘째는 4·3문학 작품의 분량에 대한 물음이다. 1988년 전예원에서는 『4·3島 유채꽃』이라는 작품집을, 제주작가회의에서는 1998년에 4·3시 선집 『바람처럼 까마귀처럼』을, 2001년에는 4·3소설 선집 『깊은 적막의 끝』을, 2002년에는 4·3희곡 선집 『당신의 눈물을 보여주세요』를 간행한 바 있다. 그리고 시인·작가들이 개인적으로 발간한 시집, 소설집에 수록된 작품들을 모두 합하면 시의 경우 수백 편, 소설의 경우 수십 편을 넘는다. 『4·3문학 전집』을 간행해도 좋을, 아니 당연히 간행해야 할 정도의 분량이다. 4·3을 바라보는 시각도 수난사적 시각, 항쟁사적 시각 등 다양하다. 4·3문학 작품은 논의 대상이 될 수 있을 만큼 충분히 축적되어 있다.

셋째는 4·3문학의 가치에 대한 물음이다. 이 물음 속에는, 4·3문학은 연구할 만한 가치가 없다는 대답을 기대하는 심리가 들어 있다. 4·3문학은 감상의 대상인 동시에 연구의 대상이기도 하다. 4·3문학이 연구할 만한 가치가 없는 문학이라는 인식은 4·3에 대한 인식에서 비롯되었음이 분명하다. 역사적 사건에 대한 인식이 그 사건을 다룬 문학 연구에 대한 인식의 기반이 된다면, 그것은 문학 연구에 대한 몰이해의 극치라 할 만하다. 4·3문학은 연구할 만한 충분한 가치를 지니고 있다.

4·3문학에 대한 위의 세 가지 물음이, 겉으로는 4·3문학에 대한 진지한 물음임을 표방하고 있지만, 실제로는 4·3에 대한 금기가 전제되어 있어서 진지한 물음이라고 할 수 없다. 이것도 4·3에 대한 인식의 전환이 요구되는 지엽적인 이유들 중의 하나일 것이다.

V. 지역문학의 발전[4])을 위하여—마무리를 대신하여

지역문학이 발전되지 않고서도 지역문학의 역할이 제대로 수행될 수 있으리라고 생각하는 것은 망상이다. 오늘날의 지역문학은 특히 그렇다. 여기서는 이 글의 마무리를 대신하여 지역문학의 발전 방향을 제시해 보기로 한다.

먼저 지역의 작가들은 지역의 정체성과 특수성을 드러내는 문학작품의 창작을 위해 노력해야 한다는 점을 강조하고 싶다. 지역에서 활동하는 모든 작가가 그렇지는 않겠지만, 많은 작가들이 지역의 정체성과 특수성을 잘 드러내지 않는, 심지어 지역의 정체성·특수성과 무관한 작품만을 발표하는 일이 계속된다면 지역문학이 침체상태에 빠지게 되리라는 것은 쉽게 짐작할 수 있다.

문학단체가 무엇보다도 역점을 두어야 할 것은 문학의 대중화 운동이다. 이 운동의 목적은 말할 필요도 없이, 영상매체가 우리 생활의 중심부를 차지하게 된 이 시대를 살아가는 지역 구성원들에게, 지역문학에 접근할 수 있는 기회를 제공하는 데에 있다. 이 운동의 구체적인 사업으로는 대중과 함께 하는 시 낭송회, 찾아가는 문학강좌, 문학의 밤 등을 들 수 있을 것이다. 참고로 말하면 제주작가회의는 1998년 2월 14일에 창립한 이래 4년 여의 짧은 기간 동안, 한편으로는 문학잡지『제주작가』(1~8호)를 반년간지로 발간해 왔으며, 다른 한편으로는 4·3시 선집(1998. 4) 발간·4·3소설 선집(2001. 4) 발간·4·3희곡 선집 발간(2002. 4)·4·3문학제(4회)·문예창작교실(4회)·시민과 함께 하는 시 낭송의 밤(4회)·제주 청소년 문학한마당

---

4) 여기에서의 '발전'이라는 말은, 한 지역문학이 다른 지역문학들 중의 하나인 서울 문학을 닮는 것을 의미하지 않고, 지역문학이 지역문학다운 지역문학이 되는 것을 의미한다.

(3회)·찾아가는 문학강좌(9회) 등 문학의 대중화를 위한 사업을 꾸준히 전개하고 있다.

학자와 비평가가 지역문학을 연구하거나 비평하는 데에 적극적으로 참여하는 것도 반드시 필요하다. 지역문학이 학문적인 영역에서 얼마나 소홀히 취급되어 왔는가 하는 것은, 지역문학 연구나 비평에 대한 자료를 많이 확보하고 있지 못하기 때문인지는 모르지만, 지역문학에 대한 연구의 성과가 제주대 김영화 교수의 제주문학에 대한 연구논문들과, 경남지역문학회에서 발간하는 학회지 『지역문학연구』에 수록된 글들말고는 별반 눈에 띄지 않는다는 점, 그리고 지역문학에 대한 강좌는, 경남대학교 국어국문학과 대학원 과정에 개설된 '지역문학연구'가 전국에서 유일하다는 점5)을 통해 금방 확인된다. 이것은 앞으로 각 지역 대학이 지역문학 연구소를 세워야 할, 그리고 지역문학 강좌를 개설해야 할 이유이기도 하다.

지역의 작가·지역의 문학 단체·학자·비평가가 지역문학에 대한 올바른 인식의 바탕 위에서 지역문학의 발전을 위해 함께 힘쓰지 않는다면, 지역문학의 미래는 아예 없다고 단언할 수 있다. 지역문학의 미래가 없는 것은 한국문학의 미래가 없는 것과도 같다.

---

5) 박태일, 「지역문학 연구의 방향」『지역문학연구』 제2호(1998. 2), p. 122. 참조.

제2부

역사와 현실의 변주

역사와 현실의 변주

Ⅰ. 프롤로그

순수한 내면 세계를 드러내는 데에 치중하는 시인이 있는가 하면, 시대·현실을 치열하게 반영하는 시인이 있다. 전자는 오로지 내면 세계의 움직임을, 후자는 시대나 현실의 움직임을 각각 중시한다. 문무병은 말할 필요도 없이 후자 쪽에 속하는 시인이다.

그의 시에서, 두드러지게 심각한 의미를 지니면서 사용되는 소재는 4·3이다. 4·3은 일단 역사적 의미를 지니는 사건이지만, 그의 시에서는 그것이 역사적 의미를 지니는 사건으로 간단히 끝나지 않는다. 그의 시에서 4·3은 고난·슬픔·분노 같은 정서들을 거느리면서 끊임없이 등장한다. 이것은 4·3이 역사적 의미를 지니는 사건으로서의 차원을 뛰어 넘어 현실적인 문제로 작용하고 있음을 말해 주는 것이다.

또한 그의 시에는 현실 속의, 결코 간과할 수 없는 일상사가 시의 소재로 등장한다. 그것들은 대부분 체험의 과정을 거친 것들로 주로 기쁨·희망을 불러일으키기보다는 아픔·좌절·한탄을 야기하는 것들이다. 곁들여 말한다면 여기에는 4·3과 관련되는 일상사도 적지 않다.

이 글에서는 그의 시집 『엉겅퀴꽃』(각, 2000)에 수록된 시편들 중에서

4·3을 소재로 한 시들이 진실의 문제를 어떻게 인식하고 있는가를, 그리고
현실을 다룬 시들이 그 속의 뒤틀린 일상사를 어떻게 제시하고 있는가를
살펴보기로 한다.

Ⅱ. 역사 또는 진실

　문무병은 무엇인가를 말하기 위하여 머뭇거리지 않는다. 그는, 마침내
마음을 가다듬고 무엇인가를 말하려 하다가도 끝내 말하지 못하고 머뭇거리
는 시인들과는 다르다. 그의 어조는 단호하고 확신에 차 있다. 그가 주로
말하고자 하는 것은 제주의 역사 중에서도 4·3과 관련된 역사이다. 그는
그 역사가 여러 가지 이유로 매몰되거나 은폐되어 있다고 판단한다. 그는
매몰된 역사, 은폐된 역사가 더 이상 방치되어서는 안 된다는 신념을 가지고
있다. 그가 여러 시편들에서 거듭 4·3의 진실이 밝혀져야 한다고 말하고
있는 것은 그러한 이유 때문이다.

> 무자년 · 기축년 난리에,
> 역사가 거꾸로 뒤집히고, 광란의 세월은
> 흘렀으나, 아무도 입을 열지 않았습니다.
> 한라산 협곡에 피묻은 함성으로만
> 남아있는 투혼들의 하얀 목젖에서 분출하던 피의
> 역사를 누구도 묘비에 적지 않았습니다.
> 여기 자그맣게 적는 비망록에도
> 실어증의 일기장만은 그 날의 진실로
> 기록되어야 합니다.
> 한라산 엉겅퀴꽃 저렇게 고운 것을
> 4·3의 넋들은 숨가쁘게 살아서
> 심장에 바늘 몇 개 꽂아 두고,
> 떠도는 날 혼으로, 역사의 문신으로

썩은 살로 누워 있었습니다.
　　　　　　　　　―「한라산 들오름에 엉겅퀴꽃은 피었는데…」

　역사인식의 매개물은 이 시에서 한라산 들오름에 피어 있는 엉겅퀴꽃이다. 그 꽃을 통하여 시인은 무자년·기축년의 난리인 4·3을 바라본다. '역사가 거꾸로 뒤집히고, 광란의 세월은 / 흘렀으나, 아무도 입을 열지 않았습니다.'는 구절은 4·3에 대한 언급을 금기시하는 사람에게는 당혹감을 안겨주기에 충분하다. 그러나 시인에 의하면 4·3은 거꾸로 뒤집힌 역사이며 광란의 역사이다. 더 나아가 시인은 그 '피의 역사'의 진실이 기록되어야 한다고 말한다. 이 때 시인이 떠올리는 것은 '역사의 문신으로 / 썩은 살로' 누워 있는 4·3의 희생자들이다. 만일 4·3에 대해 소상히 모르는 독자가 이 시를 읽고 사건의 성격을 짐작할 수 있다면, 그것은 순전히 언어의 磁場에서 비롯된 결과일 것이다.

　　내 눈에는 수천 년 슬픔이 고여 있다.
　　그래서 절망의 역사를 눈으로만 전달하는
　　영혼이 숨쉬는 돌이기 때문에
　　시를 쓰지 않는다.

　　　　　　　　　　　　　　　　　―「돌하르방」

　이 시는 시인이 직접적으로 4·3에 대해 말하고 있지는 않지만 최소한 제주 역사의 한가운데에 4·3이 놓여 있음을 상기시킨다. 그의 시가 대부분 내면세계를 드러내는 쪽에 치중되어 있지 않고 우리의 삶을 둘러싸고 있는 역사나 현실에 대해 무엇인가를 말하려는 쪽에 치중되어 있는 점을 생각하면, '내눈에는 수천 년 슬픔이 고여 있다.'에서 보는 것처럼 돌하르방을 의인화함으로써 시인이 말하려고 하는 바를 대신 말하게 한 것은 자연스럽다. 그런데 돌하르방을 의인화한 것은 제주의 역사에 대해, 특히 4·3의 역사에 대해 아무도 용기 있게 말하지 못하고 있는 데에 대한 역설이 아니었을까.

그 날, 주검 위에 깔린 까마귀 떼처럼
정뜨르 비행장엔 피바람이 붑니다.
가솔린 뿌려 젖을 담듯 구덩이에 처박혀
절규하며 타오르던 원혼 짓밟고,
비행기 날으는 관광의 낙원에
해마다 꽃피는 4월이면 관광객이 찾아와서
무자 · 기축년 가슴마다 피어나던 불꽃을
진정 아름답다고만 합니다.
—「사월제를 맞으며」

시인이 말하고자 하는 것은 너무도 분명하다. 그러나 다른 시들에서처럼 이 시에서도 이미지나 비유 · 상징이 끼여들 여지는 없는 것처럼 보이는데 사실 이것은 독자를 불안하게 하는 요소로 작용한다. 언어의 의미가 외연적이면 외연적일수록 언어가 발휘할 수 있는 미적인 공간은 그에 정비례하면서 축소되기 때문이다. 이 시는 그의 다른 시들에 비해 그러한 점을 많이 지니고 있다. 그러나 그것은 4 · 3의 진실이 은폐되어 있음을 설의법으로 처리하고 있어서 어느 정도 상쇄되고 있음도 또한 사실이다.

바다로 간 사람,
산으로 간 사람,
죽거나 살아남은 사람,
우리들 모두 그의 이야기처럼
떨구어 버린 채 그늘이 흐르고 있었다.
—「제주 바다」

「제주 바다」는 이른바 4 · 3시이다. 많은 시인들이 제주 바다를 노래했지만 이렇게 제주 바다를 통하여 4 · 3을 인식한 시는 지금까지 거의 없다. 이것은 최소한 문무병이 다른 시인들에 비해 4 · 3에 대해 지대한 관심을 가지고 있고, 그것이 4·3을 중요한 제주의 역사로 인식하게 하는 데에 작용하고 있음을 말해 주는 것이다. 그렇다고 해서 우리는 그가 4·3에 묻혀서 헤어나지 못하고 있다고 말할 수는 없을 것이다. 그가 다른 역사적 사건에 대해서보다 4·3에 대해서 각별한 관심을 가지고 거기에다 언어적 노력을 기울이고 있지만 제주의 다른 역사에 대해 전혀 관심을 가지지 않는 것은 아니기 때문이다.

Ⅲ. 현실 또는 뒤틀림

현실인식의 '현실'은 물론 시 속에 나타난 사회의 현실이며 '인식'은 사회과학적 인식이 아니라 시적 인식, 즉 형상적 인식이다. 따라서 그 현실은 소재로서의 측면을, 그 형상적 인식은 방법으로서의 측면을 각각 지니고 있다. 여기에서는 문무병의 시가 어떠한 현실을 어떻게 인식하고 있는가에 대해 간략하게 살펴보기로 한다.

> 빚으로 군청에서 차압을 했는데,
> 도장 찍은 죄로, 벌써 땅은
> 넘어가 버렸어
> 성읍리 땅 300만 평이 나중엔 보니
> 「성읍 목장」 장영자 땅이라.
> 그 보리 잘 되는 밭,
> 찾을 방법은 어시카?
> 구렁팟은 땅이 표선에서 제일 넓었지.
> 우리 하르방 대엔 담배 한 갑에
> 땅 끊어주고, 어리석게도
> 땅 귀한 줄 몰란 죄 받은 거라.
> 전복 한 접시에
> 술 좋아 한 죄로

그 너른 땅
그 보리 잘 되는 밭
장영자 땅 되었지

―「자기 땅에 유배된 사람」

  '자기 땅에 유배된 사람'이라는 제목은 문무병이 지니고 있는 현실인식의
방법을 암시한다. 이 시에서 제시된, 군청에서 권유하는 대로 융자를 얻어
축산단지를 시작했지만 결국 빚을 갚지 못하고 땅 5만 평이 차압당한 농민
의 현실은 암울하기만 하다. 농민에게 더욱더 기막힌 것은 그 땅이 성읍목장
300만 평을 조성한 장영자의 땅이 되었다는 사실이다. 이 시의 농민은 그래
서 '자기 땅에 유배된 사람'이 되었고 온갖 회유에 넘어가 나이 예순 하나에
집도 하나 장만하지 못한 처지를 탄식한다. 이 시에 나타난 농민의 탄식은
차라리 분노에 가깝다. 시인의 의도는 농민의 분노를 전달하려는 데에 있는
듯하다.

그는 빚더미에 앉아 있다.
겸손하고 처연한 자세로 빚더미에 앉아 있다.
해직 삼 년 동안, 참교육사를 아내와 함께 운영하면서,
얻은 건 일천 삼백 만 원의 빚
도시 변두리에 헐한 사글세 방 겨우 얻어,
근근이 버텨 온 3년, 버스 타고 라면 먹으며 쌓은
이 만만찮은 참교육의 빚더미,
그는 이제 막노동이라도 해야겠다며,
가장 본질적인 고민을 하고 있다.

―「김 선생의 빚더미」

  앞의 시와는 다르게 이 시에는 참교육을 외치다 학교에서 해직된 '김
선생'의 현실이 제시된다. '김 선생'은 해직되고 나서 3년 동안 아내와 함께
참교육사를 운영했지만 얻은 것은 일천 삼백만 원의 빚뿐이다. '김 선생'은

더 이상 이 현실을 지탱해 나갈 수 없기 때문에 참교육도 중요하지만 어떻게 살아나가야 할지를 고민하는 것도 똑같이 중요하다고 생각한다. 이것은 이 시의 '김 선생'뿐 아니라 참교육을 외치다 해직된 이 땅의 수많은 교사들의 현실과 고민을 일반화한 것으로 볼 수 있다.

> 우린 늘 일 년 열두 달 문을 걸어 잠그고 삽니다. 숨통도 트고 찬바람도 조금은 쐬면서 살고 싶지만, 언제부터인가 이웃이 저주스러워지더군요. 쓰레기 때문입니다. 우리 집 앞은 세상의 먼지란 먼지는 다 뒤집어쓰고 심지어는 오염된 자유마저 뒷골목을 맴돌다 가는, 이제 역사의 한 단면처럼 생생한 쓰레기의 집합소가 되었습니다. 매주 두 번씩 청소차가 올 때마다, 뒷골목의 온갖 비리와 슬픔과 사랑의 때가 우리 집 유리창 밖에서 유혹의 손을 내밀다가 거대한 트렁크에 실려 다른 오염 지구를 찾아 떠납니다. 사람들은 우리 집 앞에 쓰레기를 버리는 습관을 익혀가고, 나는 점점 내 마음의 빗장을 잠그고 있습니다. 갑갑하여 왈칵 울고 싶을 때도 입을 열 수가 없습니다. 나는 고질의 결벽증 때문에 세상의 온갖 거짓 자유와 그 외설스런 정의와, 머리를 혼동시키는 속임수로부터 내 생명을 지키기 위하여 나는 문을 열 수가 없습니다.
>
> ―「문 좀 열고 삽시다」

산문과 산문시는 엄연히 다르다. 「문 좀 열고 삽시다」는 산문, 즉 시적 수필이 아니라 산문시이다. 이 산문시에서 시인이 제시하는 현실은 일상사에서 경험하는, 쓰레기에서 비롯된 현실이다. 그리고 더 나아가 잘 들여다보면 시인이 실제로 겨냥하고 있는 것은 '온갖 거짓 자유와 그 외설스런 정의와, 머리를 혼동시키는 속임수'의 현실이다. 그래서 시인은 '문 좀 열고 삽시다'라고 외치지 않을 수 없다. 그 외침은 거기에서 머무르고 마는 단순한 외침을 벗어나, 밀폐된 공간에서 꾸며지는 모든 음모들을 대상으로 한 외침으로도 들린다.

너무 넓게 보지 않기

속살의 위선 피우지 않기
부끄러워질 때,
빈 술잔 들여다보고 웃기.
보이는 세상
아니 보이는 세상
중간쯤에 서서
빈 술잔 들여다보고 웃기.
귀신노래 듣기.

—「술을 마시며」

우리는 이 시에서 시인이 터득한 세상살이의 지혜를 발견한다. 언어는 응결되어 있고 그 언어가 지시하는 의미의 영역은 넓다. 그 지혜는 주장되지 않고 토로된다. 그것은 시인의 체험에서 우러나온 것이 분명해 보이지만, 동시에 그러한 지혜를 적용하지 않을 수 없게 하는 현실, 그리고 자기 자신에 대한 성찰의 필요성을 일깨워 주는 현실에서 나온 것이기도 하다.

Ⅳ. 지양 또는 행동

역사와 현실을 시의 중요한 소재로 삼으면서 문무병이 보여 준 것은 역사의 진실을 찾으려는 시적 노력과 현실에서의 일상적 뒤틀림을 제시한 것이었다. 그러나 진실을 찾는 것은 요원하고 일상적 뒤틀림은 쉽게 정상으로 회귀할 것 같지 않다. 이 경우, 그가 취할 수 있는 태도는 무엇인가. 그것은 행동이다. 이 행동은 실천을 전제로 한 것도, 사회를 향한 것도 아니다. 오히려 그것은 자기 자신에 대한 성찰의 의미를 많이 담고 있다.

굿을 하자, 아기장수들 신칼을 들고 북을 치며
한라산 어느 굴헝에 쓰러져 잠든 춥고 배고픈 넋들을 살려내는 굿을 하자.
해방과 통일된 세상을 위한 굿을 하자.

치사한 잡놈들, 거짓위선자들, 알량한 기회주의자들
맷돌에 갈아 서천 강 연못에 뿌리고
생명 꽃·환생 꽃·웃음 꽃 아니 동백 꽃 들고 굿을 하자
나비, 나비 네 날개 돋은 나비들 파르르 날고
이제는 더 슬프지 않고, 배고프지 않은 저승 상마을로
죽은 넋들을 보내드리고, 산사람들은
그대 눈물 젖어서 내 가슴에 한줄기로 흐르고
나의 눈물 뜨겁게 그대 몸을 감아 슬픔 활활 태워
하나가 되는 신명나는 굿을 하자

─「그 날이 오면…」

무엇보다도 4·3 역사를 염두에 둔, 지양으로서의 행동이 두드러지게 나타난다는 점에서 이 시는 주목된다. 여기에 등장하는 아기장수들은 제주 전설에 등장하는, 비범하고도 비극적인 인물이다. 설화를 연구하는 학자들은 아기장수들을 제주 사람들의 삶의 양식을 추출할 수 있게 하는 하나의 원형으로 보고 있다. 시인은 4·3의 아픈 역사를 지워내고 새로운 세계의 열림을 주도할 수 있는 인물로 아기장수들을 내세운다. 이 아기장수들의 일생이 비극적일 수밖에 없는 것은, 평민의 집안에는 비범한 인물이 태어나서는 안 된다는 사회의 고정관념이 작용하여 죽임을 당하기 때문이다. 그러나 이 시에서는 이러한 고정관념이 과감히 파괴된다. 아기장수에게 '신칼을 들고 북을 치며 / 한라산 어느 굴헝에 쓰러져 잠든 춥고 배고픈 넋들을 살려내는 / 굿을 하자'고 말하고 있는 것이다. 여기에서 변증법적 지양을 들먹일 필요까지는 없을 것이다. 그렇게 하지 않아도 그것이 지양의 의미를 띠고 있음은 확실해 보이기 때문이다.

힘을 가진 장군이나 돈 많은 재산가를 위한
조찬기도회는 아니어도
이름 없이 살다 간 서러운 영신혼백

산속에서 길을 잃고 바다에서 좌초한
힘없는 우리 형제들을 위하여
하로영산 들 오름 낭 작대기 비어 치워 닦으리라.
온갖 속임수, 비리와 부정, 그 절망의 늪을 밀어내리라.
우리의 산과 바다를 위해
일어나라, 일어나라. 일어나라.

─「나는 심방이 되고 싶다(1)」

한편, 시인은 심방이 되고 싶다고 말한다. 심방이 되어 주술적인 힘을
소유함으로써 시인은 현실의 온갖 속임수, 비리와 부정, 절망의 늪을 밀어내
고 싶어한다. 아니, 그것들을 밀어낼 수 있는 힘이 주어지기를 기원한다.
또한 시인은 온갖 잡귀들을 내몰기 위한 싸움이 시작되었다고, '우리의 산과
바다를 위해 / 일어나라, 일어나라. 일어나라.'고 외친다. 그런데 시인은 심방
이 되어 주술적인 힘을 소유하는 것이 가능하지 않다는 것을 알고 있다.
그것은 행동의 상징에 불과하다. 정신세계와 물질세계의 결합이라는 점에서
그것 역시 지양의 의미를 지니고 있다.

우리는 가난한 농부의 아들로 태어나
목이 타는 아픔을 견디다,
비료 값, 농약 값 빚을 지고
농약 먹고 떠나는 거지.
우리가 죽는다면,
제삿날이면, 인박힌 해골을 들고,
잡귀가 되어, 가시넝쿨 무덤 위에
도깨비불로 번뜩일 거야.
우리가 죽고, 반역의 세월
한 백년쯤 흐른다면, 그때는
하늘과 땅을 뒤집어 놓을 거야

─「백년 뒤에 부르고 싶은 노래」

시인이 노래를 부르고 싶어하는 시간은 백년 뒤이다. 이것은 일종의 희망이다. 그런데도 '우리가 죽는다면, (…) 제삿날이면, 인박힌 해골을 들고, / 잡귀가 되어, 가시넝쿨 무덤 위에 / 도깨비불로' 번뜩일 것이라고 말하는 것으로 보아 미래에 야기될 수 있는 사건은 자못 심각하다. 또한 그 사건은 '도깨비불로 번뜩일 거야.'에서 보는 것처럼 예사롭지 않지만 결국에는 '하늘과 땅을 뒤집어 놓을 거야'에서 보는 것처럼 지양으로서의 행동을 수반한다.

V. 에필로그

지금까지 소재로서의 역사와 현실에 초점을 맞추어 문무병의 시들을 살펴보았다. 프롤로그에서 밝힌 것처럼 그는 역사의 시인이며 현실의 시인이다. 그는 순수한 내면세계의 정신적 움직임들에 대해서보다는 역사·현실과 같은 우리의 삶에 큰 영향을 끼치는 요소들에 더 주목한다. 이 경우, 그러한 시들에서 경계해야 할 것은 여러 가지가 있다. 그 중에서 가장 대표적인 것을 꼽는다면 그것은 아마도 '詩의 非詩化'이다. 이는 한국의 근대시사에서도 많은 사람들에 의해 반복적으로 지적되는 사항으로서 카프파의 시가 그것의 단적인 예에 속한다는 것은 다 알고 있는 사실이다.

그러나 그의 시는 독자들의 이러한 우려를 해소시킨다. 여기에는 그의 시가 지니는 인식의 치열함에 힘입은 바가 크다. 그 치열함이 없었다면 우리가 그의 시에서 취할 수 있는 것은 극히 제한된 것, 예를 들면 강렬한 메시지 정도에 그칠 수밖에 없었을 것이다. 그런데 실제로 그의 시에는 4·3 역사의 진실을 찾는 시적 노력과 현실 속에서 벌어지는 일상사의 뒤틀림이 제시됨으로써 그러한 점으로부터 멀리 떨어져 있는 것이다.

자연 · 일상의 순환적 인식

Ⅰ. 프롤로그

인식론적 시론에 따르면, 시는 어떤 하나의 대상에 대한 인식의 결과이다. 이 경우의 시적 인식은 말할 필요도 없이 감성에 의한 인식을 의미하며, 이성에 의한 인식과는 대조적인 위치에 놓인다. 나기철은 독자에게 이 점을 누구보다도 잘 환기시켜 주는 시인이다. 그의 시를 분위기 시로 보는 경우에도 이 점이 그대로 적용됨은 물론이다. 분위기시도 역시 다른 시와 마찬가지로 대상에 대한 인식에서 자유로울 수 없기 때문이다.

많은 시인들이 그러하듯이 나기철도 자연과 일상을 주된 인식의 대상으로 삼는다. 그러나 인식의 방법에 있어서 그는 다른 시인들과 구별된다. 그는 그 자연과 일상을 각각 독립되고 경직된 두 개의 소재로 인식하지 않는다. 구체적으로 말하면, 그의 인식은 '자연에서 일상으로', 또는 '일상에서 자연으로'의 방법으로 자연과 일상의 사이를 끊임없이 순환한다. 이른바 자연과 일상의 순환적 인식을 보여주는 것이다. 이것이 바로 그만이 지닌 개성이며 시적 방법이다.

이 글에서는 그의 시집 『남양 여인숙』(한국문연, 1999)에 나타나는 이러한 점들, 즉 '자연 · 일상의 순환적 인식'의 실상에 대해 간략하게 살펴보기로 한다.

II. 자연에서 일상으로

자연에 대한 프리켓의 아홉 가지의 정의는 ①만물을 의미하는 우주 ②초자연적인 것과 구별되는 감각, 지각의 세계 ③도시와 비교되는 시골 ④인공적인 것과 대비되는 것으로서 유기적으로 성장하는 것 ⑤부자연스런 것과 구별되는 것으로서 자발적으로 생성된 것 ⑥생명력을 가진 자연 ⑦여신 ⑧사물 자체 ⑨인간의 본성 등이다. [Stephen Prickett, *The Romantics*(London: Methuen, 1981), p. 20.]

『남양 여인숙』에 등장하는 자연과 일상은 평범하다. 굳이 나기철 시에 등장하는 자연을 앞에서 열거한 것들 중의 하나로 설명한다면, 그것은 ⑥의 '생명력을 가진 자연'이 될 것이다. 그러므로 그의 시에 나타나는 자연은 인간과 소통하는 자연이며 또한 살아 숨쉬는 평범한 자연이다. 일상 또한 평범한 일상이다. 그는 그 자연과 일상을 인식의 대상이 될 만한 충분한 가치를 지닌 것으로 받아들인다.

『남양 여인숙』의 많은 시들이 보여주는 인식의 이동 방향은 두 가지인데, 그것의 하나는 앞에서 언급한 것처럼 '자연에서 일상으로'이다. 이것은 겉으로 보기에 퍽 단순한 방향인 듯하지만 실제로는 그렇지 않다. 거기에는 迷路라는 말을 사용해도 좋을 정도의 복잡한 과정이 내포되어 있다.

나란히 손잡은
목련나무 셋
지붕 위에서
하늘을 올려다보고 있다.

흰 꽃송이마다

무수히 하늘을 담고 있다가

이내 물들어
무너져 내린다.

봄 햇살과
바람에

핏빛으로

어디선가
장엄 미사곡 들린다.

—「목련 · 2」

　나기철 시를 두고 말할 때, 의인법은 그의 시를 관류하는, 중요한 수사적 특징이라고 할 수 있다. 의인법의 발생 배경이 그러했듯이, 그것은 합리적이고 이성적인 것이 시 속에 틈입하는 것을 단호히 거부하는 그의 시적 태도와도 밀접한 관련을 맺고 있는 것처럼 보인다. 한국의 현대시인들 중에서 의인법을 상투적으로 사용하는 시인들을 발견하는 것은 결코 어렵지 않다. 그런데 그는 의인법을 상투적으로 사용하지 않는다. 이 시에서 보는 것처럼, 그는 의인법을 사용하되 그것을 견고한 인식의 토대 위에서 사용한다.

　이 시는 목련나무에 나타나는 어떤 현상을 노래하는 데에서 그치지 않고, 더 나아가 목련처럼 단아했던 어떤 사람의 죽음을 연상하게 하는 단계까지를 보여준다. '흰 꽃송이마다 / 무수히 하늘을 담고 있다가', '이내 물들어 무너져 내린다.', '어디선가 / 장엄 미사곡 들린다.'의 세 층위에 감추어진 의미심장함이 충분히 이러한 유추를 가능하게 하는 근거들이다.

　하나의 대상에 대한 두 가지의 인식은 하나의 차원이 아닌 두 가지 차원의 것이다. 가령, 과학적 차원에서는 어떤 대상을 놓고 'A'이며 동시에 'A 아닌 것'이라고 하는 것이 절대로 불가능하지만, 비과학적 차원에서는 그것이 가능하며 또한 모순도 아니다. 예를 들면, 사과라는 대상을 놓고 볼 때 과학적인 입장에서는 "둥글고 색깔이 빨갛다"라는 관찰이 객관적인 진리가 되지만, 비과학적인 입장에서는 사과에 대한 "生의 환희다"라는 묘사도 역시 진리가 될 수 있다. 이처럼 시는 독자로 하여금 과학으로는 알 수 없는 사물이나 현상에 대한 진리를 인식하게 한다. 시는 시인의 개인적 감정을 주관적으로 표현하는 데에 머무르지 않고, 사물의 진리를 밝혀주기도 하는 것이다. 〔박이문,『시와 과학』(일조각, 1976), p. 35. 참조〕

  '자연에서 일상으로'라는 인식의 방향을 잘 보여주는 예는 「아라동 숲길」("그 후 들어선 / 냄새 나는 / 영세민 아파트 옆 / 무심히 지나 / 까리따스 유치원 / 돌아올 때 / 쨱쨱이는 새소리 / 갑자기 아픈 내등!")의 '쨱쨱이는 새소리 / 갑자기 아픈 내등!'에서도 발견된다. 여기에서는 '쨱쨱이는 새소리'에 나타난, 자연에 대한 인식이 '갑자기 아픈 내등!'에 나타난, 일상에 대한 인식으로 이동되고 있다. 이 경우, 그 둘 사이에 존재하는 것은 물론 과학적 인과관계가 아닌, 시적 진실이다.

오랜 근육통 이 봄엔 풀릴까 기약없는 약쑥 찜질. 엊그제 입학한 열넷 딸애
의 새로 맞춘 자색 교복 설레임 뒤에 숨은 빛 바랜 내 나날의 티끌들.
—「경칩」에서

  이 시가 보여주는 상상력은 매우 구체적이다. 그것은 경칩이라는 자연현상을 놓고 '오랜 근육통'을 떠올리고 '엊그제 입학한 열넷 딸애의 새로 맞춘 자색 교복 설레임 뒤에 숨은 빛 바랜 내 나날의 티끌들.'을 찾아내는 데에서 확인된다. 그런데 우리가 여기에서 다시 한 번 확인해야 할 것은 그 자연과 일상이 평범한 자연과 일상이라는 점이다. 이것은 나기철의 상상력이 낭만주의자의 그것과는 다른 토대 위에서 발휘되는 것임을 말해준다. 이 점은, 군더더기를 말끔히 제거한 시의 모습을 보여주고 있는 점과 함께

독자로 하여금 그의 시를 '읽게 하는' 요소로 작용한다. 아마 그의 시가 주는 '시적 감흥'도 이러한 점들과 밀접하게 결부되어 있을 것이다.

> 동서남북 어디서 보아도
> 그만큼의 모습
>
> 보는 이로 하여
> 그를 닮게 하고
> 또 닮게 한다
>
> 그대가 만드는 교향악이
> 우리를 안절부절못하게 한다.
>
> —「여름 한라산」에서

이 시에서의 시인의 인식도 자연에서 일상으로 이동한다. 그러나 이 시는 소재의 비중에 있어서 「경칩」과는 약간 다르다. 「경칩」이 자연보다 일상 쪽에 더 경사되어 있다면, 이 시는 일상보다 자연 쪽에 더 경사되어 있다. 이 시의 기본적인 어조가 여름 한라산에 대한 시인의 경건한 마음에 터전을 두고 있다는 점을 생각하면 그것은 당연한 일이다. 설령 그 '경건한 마음'이 종교적인 것에 가까운 것이라 하더라도, 혹은 종교적인 것과 다른 것이기 때문에 더욱더 이 시는 자연에 대한 인식이 일상에 대한 인식으로 이동한 적합한 예가 된다.

『남양 여인숙』의 시들이 오로지 '자연에서 일상으로'라는 인식의 이동 방향만을 고수했다면 시의 평면성을 극복하기는 좀처럼 어려웠을 것이다. 그런데 『남양 여인숙』의 시들은 그렇지 않다. 다음에서 보는 것처럼 『남양 여인숙』의 시들은 또 하나의 다른, 인식의 이동 방향을 보여준다.

Ⅲ. 일상에서 자연으로

『남양 여인숙』의 시들이 보여주는 또 하나의 다른, 인식의 이동 방향은 '일상에서 자연으로'이다. 이러한 방향도 겉으로는 단순한 듯하지만 실제로 그렇지 않음은 '자연에서 일상으로'의 경우와 마찬가지이다. 『남양 여인숙』의 시들에 나타나는 일상은 평범한 일상인 동시에 정지되지 않는 일상, 깨어 있는 일상이기도 하다. 이것은 「제주항·2」("오늘도 제주는 / 부산으로 보낼 것도 아니면서 / 나를 자꾸 / 밀어낸다 / 제주항으로")나 「동문시장」("몸 부딪히며 / 아줌마 얼굴과 / 등불들 따라가다 보면 / 어느새 나도 / 동문시장이 된다 / 등불이 된다"), 또는 「밤 버스」("우리집 통일되었습니다. / 어머니 / 아내 / 장모님 / 나 // 이제 / 남북통일 되게 해 / 주십시오") 등에서 금방 확인할 수 있다.

> 탑동 방파제
> 걸으며
> 오늘 가르친 윤동주의
> '별 헤는 밤'
> 암송하다가
> 별 하나에 어머니, 어머니.
> 에서
> 울다, 눈씻다
>
> 어머니 되어
> 청천강 바라보다
>
> 수평선
> 漁燈 몇 개

　제목은 「탑동, 수평선」이지만 실제로 시인이 의도적으로 설정한 주제는 '어머니에 대한 생각'이다. 이 시를 통하여 우리는 그 어머니의 생애가 결코 평탄하지 않았음을 쉽게 유추할 수 있다. 또한 시의 기교에 민감한 독자라면 이러한 유추를 가능하게 하는 매재가 윤동주의 '별 헤는 밤'임을, 그리고 '별'의 의미가 '어머니'의 고향인 북녘 땅과 수평선의 漁燈으로 전이되고 있음을 함께 파악할 수 있을 것이다.

　『남양 여인숙』에서 '어머니에 대한 생각'을 주제로 삼은 시는 또 있다. 「밤 버스」("열아홉에 월남하신 / 선생도 / 아무 것도 아닌 / 쉰 여덟의 / 어머니 // 쑥부쟁이 같은 / 울 어머니")가 그것이다. 그런데 이 시의 주제인 '어머니에 대한 생각'에 대해서는 약간의 설명이 필요하다. 구체적으로 말해서 이 시의 '어머니에 대한 생각' 속에는 어머니에 대한 연민이 중심을 이루고 있다. 이 시의 정교한 언어 조직도 이 '어머니에 대한 연민'을 강화하기 위한 장치라는 생각이 들 정도로 그것은 뚜렷하다.

　나기철이 어머니를 시의 제재로 선택한 경우, 대체로 그 어머니는 불행한 어머니이다. 그 어머니는, 그냥 단순하게 '불행한'이라는 수식어만으로는 부족할 정도로, 분단으로 인해 발생한 우리 민족의 불행을 직접 체험한 어머니이다. '열아홉에 월남하신' 어머니, 지금은 '쉰여덟의 / 어머니'라는 진술이 그것을 암시한다. 시인에게 있어서 어머니는 40년 동안 온갖 풍상을 겪은 '쑥부쟁이 같은' 어머니일 수밖에 없다. 그래서 시인은 이러한 어머니를 연민의 눈으로 바라본다. 확대해서 해석하는 것이 허용된다면 이 시에 등장하는 어머니는 분단 시대를 살고 있는 이 땅의 수많은 어머니라고 해도 좋을 것이다.

　「탑동, 수평선」은 나에게 어머니에 대한 시인의 인식을 드러내기 위해 씌어진 시로 읽힌다. 시인의 어머니에 대한, 아픔에 가까운 인식은 「그곳」("열 아홉에 / 그 강물 달래 두고 / 혼자 / 내려와 / 머무른 곳 // 가도 피붙이

하나/없는 곳 / 바다가 내려다 뵈는 / 밭 어귀 / 애벌레처럼 / 어머니 혼자
계시는 곳 // 그곳이 내 고향이다")과 「입추 이후」("어머니 / 방북 신청 //
토란잎 / 자리에서 / 일어나다 // 페르샤만은 / 늘 그런 곳. // 산너머 / 시인은
잔을 든다") 등에서도 잘 나타난다. 그런데 이러한 인식은 시인을 점점 우울
한 내면세계로 침잠하게 하는 계기가 된다. 다음의 시는 이러한 경우의 예이
다.

> 마음 어둑한 날은
> 제주 서부두 방파제 끝에 가 누워
> 주낙배 되어 가려니
> 흘러 흘러서 남지나해
> 그대 작은 섬만 빙빙 돌다 오려니
> 마음 어둑한 날은
> 제주 서부두 방파제 끝에 가 누워
> 푸른 잠수함으로
> 제주 바다 그대 마음 깊은 데까지 내려가
> 그게 어떤 빛깔로 일렁이는지 알고 오려니
> 마음 어둑한 날은
> 제주 서부두 방파제 끝에 가
> 가진 것 모두 버려 두고
> 그냥 철없는 부랑자처럼 떠 바다로
> 흘러 가려니
>
> —「마음 어둑한 날은」

　　이 시에서 일상을 대표하는 것은 '마음 어둑한 날'이다. 그 일상은 견딜
수 없는 일상이므로 시인은 그 일상을 멀리하고 마음을 평정하기 위해 바다
로 떠나려고 한다. 그러나 그 바다는 시인에게 직접적인 인식의 대상으로서
의 바다가 아니라 주낙배가 되어 가거나, 작은 섬만 빙빙 돌다 오거나, 어떤
빛깔로 일렁이는지 알고 오거나, 부랑자처럼 바다에 떠 흘러가는 데에 동원

된 바다이다. 따라서 이 시에서의 바다는 시인의 우울한 내면세계를 강화하는 도구로서의 역할을 수행한다.

그러나 우리는 시인이 '제주 서부두 방파제 끝'을, 내면세계를 드러내는 기점으로 설정했다는 점에 주목할 필요가 있다. 그 내면세계는 욕망의 형식을 띠고 있고 이러한 욕망은 '마음 어둑한 날'에 나타난다. 그래서 이 시에서도 '일상에서 자연으로'라는 인식의 이동 방향은 쉽게 포착된다.

그대 그리워
산엘 갔습니다

영실까지만 올라
누워 있다
내려 왔습니다

차는 오지 않고
서성이는데
안개가 몰려 왔습니다

가지런한 포장길을
덮었습니다

그대 잊으려
산엘 갔습니다

―「어느 날」

「마음 어둑한 날은」의 모티프가 '마음 어둑한 날'이라면 이 시의 모티프는 '그대를 그리워 하는 마음'이다. 그런데 이 시에서의 '그대'는 누구인지 확실하지 않다. 만일 '그대'를 어떤 특정인으로 해석한다면, 이 시의 전체 문맥은 조화를 잃을 수도 있다. 이것은 독자로 하여금 복잡한 생각과 느낌을 불러일으키게 한다. 이러한 점에서 이 시는 결코 소박하지 않다. 그 '소박하지 않음'은 '그대 그리워 / 산엘 갔습니다'라는 첫 연과 '그대 잊으려 / 산엘 갔습니다'라는 마지막 연에서 발생하는 뚜렷한 대조에서도 마찬가지로 감지된다. 어쩌면 시인은 이 두 연을 통해 우리의 모순된 삶을 집약적으로 말하고 싶어한 것인지도 모른다.

일상에서 자연으로 이동하는 시인의 인식 방향은 얼핏 볼 때 일상보다는 자연을 더 중시하거나 아니면 자연으로 귀의하려는 시인의 태도로 보일 수도 있다. 그러나 이미 앞에서 살펴본 바대로 그것은 '자연 · 일상의 순환적 인식'의 한 방향일 뿐이다.

Ⅳ. 에필로그

시인은 인식의 과정을 거쳐서 대상에 대한 지식(앎)을 획득할 뿐만 아니라 이 지식을 기초로 대상에 작용을 가함으로써 대상을 변화시킨다. 나기철이 『남양 여인숙』에서 그 대상으로 삼은 것은 앞에서 수차 밝혔듯이 자연과 일상이다. 지금까지의 논의는 그가 그 대상에 어떻게 작용을 가했으며 어떻게 변화시켰는지에 대한 것이었다.

시인은 대상에 대한 인식을 통하여 보통 사람들이 발견할 수 없는, 대상의 숨은 의미를 발견하는 사람이다. 독자들이 그 숨은 의미를 이해하고 향수하며 결국 풍요로운 정신 세계를 구축하는 것은 시인에 의해서 그러한 작업이 이루어진 이후에야 가능한 일이다. 시인의 작업이 일차적으로 독자와의 관계 속에서 중요한 의의를 획득하는 것은 이러한 이유에서이다.

나기철이 그 '숨은 의미'를 발견하는 대상으로 삼은 것도 물론 자연과 일상이다. 그 자연과 일상은 서로 분리되어 있지 않고 순환의 양쪽 지점에 위치해 있음으로써 불가분리의 유기적 관계로 묶여 있다. 『남양 여인숙』의 시들은 이러한 관계를 토대로 새로운 의미를 산출한다.

　주관과 객관이 상호작용을 일으킬 때에 비로소 시인의 인식이 가능한 것이라면, 『남양 여인숙』의 시들에서는 그 주관과 객관이 '자연과 일상' 또는 '일상과 자연'이라는 이름으로 대치되었다고 할 수 있다. 이러한 의미에서 『남양 여인숙』의 시들은 자연과 일상에 대한 인식의 새로운 양식을 보여주고 있다.

성찰의 방식과 사유의 방식

Ⅰ. 프롤로그

대부분의 시인들은 대상을 노래한다. 그런데 김광렬은 대상을 노래하지 않고 대상을 통해 이루어지는 성찰과 사유의 내용을 노래한다. 그의 모든 시가 그렇다고 할 수는 없지만 많은 시들이 이러한 점을 보여주고 있음은 확실하다.

그의 시는 두 가지의 정신적 지주를 확보하고 있다. 그것의 하나는 자기 자신에 대한 성찰이며, 다른 하나는 현실에 대한 사유이다. 자기 자신에 대해 성찰하고자 할 때, 그는 서슴지 않고 현실을 끌어들이며, 현실에 대해 사유하고자 할 때 그는 또한 서슴지 않고 자기 자신을 끌어들인다. 그래서 그의 시에서의 성찰과 사유는 분명하게 구분되지 않고 오히려 밀접하게 관련된다고 할 수 있다.

그의 시에서의 성찰과 사유는 우회와 변모의 과정을 통해 이루어진다. 그 방식은 자연발생적으로 나타난 것이 아니라 의도적으로 추구된 것이며, 섬세하고 세련된 느낌을 주기도 하지만 때로는 엄격한 느낌을 주기도 한다. 그 방식이 그만이 지니고 있는 독창적인 것은 아니지만, 그의 시에서는 나침반과 같은 역할을 수행하고 있다.

이 글에서는 그의 시집 『희미한 등불만 있으면 좋으리』(모아드림, 1999)
에 수록된 시들의 이러한 점들에 대해 간략하게 살펴보기로 한다.

Ⅱ. 성찰의 방식

김광렬의 시는 우선 성찰의 시이다. 성찰의 객체는 당연히 그의 내면세계
이며, 그는 그것을 노래하되 직접적으로 노래하지 않고 간접적으로, 우회적
으로 노래한다. 따라서 그의 시에서의 성찰의 내용은 대상을 직접 노래함으
로써 얻어진 결과가 아니라 그것을 계기로 등장한 다른 것을 노래함으로써
얻어진 결과이다.

> 지금 내 마음의 뿌리는
> 혼란스럽다
> 어디에도 단단한 뿌리내리지 못하고
> 어디에다 뿌리 내릴까
> 갈팡질팡한다
> 무엇이 나로 하여금
> 지상의 그윽한 곳에
> 뿌리 내리지 못하게 하는가
> 설령 뿌리 내렸다 해도
> 그 뿌리들 편안한 잠
> 이루지 못하는가

ㅡ「무엇이 나로 하여금」

처음부터 시인은 '지금 내 마음의 뿌리는 / 혼란스럽다'고 말한다. 이것은
이 시의 전제가 되기도 하고 동시에 결론이 되기도 한다. '어디에도 단단한
뿌리내리지 못하고' 있음으로 해서, 그리고 '설령 뿌리 내렸다 해도 / 그
뿌리들 편안한 잠 / 이루지 못'함으로 해서 그 혼란스러움은 시작되고 초래

된 것이기 때문이다. 그렇다면 그 혼란스러움은 좀더 근본적인 성격을 지니고 있다고 해야 옳다. 실제로 시인은 '지상의 그윽한 곳에 / 뿌리 내리지 못하게 하'는 이유를 잘 모르고 있다고 말한다. 시인이 겨냥하고 있는, 혼란스러운 내면세계의 성찰이 되풀이되는 물음으로 끝날 수밖에 없는 것은 그런 점에 기인한다.

> 우리들 삶은 어떤가?
> 내가 나태와 방종과 탐욕의 늪을 서성이는 동안
> 그것은 몸부림이 아니었다
> 정신의 뼈다귀는 빛을 잃고
> 상상력과 감성의 곳간은 황폐화되어
> 나는 이미 사람이 아니었다
> 진정 몸부림은 아름답다
> 살아가기 위해 오랜 세월
> 바위를 움켜쥔 뿌리들의 저 엄청난 뒤틀림,
> 나는 단단하게
> 비바람에 깎이고 또 깎여야 한다
>
> ―「살아가기 위하여」

「무엇이 나로 하여금」과 이 시에 나타난 시인의 내면세계는 서로 다르다. 전자가 주로 심리적 방황 쪽에 기울어져 있다면 후자는 심리적 단련 쪽에 기울어져 있다. 시인은 '몸부림'에 아름다움이라는 외관을 부여하는 단계로 모든 것을 끝내지 않는다. '나는 단단하게 / 비바람에 깎이고 또 깎여야 한다'에서 보는 것처럼 그는 현실의 어려움을 자주 경험하면서 더욱더 견고한 자신을 형성해 나가야 한다는 다짐으로까지 진전시키는 것이다.

그렇게 해야 하는 이유는 분명하다. 시인에 의하면, 그 이유는 오로지 살아가기 위해서이다. 이 시의 그러한 정신적 자세는 피고 지는 꽃들을 통해 형성된 것이다. 김광렬은 이처럼 어떠한 대상을 노래하지 않고 그 대상을 통하여 연상된 다른 것에 대해 노래한다. 이런 의미에서 그는 리얼리스트도, 모더니스트도 아니다. 말하는 방식을 중심으로 보면 그는 스타일리스트이다.

내 안에는 무슨 피가 살고 있기에
술만 마시면 그 모양인가
남 아껴주고 쓰다듬기도 부족한 세상
남을 비방하고 부정하고 다툼질하면서
못나게 못나게 그러는가
왜 나는 술만 마시면
칼을 떠올리는가
짐승처럼 씩씩거리며 포효하고 싶은가
나이도 지긋해 가는데
아이들은 자라나는데
바람처럼 돌멩이처럼 헤매 다니고 싶은가
파도처럼 들썩이고 싶은가
조금은 젊잖아지지 못하고
아름다운 꽃씨 하나 키우지 못하고
씨부렁씨부렁 잠꼬대나 하는가
아무도 듣지 않는
고작 새벽 이불 속에서만
잠 속에서만 꿈 속에서만
식은땀 죽죽 흘리며
괴로워 몸부림치며
아내는 앞에서 어두운 얼굴로
괜히 걱정만 쌓고

—「내 안에는 무슨 피가 살고 있기에」

이 시에 나타난 성찰의 내용은 일단 개인적인 것이지만 그것이 시인이 아닌, 다른 사람들에게도 똑같이 적용되는 것이라는 점에서는 보편적인 것이기도 하다. 이 시의 언어들은 적극적으로 성찰의 과정에 참여한다. 표현

도구로서의 역할을 다하는 데에서 멈추지 않고 성찰의 대상이 되는 행위들과 융합되는 상태로까지 발전하는 것이다. 김광렬 시의 언어가 낡고 메마르지 않다는 것은 이런 점에서도 확인된다.

> 자기 얼굴에도 아름다운 눈꽃송이 피었는 줄 알지 못한다
> 나도 내 얼굴에 눈꽃송이 재미있게 피었는 줄 알지 못한다
> 때로 나의 안에도 아름다운 내가 있다는 것을
> 발견하지 못한다는 것은 얼마나 슬픈 일인가
>
> ―「겨울산을 내려오며」

김광렬이 지니고 있는 시각의 섬세함은 이 시에서도 유감없이 나타난다. 그는 산을 내려오는 사람들의 눈썹에 달린 눈꽃을, 아름다운 눈꽃송이가 피어 있는 것으로 인식한다. 이러한 인식은 시각의 섬세함이 확보되지 않고서는 쉽게 나타날 수 없다. 물론 시인이 실제로 이 시에서 의도하고 있는 바는 그 인식의 내용을 보여주는 데에 있지 않다. 그것은 사물의 아름다움을, 사람들이 간과하고 있음을 비판하는 데에 있다. 시인은, 사물은 분명히 아름다움을 지니고 있는데도 불구하고 사람들도, '나'도 그것을 발견하지 못하고 있다고 말하고 있기 때문이다.

> 나는 싸우지 않았다
> 노동법 날치기 통과 반대 시위대
> 맨 앞에 나서지 않았다
> 뒤에서 뒤에서만 바라보았다
> 가끔 구호도 외치고 박수도 쳤지만
> 적극적으로 호응하지 않았다
> (…)
> 아직도 싸움은 끝나지 않았는데
> 사람들은 머리띠를 두르고
> 앞장서서 노래 부르고 구호를 외치는데

나는 간간이 따라 흉내낼 뿐
잘못된 이 나라의 제도에 대해서
가슴 뜨겁게 말하지 못했다
(…)
나는 정말 속과 겉이 다른 이중 인격자는 아닌가
집으로 돌아오면서 별에게 조용히 물어보았다.

—「별에게」

내가 죽거든
내가 밟고 다니던 땅의 흙 한줌 캐어다
화초나 대나무의 밑거름 하라던
아버지의 그 어느 날의 말씀
과연 나는 그런 올곧은 삶을 살고나 있는지
오늘도 걱정에 걱정의 산을 이루어
마음이 사뭇 편치 않기만 합니다

—「아버지 · 1」

「별에게」에 나타난 시인의 괴로움은 '싸우지 않았다'는 데에서 비롯된다. '노동법 날치기 통과 반대 시위' 때 시인은 맨 앞에 나서지 않고 맨 뒤에서 바라보기만 했으며 구호도 외치고 박수도 쳤지만 적극적으로 호응하지도 않았다. 사람들이 머리띠를 두르고 앞장서서 노래를 부르고 구호를 외치는 데 시인은 간간이 그들을 따라 흉내만 냈을 뿐이다. 그래서 시인은 스스로를 '정말 속과 겉이 다른 이중 인격자가 아닌가' 하고 묻는다.

한편 시인은 「아버지 · 1」에서 아버지 말씀대로의 '올곧은 삶'을 살고 있는지를 자문하면서 '오늘도 걱정에 걱정의 산을 이루어 / 마음이 사뭇 편치 않'다고 토로하는데 이것 또한 같은 맥락에서 나온 성찰의 자세이다.

Ⅲ. 사유의 방식

김광렬 시의 기반을 이루는 것 중의 다른 하나는 사유이다. 성찰의 경우와
마찬가지로 그 사유도 대상에 대해 직접 이루어지는 방식을 취하지 않고,
대상을 통해 이루어지는 방식을 취한다. 여기에 역사적 상상력이 개입될
때에도 그 방식은 변하지 않는다.

<blockquote>

나 그대 가까이 가고 싶으나
그대 가까이 가지 못하는 것은
나에게 용기가 없어서가 아닙니다
그대 가까이 가지 못하는 것은
진정한 눈물이 없기 때문입니다
방울방울 넘쳐 나를 뒤흔들 눈물
그대 손등 적시고 가슴 적셔
마음 활짝 열어 놓을 참으로 진정한 눈물
그것이 나에겐 없기 때문입니다
(…)
세상이 어려우면 어려울수록 더 필요한 것은
바로 눈물이라고 어두운 가슴 치며
솟구쳐 오르는 뜨거운 눈물이라고
그렇게 말하고 싶습니다
지금 내 눈물 메말라 그대에게 가지 못하는 것처럼
메마른 가슴 이 세상 철철 적시지 못합니다.

―「그대 가까이 가기 위해」

</blockquote>

‘그대’가 누구인지를 명확하게 밝히는 것은 여기에서 꼭 필요한 일이 아
니다. ‘그대’는 포괄적인 2인칭 대명사로서 절대자이어도 좋고, 아니면 절대
자에 접근되는 어떠한 존재이어도 좋다. 시인의 의도는 ‘그대’의 정체를

밝히는 데에 있지 않고 '진정한 눈물'이 없음을 밝히는 데에 있는 것으로
보인다. 이것은 그의 시의 또 하나의 기반을 사유라고 주장할 수 있는 근거
가 되기도 한다. 그리고 이 시에서의 사유는 독자로 하여금 첫째 '진정한
눈물'이란 어떠한 눈물인가, 둘째 세상이 어려우면 어려울수록 '솟구쳐 오르
는 뜨거운 눈물'은 왜 더 필요한가라는 최소한의 두 가지 물음을 제기하게
하는데, 그 물음에 대해 대답하는 것은 아무래도 이 시를 감상하는 독자의
몫이라고 해야 할 것이다.

> 그들은 왜 대나무 밭에 가지 않는가
> 칼바람 소리 죽창 소리 듣지 못하는가
> 어제 죽은 사람들 목소리
> 오늘 죽어가는 사람들 목소리
> 내일 죽어갈 사람들의 목소리
> 귀담아 들으려 하지 않는가
> 대나무 밭에는 아무 일도
> 일어나고 있지 않다고만 생각하는가
> 거기에는 아름다운 달과 별이
> 뜨고 지는 곳이라고만 믿는가
> 귀기 서린 달빛 별빛이
> 치렁치렁 아픈 머리칼 끌며
> 지나가는 것을 보지 못했는가
> 대나무 밭에는 대나무 밭에는
> 섬뜩, 죽창 하나 자라나는 소리
> 들리지 않는가 들리지 않는가
>
> ―「그들은 왜 대나무 밭에 가지 않는가」

　성찰의 경우가 그러했던 것처럼 사유의 경우도 대상에 대해 직접 이루어
지는 것이 아니라 대상을 통해 이루어진다. 그래서 이 시에서의 사유는 '그
들은 왜 대나무 밭에 가지 않는가'라는 물음에 대한 사유가 아니라 그러한

물음을 통해 나타나는 다른 것에 대한 사유이다. 물론 시인은 나름대로의 대답을 준비하고 있지만 그것을 그대로 밝히지는 않는다. 그냥 물음을 제시할 뿐이다. 그 상태에서 그러한 물음에 대한 대답을 유도하는 것은 역사적 상상력이다. 역사적 상상력이 개입될 때 이 시의 대나무밭은 더 이상 낭만적인 공간으로 남을 수가 없다. 그것은 죽창이 생산되는 터전이 되는 것이다. 그 '죽창'이 역사적 사실 속에서 발휘했던 기능은 우리가 모두 알고 있는 바 그대로이다.

> 왜 겨울 제주 동백꽃은 슬픈 눈빛인가
> 4·3 때 억울하게 죽은 魂들이
> 동백꽃으로 피어나
> 저리도 처연한 모습인가
> 겨울 동백꽃 아래 서면
> 눈시울이 짓붉어지는
> 이유를 나는 모르겠다
> 더욱이 세찬 바람이라도 부는 날이면
> 금방이라도 떨어질 듯
> 간당거리는 모습을 보면서
> 나는 조바심 친다
>
> —「겨울 제주 동백꽃」

「그들은 왜 대나무 밭에 가지 않는가」에서처럼 이 시에서도 시인의 역사적 상상력은 발휘되고 있다. '왜 겨울 제주 동백꽃은 슬픈 눈빛인가'에서 보는 대로 물음의 방식도 동일하다. 시인은 짐짓 '겨울 동백꽃 아래 서면 / 눈시울이 짓붉어지는 / 이유를' 모르겠다고 말하고 있는데, 여기에도 대상에 대해 사유하지 않고 대상을 통하여 사유하는 방식이 적용되고 있음은 다른 시의 경우와 마찬가지이다. 그리고 그러한 방식의 사유는 대상을 변형시키거나 개조하려는 의지와는 무관하다. 오로지 대상에서 멀리 떨어져서 그것을 사유하는 방식은 그런 점에서 순수하기까지 하다.

> 비바람은 억수로 퍼부어
> 새로운 길들을 만든다
> 지도에 나오지 않는
> 새로운 지도가 생겨나는구나
> 역사는 때로
> 역사책에 나오지 않는 사람들이
> 애써 만들어 가기도 하는 것을
> 목숨과 바꾸기도 하는 것을,
> 오늘 나는 전혀 엉뚱한 곳에서
> 그것을 유추한다.
> (…)
> 그 끝을 나도 따라가 본다
> 역사책에 나오지 않는 역사를
> 만들어 가는 사람들은
> 거북등처럼 갈라져 있지만
> 숨은, 진정으로 살아 있는 꽃이다
>
> ─「숨은 꽃」

비바람이 새로운 길을 만들고 지도에 나오지 않는 새로운 지도를 생겨나게 한 것, 그것이 시인으로 하여금 '역사는 때로 / 역사책에 나오지 않는 사람들이 / 애써 만들어 가기도 하'고 '목숨과 바꾸기도' 한다는 사실을 유추하게 하고 또한 '역사책에 나오지 않는 역사를 / 만들어 가는 사람들은 / 거북등처럼 갈라져 있지만 / 숨은, 진정으로 살아 있는 꽃'이라는 사유의 결과를 도출하게 한다. 김광렬 시에서의 사유는 어떤 다른 것보다도 시의 방법으로서의 의미가 강하다. 그의 슬픔·분노·좌절 등의 정서는 그러한 사유와의 관련 속에 놓일 때 한층 더 강화된 시적 의미를 획득한다. 그래서 그 사유는, 설령 그를 억압하거나 유폐시킨다 하더라도 결국 그의 시의 더 깊은 성숙을 위해 작용한다는 점에서 마땅히 긍정되어야 할 덕목이다.

Ⅳ. 에필로그

지금까지 김광렬 시에 나타난 성찰의 방식과 사유의 방식에 대해 간략하게 살펴보았다. 그 결과 알 수 있게 된 것은, 그의 많은 시들에는 성찰과 사유라는 두 개의 커다란 정신적 지주가 내포되어 있으며, 그것이 드러나는 방식이 존재한다는 점이다. 그 성찰과 사유는 도덕적 테제가 아닌, 일상적 테제에 바탕을 둔 것으로서 때로는 고통스러운 모습을 보여 주며, 그 방식은 그의 체험과 밀접하게 결부되어 있어서 현상학이 적용될 수 있는 여지를 좀처럼 허용하지 않는다.

그의 시에 나타난 사물들은 사물 이상의 의미를 드러내기 때문에 단순한 사물에 머무르지 않는다. 사물만 그러한 것이 아니라 어떠한 의도를 전달하기 위해서 동원된 극히 짧은 언어들까지도 그의 시에서는 그러한 특성을 지닌다. 논설문이나 법조문이나 실험보고서가 아닌, 시의 경우라면 그것은 바람직한 일이다.

꽃과 기억

Ⅰ. 프롤로그

김순남 시에 등장하는 꽃들은 무엇인가를 기억하게 한다. 이렇게만 말하고 그냥 지나쳐버리면 오해가 있을 수 있으므로 좀더 자세히 말하기로 하자. 그의 시에 등장하는 꽃들은 과거의 일들을 기억하게 하는 매개물로서의 역할을 수행한다. 그의 대부분 시들에 등장하는 꽃들은 꽃들 자체에는 전혀 기여하지 않지만, 과거의 어떤 일을 기억하게 하는 데에는 크게 기여한다. 그의 시집 『남몰래 피는 꽃』(답게, 1999)의 대부분 시들이 현재시제를 취하지 않고 과거시제를 취하고 있는 것은 그러한 점과의 관련 속에서 이해되어야 할 사항이다.

김순남은 아름답고 우아하며 귀족적인 느낌을 주는 꽃들에 대해서는 별반 관심이 없다. 그가 적극적으로 관심을 기울이는 꽃들은 주변에서 쉽게 발견되기 때문에 사람들의 주목을 전혀 받지 못하는 꽃들이다. 그러한 꽃들은 찬미의 대상이 되기는커녕, 장소를 가리지 않고 아무 데나 뿌리를 내림으로써 사람들로부터 천더기로 취급받기가 일쑤이다. 그러나 그는 그런 꽃들을 매우 소중하게 생각한다.

김순남은 그러한 꽃들을 통해 과거의 일들을 기억한다. 그의 시에 등장하는 꽃들이 과거의 일들을 기억하게 하는 꽃들이라는 명제에는 당연히 그러한 의미도 내포되어 있다.

이 글에서는 『남몰래 피는 꽃』을 중심으로 과거의 일들을 기억하게 하는 꽃들의 범주를 세 가지로 정하고 그것들이 담고 있는 의미에 대해 간략하게 살펴보기로 한다.

Ⅱ. 꽃과 유년시절

김순남 시의, 과거의 일들을 기억하게 하는 꽃들 중에서 먼저 뚜렷한 하나의 범주를 형성하고 있는 것은 유년시절을 기억하게 하는 꽃들이다. 그 꽃들은 시인으로 하여금 유년시절이라는 공간을, 그리고 유년시절에 있었던 일들을 기억하게 한다. 그것은 시인이 의도적으로 계획한 시적 논리에 따라 나타난 결과가 아니라, 오히려 무의식적 논리에 따라 나타난 결과이다.

> 초등학교 이학년 쯤이었어요 엿장수 가위소리가
> 앞산에 부딪치며 메아리로 돌아오고 있을 때였어요.
> 빈병이나 헌고무신은 없고 아버지 쌈지엔 백환짜리
> 동전 한잎만 달랑 있었습니다.
> 오지랖에 엿가락을 싸안고 영순이랑 뒷산에 숨어
> 실컷 먹어본 엿이었지요.
> 그날부터 나는 아버지곁을 맴돌며 제발 그 돈의
> 기억을 잊어지기만을 마음으로 빌고 다녔습니다.
> 그렇게 일주일이 지나고 나도 잊혀지던
> 어느날 아침 기억의 쌈지를 풀며 돈 백환을
> 찾는 것이었습니다. 그 날 언니와 나는 오빠한테 흠씬
> 매를 맞고 마당에서 손들고 꿇어 앉게 되었습니다.
> 같은 날 같은 시간에 세상을 보게 된
> 우리는 무던히도 싸우고 미워하며 자랐습니다.

하늘색 진한 꽃받침속에 노란 꽃술을 한 닭의장풀꽃이
그때 그 언니처럼
가을 들길에 나와 앉았습니다.

―「닭의장풀」

　시인에게는 초등학교 이학년 때 쯤에, 백환짜리 동전 한 잎을 훔쳐 언니와
함께 엿을 사먹어 오빠한테 매를 맞고 마당에서 손들고 꿇어앉았던 일이
있다. 그리고 '같은 날 같은 시간에 세상을 보게 된' 언니와 '나'는 '무던히도
싸우고 미워하며 자랐'다(이것은 사실이 아니어도 관계없다). 그런데 '하늘
색 진한 꽃받침속에 노란 꽃술을 한 닭의장풀꽃'이, '가을 들길에 나와' 앉아
있었던 '그 때 그 언니'를 기억하게 한 것이다. 그의 시에 등장하는 꽃들이
과거의 일을 기억하게 하는 매개물로서의 역할을 수행하는 꽃들이라는 명제
는 그래서 충분히 성립된다.

골풀로 만든 조리에
개구리밥이 얹어지고
물달개비 야릿한 소꿉놀이였었지
마타리 노란 꽃망울은 좁쌀밥을 지어서
사금파리 그릇에 소복이 담아놓고
형자는 언제나 단골 각시가 되어
예쁘게 예쁘게
여보, 밥 잡수이소
영분이는 조막손 가득 괭이밥풀을 따서
아부지요, 술받아 왔니더
나는 언제나 아버지가 되어
어흠어흠 헛기침
콧수염 닦는 흉내를 잘도 떨었던지
꿈처럼 바람처럼

유년의 맑은 강물 소리를 듣네

—「마타리」

꽃이 매개물로서의 역할을 수행하는 것은 「마타리」에서도 마찬가지이다. 마타리를 보고 시인은 유년시절의 소꿉동무와 소꿉놀이하던 일들을 기억하고, 그 기억은 유년시절의 순수를 그대로 간직하고 있는 것이어서, 시인으로 하여금 '꿈처럼 바람처럼/ 유년의 맑은 강물 소리를 듣네'라고 노래하게 한다. 그러나 다른 한편으로 보면, 그것은 시인이 처해 있는 현실이 '유년의 맑은 강물 소리'와는 거리가 멀다는 사실을 암시하는 것이기도 한다.

그러한 기억을 불러일으키는 매개물로서의 꽃의 역할은 「이질풀」과 「솜양지꽃」에서도 발휘된다. 시인은 「이질풀」을 매개로 "형자가 / 창규가 / 대문없는 골목에서 / 남아, 학교가자 부르고 있네"나 "끝차골 순옥이네 밀밭이 / 걸어오고, / 달밝골 영분이네 고구마 밭이 걸어나와 / 새끼줄로 기차놀이 하고 있네"에서와 같은 유년시절을, 「솜양지꽃」을 매개로 "죽은 병아리 어깨에 메고 / 상여노래 부르며 강가에다 / 모래봉분을 만들어 주었네"나 "뒷동산 햇살의 / 푸른 실눈을 캐면 / 짠다구 하얀 / 뿌리맛도 참 좋았다'에서와 같은 유년시절을 기억하는 것이다.

김순남 시들에 등장하는 인물들이 한결같이 유년시절의 동무로 한정되어 있는 것은 유년시절의 순수함을 유지하려는 시인 자신의 의도적 장치인 듯하다. 그리고 그의 시가 진술 위주의 시임에도 불구하고 풍경화적인 인상을 주는 것은 그 기억이 꽃들을 매개로 한 것이라는 점에서 연유한다. 여기에는 그의 시뿐만이 아니라 모든 시에 등장하는 꽃들은 일차적으로 정태적인 요소를 지니고 있다는 점도 참고되어야 한다.

누구에게나 유년시절은 있고 사람들은 어떤 계기가 주어졌을 때 그것을 떠올린다. 그런데 김순남 시의 경우처럼 꽃들을 매개로 유년시절을 기억하는 것은 꽃들과 관련된 추억을 많이 가지고 있다 하더라도, 그것만으로는 누구에게나 가능한 일이 아니다. 그것은 꽃들의 미세한 부분을 자세하게 관찰하고 그것을 통해 기억의 세계를 재현해낼 수 있는 능력을 가진 시인에게만 가능한 일이다.

Ⅲ. 꽃과 삶

김순남 시의, 과거를 기억하게 하는 꽃들 중에서 두 번째로 뚜렷한 범주를 형성하고 있는 것은 과거의 삶을 기억하게 하는 꽃들이다. 그 꽃들은 구체적으로 사랑과 관련된 과거의 삶을 기억하게 한다. 이 경우, 그 사랑과 삶이 만일 동떨어진 것이었다면, 우리는 그러한 시들을 주목해야 할 이유를 쉽게 찾을 수 없을 것이다. 그런데 그의 시는 그렇지 않다. 그 사랑과 삶이 밀접하게 결합되어 있는 것이다.

> 여름철 모래밭이 뜨겁다 해도
> 마른 밭의 쇠비름 제 아무리 질긴들
> 혓바닥 갈라지도록 숨비소리 부르다보면
> 사는 것도 잊은 채 살아왔지요.
>
> 따개비 돌아앉은
> 그대 사랑과 눈물의 뱃길은
> 오직 빗창 하나 뿐이었지요
>
> 물비늘 뚝뚝 흘리며
> 돌아오는 길은
> 회색빛 은은한 푸른입술이
> 하늘만큼 두텁고 맑아
> 이세상 사람이 아니 줄 알았지요.

—「순비기꽃」

시인은 순비기꽃을 통하여 해녀의 삶을 떠올린다. 바꾸어 말하면, 순비기꽃이 해녀의 삶을 기억하게 하는 것이다. 그 삶은 '헛바닥 갈라지도록 숨비 소리'를 부르면서 '사는 것도 잊은 채 살'아온 고난의 삶인데, '따개비 돌아앉은 그대 사랑'의 사랑은 바로 그 삶 속에 들어 있다. 그 사랑은 기쁨과 행복을 수반하는 사랑도, 비극적인 사랑도 아니다. 그것은 고난의 삶을 이어가게 하는 데에 작용하는 사랑일 뿐이다.

「뚜껑별꽃」도 고난의 삶에 들어있는 사랑을 기억하게 한다. 그러나 이 시에서의 사랑은 「순비기꽃」에서의 사랑과는 약간 다르다. 「순비기꽃」에서의 사랑이 철저하게 과거에 기반을 둔 사랑이라면 「뚜껑별꽃」에서의 사랑은 '텔레비전이 켜지고 영화 속의 투명인간이 / 귀신같이 돌아다닌다. / 그렇구나, 사랑이었구나.'에서 보듯이 현재에 기반을 둔, 깨달음의 사랑이라는 의미가 강하다.

> 달빛도 까무라치며 뛰어드는
> 월대천에서 살갑게 꼬리치는
> 은어처럼 나도 그렇게 살고 싶었다.
> 늙은 부친의 헛기침이
> 밥상을 경중거려도
> 애어신 마누라의
> 말보다 무서운 눈 꼬리에 매달려
> 미깡도 타곡,
> 오라카센타 마당에서
> 기름분칠을 하는 동안
> 나는 어느새
> 누운 주름잎 땅빈대가 되었네
>
> ―「누운주름잎꽃」

위의 시들과는 다르게 「누운주름잎꽃」이 기억하게 하는 삶에는 욕망이 들어 있다. 시인의 체험이 욕망에 상당한 영향을 끼치는 경우는 다른 시인들의 시에도 흔하게 나타난다. 추측하건대 이 시의 '달빛도 까무라치며 뛰어드는 / 월대천에서 살갑게 꼬리치는 / 은어처럼 나도 그렇게 살고 싶'은 욕망도 누적되어 온 삶의 辛酸함에서 기인한 것일 것이다. 우리는 그것을 '나는 어느새 / 누운 주름잎 땅빈대가 되었네'에서 어느 정도 확인할 수 있다.

「갯쑥부쟁이」가 기억하게 하는 삶에도 욕망이 들어 있기는 마찬가지이다. 이 시에서 시인은 "닥그네 몰래물이 / 몰래몰래 드나드는 저기 / 푸른 물살 속으로 섞이고 싶었다."고 토로한다. 그 욕망도 역시 "아 지랄 같은 세상, 하면서"에서 알 수 있듯이 삶의 辛酸함에서 기인한 것이다.

그러나 「누운주름잎꽃」과 「갯쑥부쟁이」 속의 욕망에는 우리가 보통 받아들이는 욕망의 의미 외에 그와 약간 다른 심정적 의미도 함께 섞여 있다. 그것은 한마디로 해서 체념이며 이 시를 제대로 감상하려는 사람들은 그 체념의 성격을 먼저 이해할 필요가 있다.

IV. 꽃과 4 · 3

김순남 시의, 과거를 기억하게 하는 꽃들 중에서 세 번째로 뚜렷한 범주를 형성하고 있는 것은 4 · 3을 기억하게 하는 꽃들이다. 그런데 시인이 꽃들을 매개로 4 · 3을 기억하게 하는 방법은 간접적이면서도 구체적이라는 이중성을 드러낸다. 다시 말하면 그것은 처음에 간접적이었다가 다음에는 구체적으로 4 · 3의 실상을 이끌어내는 방법이다. 그 방법은 4 · 3에 대한 기억이 제주 사람들의 삶과 밀접하게 관련된다는 점에서 보편성을 확보하고 있다.

한달이면 사나흘은 침을 맞아야 하고 이틀은 내리 넋들이고 다녀야 하는 신들의 아침을 살고 있는 제주사람들, 김녕인지 세화인지 어느 공중보건의의 눈에 비친 그 여자의 자궁 속에서 4 · 3은 다복이 살아 있더라고 했다. 오십년 이 넘도록 생살에 박혀 있는 죽창 뿌리에 놀랐던 그날 이후 술만 줄창 마셔대 더니 말도 없이 서울로 가버렸다. 탐라계곡 눈녹은 물이끼에 차마 견디고 있는 황록의 잎자루를 나는 그저 보고만 있을 뿐이다.

—「털괭이눈」

　이 시에서의 '어느 공중보건의의 눈에 비친 그 여자의 자궁 속에서 4·3은 다복이 살아 있더라고 했다.'는 구절은 4·3을 기억하게 하는 방법이 간접적임을 보여준다. 그런데도 그것은 '오십 년이 넘도록 생살에 박혀 있는 죽창 뿌리에 놀랐던 그날 이후 술만 줄창 마셔대더니 말도 없이 서울로 가버렸다.'라는 꽤 구체적인 진술을 이끌어낸다. 어떤 사람이, 털괭이눈의 그 무엇이 4·3을 기억하게 하는 데에 작용하는가라고 묻는다면, 시인의 직관이 4·3을 기억하게 하는 데에 작용한다고 대답할 수밖에 없다. 그러니까 4·3은 「털괭이눈」의 모습에서 유추된 것이 아니라 순전히 시인의 직관에 의해 기억된 것이다.

> 진드르 곳자왓에
> 할애비 고장
> 혼저 혼저 서둘지 말앙
> 쉬멍 놀멍 하라고
> 4·3때 먼저간 이가
> 미안하다고 미안하다고
> 할애비 고장 꽃방석에 꿀향기를
> 태왔져

—「꿀풀」

　「꿀풀」이 4·3을 기억하게 하는 방법은 「털괭이눈」의 경우와는 다르다. 「털괭이눈」이 시인의 직관에 의해 4·3을 기억하게 하는 경우라면 「꿀풀」은 묘사에 의해 4·3을 기억하게 하는 경우이다. 이 점은 특히 '미안하다고 미안하다고 / 할애비 고장 꽃방석에 꿀향기를 / 태왔져'에서 두드러지게 나타난다.

꽃이 4·3을 기억하게 하는 계기로 작용하는 경우는 제주의 다른 시인들의 시에서도 어렵지 않게 발견된다. 그래서 방법론적인(또는 주제적인) 측면에서 볼 때에도 김순남 시는 제주 시단의 어느 한 흐름 속에 위치하고 있음이 확실해 보인다.

Ⅴ. 에필로그

김순남 시에서, 과거의 일들을 기억하게 하는 꽃들은 최소한 세 가지의 범주를 드러낸다. 그것은 첫째 유년시절을 기억하게 하는 꽃들이고, 둘째 과거의 삶을 기억하게 하는 꽃들이며, 셋째 4·3을 기억하게 하는 꽃들이다. 이것은 김순남 시의 꽃들이 과거의 일들을 기억하게 하는 매개물로서의 역할을 수행하고 있음을 말해 주는 것이다.

시인이 닭의장풀·마타리·이질풀·솜양지꽃 등을 매개로 떠올리는 유년시절은 한결같이 순수 그 자체이다. 등장 인물이 그 시절의 동무로 한정되어 있고, 사건도 백환짜리 동전을 훔쳐 엿을 사먹고 매맞았던 일이 아니면 소꿉놀이를 했던 일들이 대부분이어서 한 폭의 풍경화와 같은 인상을 준다. 이처럼 꽃들을 매개로 유년시절을 기억하는 것은 꽃의 미세한 부분을 관찰하고 그것을 통해 기억의 세계를 재현해 낼 수 있는 능력이 없이는 가능한 일이 아니다.

과거의 삶을 기억하게 하는 꽃들은 순비기꽃·누운주름잎꽃·갯쑥부쟁이 등이다. 이것들을 매개로 기억하는 삶은 사랑과 욕망이 들어 있는 고난의 삶이다. 그 사랑은 고난의 삶을 이어가게 하는 데에 작용하는 사랑이거나 깨달음의 사랑이며, 그 욕망은 삶의 辛酸함에서 기인한 욕망이다. 그러나 그 욕망에는 체념적 의미도 함께 섞여 있다.

시인이 털괭이눈·꿀풀 등을 매개로 4·3을 기억하는 방법은 간접적이면서도 구체적이다. 좀더 자세히 말하면 그것은 처음에 간접적이었다가 다음에는 구체적으로 4·3의 실상을 이끌어내는 방법이다. 그 방법은 4·3에 대한 기억이 제주 사람들의 삶과 밀접하게 관련된다는 점에서 보편성을 확보하고 있다.

제3부

시에 대한 몇 가지 물음

시에 대한 몇 가지 물음

　시에 대한 물음은 그것을 받아들이는 사람에 따라서 심각한 것일 수도 있고 그렇지 않은 것일 수도 있다. 보통의 경우를 말한다면, 시에 대한 물음을 심각한 것으로 받아들일 가능성은 시에 대한 근본적인 문제들을 연구하는 시 전공자에게, 그것을 '그렇지 않은 것'으로 받아들일 가능성은 시를 전공하지 않은 사람들에게 더 많다. 시에 대한 물음을 심각한 것으로 받아들일 가능성과 그렇지 않을 가능성으로 구분해 보는 이유는 앞으로 논의할 내용과 관련하여 그것을 미리 분명히 해둘 필요가 있기 때문이다.

　이 글에서 다루는, 시에 대한 물음도 시에 대한 다른 물음과 마찬가지로 심각한 것일 수도 있고 그렇지 않은 것일 수도 있다. 이 글의 독자들 대부분은 시에 대한 관심은 많지만 시를 전공하지는 않은 경우에 해당될 터이므로 여기에서는 시에 대한 물음을 심각하지 않은 것으로 받아들일 가능성을 중심으로 논의하기로 한다.

　시에 대한 물음 중의 첫째는, '시는 무엇을 할 수 있는가.'이다. 시가 할 수 있는 것을 찾으려 할 때의 가장 좋은 방법은 시의 기능과 관련시켜 생각해 보는 일일 것이다. 그 기능은 다름 아닌 자율적 기능과 타율적 기능이며 이 두 가지 기능에 대해 생각해 보는 일은 시가 할 수 있는 것에 대해 생각해 보는 일과 거의 같다고 할 수 있다. 그러나 그러한 생각의 결과로 얻어낸 결론은 사람마다 다 다를 수 있다. '시는 불가능한 것을 가능하게 한다.'는 그 중의 하나로 끌어낼 수 있는 결론이다.

시가 불가능한 것을 가능하게 할 때 근본적인 힘으로 작용하는 것은 무엇인가. 그것은 한마디로 해서 상상력이다. 영국의 시인이었고 비평가였던 코울리지에 의하면 상상력은 기계와 같이 작용하는 게 아니라 살아서 움직이는 식물처럼 작용하는 유기적 능력이다. 그는, 그러한 능력을 발휘하기 위해서는 생각을 녹이고(dissolve) 퍼뜨리고(diffuse) 흩뜨리는(dissipate) 과정을 필수적으로 거쳐야 한다고 말한다. 그에 의하면, 상상력이 발휘된 결과가 공상과는 다르게, 엉뚱하거나 허황된 느낌을 주지 않고 수긍할 수 있는 여지를 확보하고 있는 것은 바로 이 때문이다.

상상력이 작용하여 불가능한 것을 가능하게 하는 것은, 시를 시 이외의 다른 것과 관련시키지 않을 때 생각해 볼 수 있는 시의 기능 즉, 자율적 기능이다. 그런데 시가 시 이외의 다른 것들과 끊임없이 관계를 맺으며 존재한다는 것은 자율적 기능을 인정하는 사람들조차도 부인할 수 없는 엄연한 사실이다. 이러한 점으로 보면 시는 타율적 기능을 발휘하고 있음도 분명하다. 타율적 기능과 자율적 기능을 동일한 차원의 것으로 생각하고 끌어낼 수 있는 결론은 '시는 인간과 사물의 관계를 보여준다.'이다.

그렇다. 시는 인간과 사물의 관계를 보여준다. 인간과 사물의 관계라고 할 때의 '사물'의 의미는 다양하다. 그 사물은 현실·시대·자연·삶 등을 포괄한다. 말하자면 시는 인간과 그러한 구체적 사물들의 관계를 보여주는 것이다. 인간과 그러한 사물들의 관계는 갈등의 관계일 수도 있고, 때로는 화해의 관계일 수도 있다. 대부분의 경우에는 갈등의 관계가 지속되다가 고조되는 단계를 거친 후 화해의 관계로 이동하고 있음을 볼 수 있지만 처음부터 끝까지 어느 하나의 관계가 지속되는 경우도 있다.

결국, '시는 무엇을 할 수 있는가.'라는 물음에 대한 대답은 두 가지이다. 그것의 하나는 '시는 불가능한 것을 가능하게 한다.'이고, 다른 하나는 '시는 인간과 사물의 관계를 보여준다.'이다.

시에 대한 물음 중의 둘째는, '시를 통해서 얻을 수 있는 것은 무엇인가.' 이다. 그 물음은 전적으로 독자가 제출하는 것으로서 내면의 세계를 변화시킬 수 있는, 어떤 도움을 기대하는 독자의 심리가 내포되어 있다. 시를 통해 얻을 수 있는 것들은 교훈·쾌락·정서·의식 등이다.

시를 통해서 얻을 수 있는 교훈은 역사나 철학을 통해서 얻을 수 있는 교훈과는 구별된다. 즉, 역사를 통해 얻을 수 있는 교훈이 구체적 사건이나 사실에 근거를 두고, 철학을 통해서 얻을 수 있는 교훈이 이론적 가정이나 논의에 근거를 두는 데에 비해, 시를 통해서 얻을 수 있는 교훈은 꾸며낸 세계 또는 상상의 세계에 근거를 둔다. 그래서 그 교훈은 복합적이고 우회적인 성격을 지니고 있다.

쾌락이라는 말은 말초적인 것과 관련지어 사용되는 경우가 많지만 시를 통해서 얻을 수 있는 것들 중의 하나인 쾌락은 소박한 즐거움(pleasure)이라는 정도의 의미를 갖는다. 따라서 왁자지껄하고 유쾌하게 소리지르는 식의 정서와는 전혀 관계가 없다.

시를 통해서 얻을 수 있는 것들 중에서 정서와 의식은 독자를 감동시키거나 아니면 행동을 유발하게 하는 힘을 발휘한다. 저항의식을 담은 한 편의 시를 읽고 실제로 저항적으로 행동하게 되는 것은 바로 그러한 점 때문이다.

그러나 시를 통해 얻을 수 있는 것들이 당장 우리를 변모시키는 것은 절대 아니다. 그것들이 우리를 변모시키기 위해서는 시를 진지하게 감상하는 자세와 그에 따르는 지속적인 노력이 필요하다.

시에 대한 물음 중의 셋째는, '시를 어떻게 이해할 것인가.'이다. 그것은 시를 이해하는 방법과 직접적으로 관련된 물음이므로 많은 사람들이 가장 보편적인 것이라고 인정하는 방법을 소개해 보기로 한다.

비평가 에이브람즈는 플라톤·아리스토텔레스 이후부터 20세기까지에 나타난 수많은 예술 이론들을 검토한 후 그것들을 네 가지의 범주로 구분했는데, 이제는 거의 보편화되어서 귀에 익숙한 모방론(mimetic theories)·효용론(pragmatic theories)·표현론(expressive theories)·객관론(objective theories) 등이 바로 그것들이다. 그 이론은 이론이기 때문에 시를 자연스럽게 이해하기 위한 방법으로서는 지나치게 경직된 것일 수도 있다. 사람에 따라서는 그 이론에 집착하지 않고 그에 준하는 관점으로 시를 다소 융통성 있게 바라보기도 한다. 그러나 그 이론이 지니고 있는, 대부분의 시작품을 충분히 설명할 수 있는 논리는 여전히 빛을 발하고 있다.

모방론적인 관점에 따를 때, 시는 현실의 반영이다. 그런데 그 현실은 어디까지나 반영의 많은 대상들 중의 하나에 불과하다. 시는 현실이 아닌 시대 삶·자연·사물·현상 등의 반영이기도 한 것이다. 신경림의 「농무」는 모방론적인 관점으로 설명할 수 있는 시이다.

징이 울린다 막이 내렸다
오동나무에 전등이 매어 달린 가설 무대
구경꾼이 돌아가고 난 텅빈 운동장
우리는 분이 얼룩진 얼굴로
학교앞 소줏집에 몰려 술을 마신다
답답하고 고달프게 사는 것이 원통하다
꽹과리를 앞장세워 장거리로 나서면
따라붙어 악을 쓰는 건 쪼무래기들뿐
처녀애들은 기름집 담벽에 붙어 서서
철없이 킬킬대는구나
보름달은 밝아 어떤 녀석은
꺽정이처럼 울부짖고 또 어떤 녀석은
서림이처럼 해해대지만 이까짓
산구석에 처박혀 발버둥친들 무엇하랴

비료값도 안 나오는 농사 따위야
아예 여편네에게나 맡겨 두고
쇠전을 거쳐 도수장 앞에 와 돌 때
우리는 점점 신명이 난다
한 다리를 들고 날나리를 불꺼나
고갯짓을 하고 어깨를 흔들꺼나

—「농무」

이 시에는 농촌의 현실과 농민의 삶이 반영되어 있다. 시인의 시적 출발점은 농촌의 궁핍한 현실 또는 부조리한 현실이며 그 현실의 한복판에 울분과 원통함으로 가득찬 농민들의 삶이 놓여 있다. 농무는 그러한 현실과 삶을 견디어 내려 하는 농민들의 역설적 축제인 동시에 농민들의 행복한 삶을 바라는 시인이 선택해 놓은 현실적 장치이다.

시를 효용론적 관점으로 바라보면 시는 독자에게 무엇인가를 제공한다. 그 '무엇'은 분명히 어떤 효용성을 지니고 있는 것이며 그것을 구체적으로 제시해 보면 둘째 물음과 관련해서 이미 언급의 대상으로 삼았던, 교훈·쾌락·정서·의식 등이 될 것이다. 독자들이 그것들을 정말 효용성이 있는 것으로 받아들일 것인가 하는 점은 다른 각도에서 생각해 보아야 할 문제이다. 신동엽의 「껍데기는 가라」는 독자에게 자주적인 평화에 대한 어떤 의식을 제공하고 있다.

껍데기는 가라
四月도 알맹이만 남고
껍데기는 가라.

껍데기는 가라
東學年 곰나루의, 그 아우성만 살고
껍데기는 가라.
그리하여, 다시

껍데기는 가라,
이 곳에선, 두 가슴과 그 곳까지 내논
아사달 아사녀가
中立의 초례청 앞에 서서
부끄럼 빛내며 맞절할지니

껍데기는 가라,
漢拏에서 白頭까지
향기로운 흙가슴만 남고
그, 모오든 쇠붙이는 가라.

—「껍데기는 가라」

이 시는 동학혁명과 4·19 혁명 등의 역사적 사건을 소재로 취하고 각 연을 명령형 어미로 끝내고 있음에도 불구하고 처음부터 끝까지 독자에게 자주적인 평화에 대한 의식을 제공한다. 그것은 쇠붙이와 같은 외세적인 것들을 중심으로 형성된 껍데기 계열과, 四月·東學年 곰나루·아사달·아사녀·中立·흙가슴 등으로 형성된 알맹이 계열의 대립적 구도를 통해 이루어진다. 그리고 그 의식은 중립국 스칸디나비아에서 볼 수 있는 정치적 중립의 기초 위에서 외세가 아닌, 우리 민족의 자주적인 힘으로 분단을 극복해야 한다는 메시지로 발전한다.

표현론적 관점에서 시를 바라보는 것은, 우리나라에서는 가장 일반적인 시 이해의 방법이라고 할 수 있다. 통시적인 입장에서 볼 때 그것은 서구의 19세기 초에 통용되던 방법인데도 우리나라에서는 오늘날까지 많은 사람들의 지지를 얻는 방법이기도 하다. 시를, 시작품을 생산하는 작가의 내면세계를 표현한 것으로 바라보는 표현론적 관점은 뿌리가 깊어서 앞으로도 오랫동안 지속될 것으로 보인다. 김영랑의 「모란이 피기까지는」은 표현론적 관점으로 쉽게 설명할 수 있는 시이다.

모란이 피기까지는
나는 아직 나의 봄을 기둘리고 있을테요
모란이 뚝뚝 떨어져 버린 날
나는 비로소 봄을 여흰 설음에 잠길테요
五月 어느날 그 하루 무덥던 날
떨어져 누운 꽃잎마져 시들어버리고는
천지에 모란은 자최도 없어지고
뻗쳐오르던 내 보람 서운케 무너졌느니
모란이 지고 말면 그뿐 내 한 해는 다 가고 말아
三百 예순날 한양 섭섭해 우옵내다.
모란이 피기까지는
나는 아즉 기둘리고 있을테요 찬란한 슬픔의 봄을
―「모란이 피기까지는」

이 시에서의 주된 정서는 슬픔이다. 물론 그 슬픔은 시인의 내면세계에 간직되어 있다가 겉으로 드러난 슬픔이며 대부분 현재형 시제에 의해 생생함을 유지하고 있다. 또한 이 시는 '찬란한 슬픔의'에서 보는 것처럼 역설의 수사가 사용됨으로써 슬픔을 한 단계 높은 차원으로 승화하거나 극복하려는 의지를 보여준다. 그러나 혹자가 제기할지도 모르는 이 시의 부정적 측면들, 예를 들면 감상성이라든가, 발표된 때가 일제시대인데도 불구하고 민족의 현실에 대해 무관심했다는 점 등은 다른 관점에서 생각해 보아야 할 문제들이다.

앞에서 이야기한 세 가지 관점은 시작품을 작품 이외의 것과 밀접하게 관련시킨다는 공통점을 가지고 있다. 그런데 객관론적 관점은 그렇지 않다. 시를 자족적인 존재로 보는 것이다. 따라서 시작품을 생산한 작가나 시작품을 생산하는 데에 영향을 끼쳤을지도 모르는 시대, 환경에 대해서는 관심을 가지지 않는다. 오로지 관심을 가지는 대상은 시작품의 언어 조직에 국한되

는 것이다. 특히 김소월의 시 「접동새」는 언어 조직의 정교함을 잘 보여주는
예이다.

> 접동
> 접동
> 아우래비 접동
>
> 津頭江 가람가에 살든 누나는
> 津頭江 앞마을에
> 와서 웁니다.
>
> 옛날, 우리나라
> 먼 뒤쪽의
> 津頭江 가람가에 살든 누나는
> 이붓어미 샘에 죽었습니다.
>
> 누나라고 불너보랴
> 오오 불설워
> 새음에 몸이 죽은 우리 누나는
> 죽어서 접동새가 되었습니다.
>
> 아웁이나 남아 되든 오랩 동생을
> 죽어서도 못니저 참아 못니저
> 夜三更 남다자는 밤이 깁프면
> 이山 저山 올마가며 슬피 웁니다.

—「접동새」

이 시의 언어조직에 대해 이야기할 수 있는 측면은 세 가지이다. 그것의
첫째는 7·5조 율격의 측면이고, 둘째는 '아우래비'에서 보는 음성적 측면
이며, 셋째는 시 전체에 나타나는 구조적 측면이다. 객관론적 관점으로 시를

바라볼 때 이러한 측면들은 시의 가치를 평가하는 절대적 도구가 된다.

이 글의 제목은 분명히 '시에 대한 몇 가지 물음'이다. 그러나 시에 대한 물음이 세 가지뿐만은 아니다. 그렇다면 앞으로 끊임없이 시에 대한 더 많은 물음을 제기하고 시작품을 읽으면서 그에 대한 대답을 마련해 보는 자세, 그것은 바로 시를 잘 이해하기 위한 전제조건이 된다고 할 수 있다.

떠나는 시대의 내면풍경

I

　연보에 의하면 박인환의 시작 활동은 1946년부터 1956년까지의 10년 동안에 걸쳐 이루어진다. 이 시기는 해방 후에 따르는 극심한 혼란과 전란의 후유증이 겹쳐 있던 시기이다. 이 시기의 시대적 어려움을 박인환은 그 누구보다도 민감하게 받아들였고, 그 자신이 그것을 직접 밝히기도 했다.

　『박인환 선시집』이 발간된 해는 1955년인데, 이 글에서 분석의 대상으로 삼고자 하는 「목마와 숙녀」는 아마 이 시집에 수록된 작품들 중 박인환의 그러한 심리적·현실적 정황을 가장 잘 드러내는 작품일 것이다.

II

　「목마와 숙녀」에는 기본형 '떠나다'의 개념 이동이 빈번하게 나타난다. 이것은 이 시가 '떠나다'를 활용해서 얻어진 관념을 바탕으로 전개되고 있으며, 그것이 또한 주제의 근간을 이루고 있음을 말해 준다. 따라서 '떠나다'의 의미구조(문맥구조)를 밝히는 것은 이 시의 주제를 밝히는 데에 반드시 필요한 작업이 아닐 수 없다.

「목마와 숙녀」를 여덟 개의 의미단위로 구분해 보면 다음과 같다.

①한 잔의 술을 마시고
　우리는 버지니아 울프의 生涯와
　木馬를 타고 떠난 淑女의 옷자락을 이야기한다
②木馬는 주인을 버리고 거저 방울 소리만 울리며
　가을 속으로 떠났다, 술병에서 별이 떨어진다
　傷心한 별은 내 마음에 가벼웁게 부서진다
③그러한 잠시 내가 알던 小女는
　정원의 草木 옆에서 자라고
　文學이 죽고 人生이 죽고
　사랑의 진리마저 愛憎의 그림자를 버릴 때
　木馬를 탄 사랑의 사람은 보이지 않는다
④세월은 가고 오는 것
　한때는 孤立을 피하여 시들어 가고
　이제 우리는 작별하여야 한다
　술병이 바람에 쓰러지는 소리를 들으며
　늙은 여류 작가의 눈을 바라다보아야 한다
⑤……燈臺……
　불이 보이지 않아도
　그저 간직한 페시미즘의 미래를 위하여
　우는 처량한 木馬 소리를 기억하여야 한다
⑥모든 것이 떠나든 죽든
　거저 가슴에 남은 희미한 의식을 붙잡고
　우리는 버지니아 울프의 서러운 이야기를 들어야 한다
　두 개의 바위틈을 지나 청춘을 찾는 뱀과 같이
　눈을 뜨고 한 잔의 술을 마셔야 한다
⑦인생은 외롭지도 않고
　거저 잡지의 표지처럼 通俗하거늘
　한탄할 그 무엇이 무서워서 우리는 떠나는 것일까

⑧木馬는 하늘에 있고
  방울소리는 귓전에 철렁거리는데
  가을 바람 소리는
  내 쓰러진 술병 속에서 목메어 우는데——

　①에는 떠나간 것에 대한 비애의 분위기로 가득차 있다. 한 잔의 술을 마시는 것은 기쁨에 대한 확인이 아니라 오히려 슬픔에 대한 확인일 뿐이다. 유복한 환경에서 성장하여 소설가, 비평가로서 다양한 문학활동을 하다 쉰 아홉 살의 나이에 돌연히 자살해 버린 버지니아 울프의 등장과, 배후에 놓인 그녀의 염세적 인생관이 그 점을 뒷받침하고 있다. 버지니아 울프는 이제 박인환이나 어느 특정 개인에게만 특별히 작용하는 인물이 아니다. 그녀는 보편화되었으며 보편화되었다고 판단했을 때 사용된 표현이 '木馬를 타고 떠난 淑女'이다. 특히 바로 이어지는 '옷자락'은 시적인 비애의 정서를 적절하게 환기시켜 준다. 여기에서 반드시 짚고 넘어가야 할 것은 '목마'가 무엇을 상징하고 있는가 하는 점이다. 시의 전체적인 의미구조로 보아 '목마'는 비인간화된 시대를 상징하고 있는 것 같다. 생명성과 유동성을 포기한 상태에서만 목마의 출현 가능성이 떠올려지는 것이며, 그것은 비인간화의 마지막 단계이기 때문이다.

　②에서 목마는 주인마저 버리고 그저 방울 소리만 울리며 가을 속으로 떠난다. ①에서처럼 ②에서도 비애의 분위기는 여전하다. '방울소리만' 울린다든지 가을이 등장한 것이 그 점을 말해 준다. 그런데 ②에서 가장 특이한 표현은 '술병에서 별이 떨어진다'이다. 술병에서 별이 떨어진다는 것은 과연 어떤 상태를 말하는 것일까. 그리고 별이 내 가슴에 가볍게 부서진다는 것은 무슨 의미일까. 우선 우리는 이 자리가 한 잔의 술을 마시고 희망과 환희의 미래에 대해 이야기하는 자리가 아님을 생각해 볼 필요가 있다. 그렇다면 술병에서 별이 떨어진다는 것은 술을 마심과 함께 시인이 지녔던 희망과 환희의 미래가 점차 사라진다는 의미일 것이다. 그리고 그것은 시인의

마음에서도 똑같이 일어나는 현상임을 '별이 내가슴에 가볍게 부서진다'고 했을 것이다.

③에 이르면 시상의 전환이 급격하다. '내가 알던 *少女*'의 '*少女*'는 신선함과 청순함을 지니고 '정원의 초목' 옆에서 서서히 자라고 있지만 그럴수록 시인의 내면세계에서 커다란 공간을 차지하고 있어야 할 문학은 잘 이루어지지 않는다. 그리고 인생(삶)도 바람직하게 이루어지지 않는다.

④에서는 떠남의 의미가 어느 정도 확실해진다. 우선 떠남의 의미를 잘 보여주는 것은 세월이다. 그래서 시인은 '세월은 가고 오는 것'이라고 말한다. 한때는 '孤立을 피하여 시들어 가고'가 의미하는 바처럼 현실의 풍상 속을 방황하곤 했지만 결국 이러한 방황도 오래가지는 못하며 살아있는 사람들은 작별해야 하는 운명에 순응해야 한다.

⑤에 있어서의 '燈臺'는 불이 보이지 않는 등대, 즉 현실과 개인의 삶에 있어서의 방향을 지시해 주는 역할을 다하지 못하는 등대이다. 그래서 미래는 페시미즘의 미래일 수밖에 없다. ⑥은 문맥상 ①의 반복으로 볼 수 있는 부분으로 비애의 정서가 운명론적인 당위성에 묶여 있는 것 같은 느낌을 주고 있다. ⑦에서는 인생 자체에 대한 회의가 체념으로 바뀌고 '떠나는' 것 자체에 대한 물음이 제기된다. ⑧은 마지막 부분이면서 ⑦에서 제기된 물음의 의미를 한층 더 강화시켜 주고 있다.

III

이 시는 앞에서도 언급한 바와 같이 전체적으로 볼 때 '떠나다'를 활용해서 얻어진 관념을 바탕으로 하여, 사라져 간 것들에 대한 비애의 정서를 노래하고 있다. 그러나 박인환의 대부분의 시가 그러하듯이 이 시에서도 그 '비애의 정서'가 개인의 정서에 머무르지 않고 시대의 분위기와 긴밀하게 연결되고 있음은 확실하다. 즉, 개인의 정서와 시대의 정서가 그대로 연결되고 있는 것이다.

비애의 정서를 드러내는 데에 매개물로 작용하는 언어의 표현은 여러 가지로 나타난다. 1920년대의 오상순·박종화·박영희 등의 초기 시에 나타나는 것처럼 직접적이거나 시적 장치의 여과를 전혀 거치지 않은 경우도 있고, 그 비애의 정서를 가급적 절제하면서 최대한 객관화하는 경우도 있다. 「목마와 숙녀」는 후자의 경우에 가깝다고 할 수 있다.

비교문학에서의 한국 현대시

I

비교문학은 아직도 문학 연구의 특수분야로 인식된다. 그래서인지 문학의 다른 분야와는 달리 연구 방법론이 명쾌하게 정립되지 못했을 뿐만 아니라 비교문학적 연구의 핵심이라 할 수 있는 번역·영향에 대한 연구 방법론도 이론가들마다 다르다. 비교문학적 연구의 대상을 국제간의 정신적 관계나 상이한 국민문학의 작품·작가의 영감들 사이에 존재하는 사실 관계까지로 잡아야 한다는 까레의 주장[1]이 있는가 하면 그것을 비교심리학으로까지 확대해야 한다는 기야르의 주장[2]도 있다.

한국의 현대시[3]를 비교문학적인 연구 방법으로 접근하고자 할 때는 사정이 더욱더 복잡해진다. 이러한 점을, 『프랑스의 상징주의 시의 수용과 그 양상』(제주대학교 출판부, 2001)의 저자인 문충성은 영향과 번역의 문제로 파악한다.

---

1) 울리히 바이스슈타인, 『비교문학론』, 이유영 역 (홍성사, 1981), pp. 13~14. 참조.
2) 위의 책, p. 16. 참조.
3) 저자는 이 책의 '일러두기'를 통해 '한국의 근대시'와 '한국의 현대시'를 구분하지 않고 '한국의 현대시'로 썼음을 밝히고 있다. 이 글에서도 이를 따르기로 한다.

　첫째는 영향과 관련된 문제이다. 기옌에 의하면 영향이란 작가의 존재가 어떤 것에 의해 점유되는 것, 변형되는 것, 그리고 그러한 변화가 이루어지는 원인을 의미한다.[4] 그러나 그것이 직접 영향인가 간접 영향인가를 판별하는 데서부터 그것의 증거를 확보하는 데까지의 모든 일들은 결코 쉽지 않다. 원전을 수용하는 과정에 굴절현상이 존재하기 때문이다. 그것은 특히 한국의 근대시를 비교문학적인 방법으로 연구하고자 할 때에 심각한 어려움의 근원으로 대두된다. 예를 들어, 한국 시인들이 프랑스 상징주의 시를 읽는 데에는 프랑스어 원전을 읽는 경우와 영어·일본어 번역본을 읽는 경우가 다르고, 프랑스어 원전에서 직접 번역된 한국어 번역본을 읽는 경우와 일본어 번역본에서 중역된 한국어 번역본을 읽는 경우가 다르며, 번역에 있어서도 프랑스어 원전이 직접 번역된 경우와 영어·일본어 번역본이 중역된 경우가 다르다. 원래 영향을 받은 시인이 어떤 텍스트로부터 어떤 영향을 받았다고 밝힌다 하더라도 그 영향에 대한 논의는 자칫 공론에 그칠 공산이 큰데, 프랑스 상징주의 시가 한국의 현대시에 끼친 영향을 연구하는 데에는 고작 번역시·창작시와 함께 누구의 영향을 받았다는 술회 정도가 있을 뿐이어서 연구의 어려움은 더 가중될 수밖에 없다.

　둘째는 번역과 관련된 문제이다. 번역은 반역이라는 이탈리아 격언처럼 번역에 있어서의 창조적 배신은 거의 불가피한 것이긴 하지만, 에스카르피의 말대로 번역은 새롭고 또한 많은 대중과의 문학적 교류의 가능성을 갖게 함으로써 원래의 작품에 새로운 리얼리티를 부여한다.[5] 어떠한 외국 문학작품을 한국어로 번역하는 데에는 외국어·외국 문학작품에 대한 깊은 이해와 한국어·한국 문학에 대한 깊은 이해가 필수적 조건이다. 이 두 가지 조건이 갖추어졌을 때에 비로소 번역 문학은 성립되며, 그 터전 위에서 그 번역 문학이 끼친 영향도 제대로 논의될 수 있다. 프랑스 상징주의 시의 한국어

---

4) 울리히 바이스슈타인, 앞의 책, pp. 59～60.
5) 위의 책, p. 53.

번역을 살피는 데 있어서의 간과할 수 없는 어려움은, 바로 이러한 원론에 앞서 부딪치게 되는 어려움, 즉 이 두 가지 조건이 온전하게 갖추어지지 못한 데에서 오는 어려움이다.

저자가 이 책에서 의도하고 있는 것은 네 가지인데, 첫째 프랑스 상징주의 시의 수용과 그 양상에 대한 고찰, 둘째 번역시와 그 세계와 문제점에 대한 점검, 셋째 번역 논쟁에 대한 고찰, 넷째 프랑스 상징주의 시가 한국의 현대시에 끼친 영향에 대한 고찰 등이 그것들이다.

이 책은 서론·결론을 빼면 다음과 같은 다섯 흐름으로 이루어져 있다.

> Ⅰ. 서론 Ⅱ. 프랑스의 상징주의 시 1. 개요 2. Charles Baudelaire 3. Paul Verlaine 4. Arthur Rimbaud 5. Stéphane Mallarmé 6. Paul Valéry Ⅲ. 프랑스의 상징주의 시의 수용과 그 양상 1. 개요 2. Paul Verlaine와 金億 3. Charles Baudelaire와 金億·梁柱東 4. Rimbaud, Mallarmé, Valéry의 단편들 Ⅳ. 번역시의 세계와 그 문제점 1. 金億의 번역 시집 『懊惱의 舞踏』 2. Verlaine-「가을의 노래」와 음악성·우모의 시 3. Baudelaire-「萬物照應」과 공감각 4. Rimbaud, Mallarmé, Valéry의 초기 시편들 Ⅴ. 번역 논쟁 1. 발단 2. 전개 3. 남는 문제들 Ⅵ. 프랑스의 상징주의 시가 한국의 현대시에 끼친 영향 1. 자아와 서정과 자유의 발견 2. 1920년대-퇴폐적 낭만과 적 편향 3. 1930년대 -자연과 인간의 탐구 Ⅶ. 결론

그러나 이 글에서는 '프랑스의 상징주의 시의 수용과 그 양상', '번역시의 세계와 그 문제점', '프랑스의 상징주의 시가 한국의 현대시에 끼친 영향'만을 논의의 대상으로 삼기로 한다.

Ⅱ

「프랑스의 상징주의 시의 수용과 그 양상」에서 저자가 강조하고 있는 것은 '자아와 서정과 자유의 발견'이다. 저자는 김억이, 비록 성공적이지는

못했지만 1918년 일제 강점기의 처참한 시대 상황 속에서 창가·신체시 등 애국·계몽 훈화조의 시가에서 벗어나 한국에 처음으로 프랑스의 상징주의 시들을 번역, 소개함으로써 한국 현대시의 개화에 큰 몫을 담당한 점을 주목한다. 저자는, 김억이 베를렌에 심취하여 그의 시를 번역, 소개하면서 여성편향적인 현대시의 흐름을 주도한 점과 1920년대 시단에 '자아와 서정과 자유의 발견'이라는 한국의 현대시의 혁명을 이룩한 점을 그에 대한 구체적 예증으로 제시한다. 저자에 의하면, 그것은 예술적 보헤미안이라는 시인의 의식에서 이루어진 것이긴 하지만 시의 자율성을 통한 자아의 발견이고, 운율 의식을 통한 서정의 발견이며, 시 형식의 자유시 형식을 통한 자유의 발견이었다.

베를렌으로 대표되는 프랑스의 상징주의 시인들의 예술적 보헤미안 의식에 영향을 받은 일제 강점기의 젊은 시인들은 하나같이 상실의 슬픔을 지닌 시인들이었고, 님·집·가족을 잃었을 뿐만 아니라 나라를 빼앗긴 떠돌이 시인들이었다. 저자는 그 떠돌이 시인들의 의식이야말로 한국의 현대시를 형성한 큰 물줄기였음을, 자율성을 지니고 진정한 자아와 한국의 서정을 탐구하는 그 물줄기의 원천이 김억에 의해 번역된 베를렌의 「가을의 노래」(「Chanson d'Automne」)였음을, 그리고 그 물줄기는 김소월·김영랑·박목월·서정주로 이어졌음을 강조한다.

그러나 주지하는 대로 그 번역시에는 적지 않은 문제가 있었다. 그것은 김억의 번역시뿐만 아니라 양주동의 번역시도 마찬가지였다. 물론 저자도 이 점을 놓치지 않는다. 저자는, 양주동이 1923년『금성』을 창간해 주도하면서 베를렌, 보들레르의 평전과 시들을 번역, 소개했고, 특히 보들레르의 「Correspondances」(「萬象照應」)를 최초로 번역, 소개한 점에 유의하면서도, 상징주의 시의 경전이라고 할 수 있는 이 시의 내용에 대한 이해는 물론 공감각의 기법에 대한 이해도 없었음을 지적한다. 결국 저자에 의해 양주동은 보들레르의 시론에 대한 본격적인 글을 쓸 수 없었던, 그나마 한국의 현대시의 형성기에 프랑스의 상징주의 시를 한국어로 수용한 전신자 정도로 규정된다.

「번역시의 세계와 그 문제점」에서 저자는 김억에 의한 프랑스 상징주의 시의 번역, 소개가 베를렌에 치우쳤음을 환기하고 베를렌의 시론을 소개한 내용이 피상적이거나 그것을 잘못 이해한 부분이 적지 않았음을 비판한다. 저자에 의하면 베를렌 시의 번역은 원시와는 상관없이 창작적 무드만을 살리거나 번역 창작론을 주장할 만큼의 오역으로 일관된 것으로서, 주로 비애의 정조가 짙은 서정과 그 나름대로의 운율 의식과 시적 언어의 정련 속에서 재창조된 것이다. 여기에서 우리는 김억이 주장한 번역론의 문제와 마주치게 된다.

저자는, 김억이 1918년 『泰西文藝新報』를 통해 베를렌의 번역시들을 발표한 후에도 『폐허』·『개벽』·『조선문단』 등을 무대로 그 작업을 정력적으로 꾸준히 계속했으며, 1921년에는 한국 최초의 번역 시집 『懊惱의 舞蹈』를 간행함으로써 자유시 형성에 크게 이바지한 점을 높이 평가한다. 이 번역시집은, 베를렌의 시는 「Poèmes Saturniens」의 5편, 「La Bonne Chanson」의 1편, 『Romances sans Paroles』의 7편, 『Sagesse』의 4편, 『Jadis et Naguère』의 2편 등 총 21편을 번역·수록하고 있는 데에 비해, 보들레르의 시는 『Les Fleurs du Mal』(「Spleen et Idéal」)의 7편만을 수록하고 있다. 저자는, 김억의 베를렌에 대한 경도가 그의 시론이나 창작시에도 그대로 반영되어 '언어의 음악성과 우모 같은 문자'의 시를 추구하는 경향으로 이어졌고, 그가 번역한 베를렌의 「작시론」(「Art Poétique」)은 오역투성이었음에도 불구하고 1920년대 시인들이 시를 쓰는 데에 지침이 되는 경전의 역할을 수행했음을 중시한다.

김억과는 달리 양주동에 대한 저자의 평가는 매우 부정적이다. 양주동이 번역한 보들레르 시는 모두 14편인데 앞에서 언급한 바대로 그들 중 「萬象照應」은 보들레르의 「Correspondances」에 대한 최초의 번역이다. 그러나 저자는, 이 번역이 오역이었기 때문에 상징주의의 추종 시인들로 하여금 보들레르의 시 세계를 오해하게 했고 퇴폐·기괴·우수 등을 내세운, 이른바 상징풍의 시를 쓰게 한 원인이 되었다고 판단한다.

이 외에도 저자는 春城·에덴· 이원조·이하윤·이헌구·李鍾吉 등이 베를렌·보들레르·랭보·말라르메·발레리 시들을 몇 편씩 번역, 발표한 사실, 1918년부터 1945년 해방 전까지 보들레르의 시 23편, 베를렌의 시 24편, 랭보의 시 3편, 말라르메의 시 1편, 발레리의 시 2편 등 모두 53편의 프랑스 상징주의 시인들의 시가 번역된 사실, 이 53편의 번역시 대부분이 보들레르와 베를렌에 편중되어 있는 점을 논의하고 있다. 이와 함께 저자는 만일 1920년대에 랭보와 말라르메의 초기시들만이라도 제대로 번역, 소개되었다면 한국의 현대시가 형성되는 과정에서의 큰 물줄기가 여성편향 쪽으로만 기울어지지는 않았을 것이며, 감성 우위의 경향과 지성 경시 사이의 불균형을 극복할 수 있었을 것이라는 아쉬움을 표명한다.

「프랑스의 상징주의 시가 한국의 현대시에 끼친 영향」에서 저자는 1920년대에 도입된 프랑스 상징주의 시와 시론이 함께 도입된 서구의 어떤 문예사조나 시보다도 한국의 현대시를 형성시키는 데 큰 영향을 끼친 사실을 강조한다. 1920년대의 시인들이 비록 초기 단계에는 퇴폐적 사상과 베를렌·보들레르의 기괴한 면만을 드러내는 퇴폐적 상징풍의 모방시를 썼지만, 나중에는 모방에서 벗어난 독자적인 시 세계를 보여주었다는 것이다. 저자는 대표적인 1920년대의 예술적 보헤미안 시인들로 이상화·이장희·김소월·한용운 등을, 1930년대 이후 프랑스의 상징주의 시를 육화하여 독자적인 시 세계를 형성한 시인들로 김광균·박목월·신석초·서정주 등을 들고 있다.

「프랑스의 상징주의 시의 수용과 그 양상」에서 저자는 프랑스 상징주의 시가 1930년대 시인들에게 끼친 영향에 대해서도 논의하고 있는데, 김광균에 대해서는 베를렌과 보들레르의 영향을 많이 받았고 감각 교류의 공감각

기법을 사용해 슬픔의 서정적 색채를 지닌 새로운 생명으로 창조한 점을, 박목월에 대해서는 음악성과 회화성을 주조로 한 서정의 세계를 창조했고 언어의 절제를 통해 의미를 암시하고 정서를 환기하는 '서러움의 아름다움' 의 시학을 세운 점을, 신석초에 대해서는 형식과 발상 면에서 발레리의 영향을 받았고 그의 장시 「바라춤」이 「Le Jeune Parque」(발레리)의 구조와 유사한 점을, 서정주에 대해서는 보들레르의 영향을 받았고 한국의 전통 속에서 새로운 인간 탐구의 시 세계를 보여준 점을 각각 부각시킨다.

저자가 이 책에서 최종적으로 내린 결론은, 시인들은 비록 그들의 삶이 실패로 끝날 수밖에 없는 운명을 지니고 있다 하더라도 그 실패의 역정에 배어 있는 치열함과 그에 따라 씌어진 시는 마땅히 중시되어야 한다는 점, 그리고 시인들은 언어를 통해 인간과 세계를 새롭게 탐구하는 작업에 끊임 없이 도전할 것이며 그 과정에서 프랑스 상징주의 시들은 계속해서 그들의 관심의 대상이 될 것이라는 점이다.

III

지금까지 『프랑스의 상징주의 시와 한국의 현대시』에서 저자가 주장하는 내용들을 비교적 간략하게 살펴보았다. 프랑스 상징주의 시와 한국의 현대시를 비교문학적으로 연구한 성과들은 꽤 있다. 그러나 이 책에서처럼 실증적인 자료를 통해 세밀하게 연구된 경우는 없다고 해도 과언이 아니다. 이러한 점에서 이 책은 한국 현대시에 대한 비교문학적 연구의 중요한 성과로 꼽을 만하다. 그런데 이와는 별도로, 이 분야에 대해 지속적인 관심을 가지고 있는 사람들은 응당 다음과 같은 두 가지의 문제를 제기할 수 있을 것이다.

그것의 하나는 프랑스 상징주의 시의 문학운동적 측면이 간과되었다는 점이다. 여기에서 운동이란 같은 뜻을 가진 사람들이 새로운 예술의 개념을 천명하고 선전하려는 의식적인, 그리고 대개의 경우에는 이론적인 기반을 지닌 시도를 말한다. 그것은 보통 동년배 층에 의해 조직되고 사제 관계가 없다는 점에서 유파와 구별되며 문학그룹이나 동인적인 성격을 지니지 않는다.6) 상징주의를 포함한 모든 문예사조는 이러한 문학운동의 성격을 지니고 있다. 프랑스 상징주의 시의 영향을 받은 한국의 현대시도 이러한 성격에서 자유롭지 못하다. 프랑스의 상징주의 시운동과 한국에서의 프랑스 상징주의 시·시론의 번역, 소개는 서로 매우 유사한 점을 지니고 있기 때문이다. 따라서 프랑스의 상징주의 시가 한국의 현대시에 끼친 영향은 프랑스 상징주의 시·시론을 번역, 소개한 김억·백대진·양주동 등의 문학운동적 측면의 활동을 통해서도 해명이 가능하다.

그것의 다른 하나는 김억과 Arthur Symons와의 관련성이 전혀 거론되지 않았다는 점이다. 시몬즈는 영국 태생이기는 했지만, 보들레르를 비롯한 프랑스 상징파 시인들에게 깊이 경도되었던 상징파 시인으로 김억에게 큰 영향을 끼쳤다는 점에서 영향과 번역의 문제를 중심으로 한국의 현대시를 논의할 때에는 빼놓을 수 없는 인물이다. 시몬즈가 김억에게 큰 영향을 끼친 점은, 시몬즈가 시집 *London Nights* 재판 서문에서 주장한 기분의 시학에 김억이 크게 공감하여 기분(정조) 위주의 시를 많이 쓴 데에서, 또는 1924년에 시몬즈의 시 60여 편을 모아 번역시집 『잃어진 진주』를 간행한 데에서 확인할 수 있다. 더욱이 이 시집의 서문은, 시의 번역과 창작을 동일시한 김억의 번역론을 발생론적으로 설명할 수 있는 자료라는 점에서, 아더 시몬즈와의 관련성에 대한 논의의 필요성을 배가시킨다.

---

6) 위의 책, p. 114.

무의미시론의 성격론

Ⅰ. 프롤로그

김수영과 김춘수는 공히 한국 현대 시문학사상 매우 중요한 위치를 차지하고 있으며, 후배 시인들에게 많은 영향을 끼치고 있다는 공통점을 지니고 있다. 또한 이 두 시인은 시와 시론에서 유래가 없는 대립적 성격을 보여주고 있기도 하다. 그런데 이 두 시인 중 김수영의 시와 시론에 대해서는 어느 정도 연구가 이루어졌다고 할 수 있지만, 김춘수의 시와 시론에 대해서는 그렇지 못하다. 이와 같은, 김춘수의 시와 시론에 대한 논의의 결핍은, 유기적인 한국 현대 시문학사를 서술하는 데에 있어서 장애가 될 공산이 크다.

김춘수가 무의미시라는 말을 사용하기 시작한 것은 1960년대 후반부터이다. 그의 무의미시는, 일체의 관념을 배제한 채 이미지를 서술적으로 사용하여 콜라주 형식으로 배열한 다음, 하나의 이미지가 다른 이미지를 지워버리는, 이미지 소멸 방법으로 씌어지는 시이다. 그래서 무의미시에는 주제와 대상이 소멸된다. 그의 이러한 시적 방법은 60년대 후반 이전에 한국에서 일반적으로 통용되던 그것과 비교해 보면 매우 파격적인 것이었다.

김춘수의 무의미시에 대한 논의는 흔히 무의미시론이라 일컬어진다. 무의미시론은 일종의 존재론적 시론이면서 동시에 현상학적 방법에 바탕을 두고 있는 순수시론이다. 그렇기는 하지만, 무의미시론에서는 그 자신이 전개하는 독특한 논리가 핵심 역할을 담당하고 있다. 이것은 바로 우리로 하여금 그의 무의미시론의 성격을 고찰하지 않을 수 없게 하는 근거가 된다.

이 글은 김춘수의 무의미시론을 비대상시론·자유연상시론·절대이미지시론·일반시론 등으로 세분하고 그 성격을 객관적으로 고찰하는 데에 목적이 있다. 이러한 목적을 이루기 위해, 이 글에서는 그의 무의미시론을 정확하게 이해하는 데에 필요하다고 판단되는 자료를 가급적 많이 인용하게 될 것이다. 아울러 이 글에서 주요 텍스트로 삼은 자료는 『김춘수전집 2—시론』(문장, 1982)임을 밝혀 둔다.

Ⅱ. 비대상시론 또는 대상의 소멸

역설적으로 말하면 김춘수의 비대상시론은 대상에 대한 논의로 일관되어 있다. 그것은 대상의 존재를 확인하는 데서부터 시작되어 대상을 소멸시켜야 한다는 주장으로 종결된다. 그의 비대상시론에서, 대상에 대한 논의와 결부되는 것들은 이미지·의미·리얼리티 등이다.

먼저 김춘수는 대상과 이미지에 대해 논의한다. 그에 의하면 같은 "서술적 이미지라 하더라도 寫生的 소박성이 유지되고 있을 때는 대상과의 거리를 유지하고 있는 것이 되지만, 그것을 잃었을 때는 이미지와 대상은 거리가 없어진다."[1] 이미지가 곧 대상이 되는 것이다. 이미지와 대상 사이의 거리가 소멸하면서 이미지가 곧 대상이 되는 것을, 그는 대상이 주는 구속으로부터의 해방으로 본다. 그가 주장하는 무의미시에 대한 논의는 바로 여기에서 출발한다. 그에 의하면 현대의 "무의미시는 시와 대상 사이의 거리가 소멸한 데서 생긴 현상이며, 대상을 놓친 대신에 언어와 이미지를 실체로서 인식하

---

1) 김춘수, 「한국현대시의 계보」『김춘수전집 2—시론』(문장, 1982), p. 369. (이하 『전집』이라 한다.)

게 되었다"2)는 주장의 근거가 된다. 그는 대상을 가지고 있는 이미지 시의 문제에 대해서도 언급한다. 그에 의하면 대상을 놓친 서술적 이미지 시와 모든 비유적 이미지 시는 양극에, 대상을 가지고 있는 서술적 이미지 시는 그 중간에 각각 위치한다. 그리고 그는 특히 서술적 이미지 시가 그곳에 위치하는 이유를, 대상을 가지고 있어서 자유롭지는 못하지만, "대상에 대하여 판단중지의 상태에 있기 때문에 하나의 방관자적 입장에 설 수 있"3)는 데에서 찾는다.

다음에 김춘수는 대상과 의미에 대해 논의한다. 앞에서 언급한 것처럼 대상이 있다는 것은 대상으로부터 구속을 받고 있음을 의미한다. 그는, 그 구속이 긴장을 낳고 긴장이 몹시 팽팽해질 때, 반 고흐의 풍경들이 되는데, 그것들은 물론 대상으로서의 풍경이긴 하지만, 풍경 이상의 그 무엇이라고 말한다. 그가 말하는 '무의미시'는 기호이론이나 의미론 차원에서의 그것과는 전혀 다른 것으로서 어휘나 센텐스가 아닌, 한 편의 시작품에 부여된 명칭이다. 그는, 그 무의미의 '의미'를 한 편의 시작품 속의 논리적 모순이 있는 여러 센텐스가 아닌,—그러나 그는 실제로 그의 무의미시에는 논리적 모순이 있는 센텐스가 더러 끼이고 있음을 실토하고 있다—그와는 전혀 다른 데서 찾아야 한다고 주장한다. 다시 말하면, 무의미의 '의미'를 반 고흐처럼 무엇인가 의미를 덮어씌울 그런 대상이 없어졌다는 데에서 찾아야 한다는 것이다. 대상이 없으므로 그만큼 구속의 굴레에서 벗어난 셈이 되고, 연상의 쉼 없는 파동이 있을 뿐 그것을 통제할 힘은 아무 데도 없게 된다. 그에 의하면 그 때 만나게 되는 것은 "현기증 나는 자유"4)였다.

> 言語가 詩를 쓰고 이미지가 詩를 쓴다는 일이 이렇게 하여 가능해진다.
> 一種의 放心狀態인 것이다. 적어도 이러한 상태를 僞裝이라도 해야 한다.

---

2) 위의 글, 위의 책.
3) 위의 글, 위의 책, p. 376.
4) 김춘수, 「대상·무의미·자유」『전집』, p. 377.

詩作의 진정한 方法과 단순한 技巧의 차이는 이 放心狀態(自由)와 그것의
僞裝의 차이라고 할 수 있을 것이다.5)

김춘수에 의하면 대상이 없어졌을 때, 남게 되는 것은 "汪洋한 자유와
대상이 없어졌다는 不安"6)이다. 그에 의하면 시에는 원래 풍경이든, 사회든,
신이든 대상이 있어야 한다. 그것들로부터 어떤 구속을 받고 있어야 긴장이
생기고, 긴장이 있는 동안은 의미를 지닐 수 있게 되기 때문이다. 그런데
무의미시에는 의미가 없다. 그래서 그는, 무의미시에는 항상 의미가 없는데
도 시를 쓸 수 있을까, 하는 의문이 뒤따르지 않을 수 없게 된다고 말한다.
그는, 대상이 없어졌다는 것을 짐작하고 있으면서도 이 의문에 질려 있고,
그렇게 하면서도 시를 쓰고자 할 때는 자기를 위장할 수밖에 없다고 주장한
다. 그에 의하면 기교는 이럴 때에 필요하다. 이 때의 기교는 심리적인 의미
의 기교이지 수사적인 의미의 기교가 아니다. 그러나 그는 그 위장이라는
기교가 수사에도 그대로 나타나게 되는 것은 어쩔 수 없는 일이라고 본다.
　마지막으로 김춘수는 대상과 리얼리티 대해 논의한다. 그에 의하면 대상
의 붕괴와 리얼리티의 세계는 매우 밀접한 관계에 있다. 이러한 주장은 다음
의 인용에서도 분명히 드러난다.

　　시에서 대상이 무너져 갔을 때, 시인은 주제를 상실하고 어둠에 묻히게
　된다. 이 때의 어둠은 심리세계의 그것이다. 그것은 이념의 밝음을 일단 등지
　게 된 상태라고 할 수 있다. 말하자면 그것은 가치의 세계가 아니고, 가치의
　세계의 바탕이 되는 사실(現實) reality의 세계라고 할 수가 있다.7)

김춘수에 의하면 이 사실(현실), 이 어둠은 또한 한 사람의 '他者'이면서
인류의 원형이기도 한 그 자신의 모습이기도 하다. 그래서 그는 "이 현기증

---

5) 위의 글, 위의 책, p. 377.에서 재인용.
6) 위의 글, 위의 책, p. 377.
7) 김춘수, 「지양된 어둠」『전집』, pp. 554~555.

나는 심연을 들여다보면 우리는 인류의 아득한 과거 속에 잠긴 우리들 자신
과 만나게 된다. 이 단계에 놓인 우리는 또한 자연과 분간할 수 없는 그런
것이 된다. 생물학의 대상이 될 뿐"[8]이라고 단언한다. 그러나 곧이어 그는,
우리가 또 하나 혹은 둘의 我를 가지게 되었다고 말하면서, 이것을 자동기술
의 개념으로 설명한다.

　　김춘수에 의하면 "자동기술이란 결국 이들 분열 또는 대립의 상태에 있는
我들을 변증법적으로 지양시켜 통일케 하는 어떤 작용이다. 그것은 또한
실존의 渾身的 投射라고도 할 수 있다."[9] 그는 이 때의 실존을 하나의 결합
으로 보며, 우리가 現實我(의식)로 또는 純粹我로 분열되어 이 종합에서
떨어져 나갈 때의 그 상태를 '실존의 타락'이라 지칭한다. 그는 어두운 我(무
의식)와 밝은 我(의식)가 쉼 없는 하나의 긴장(tension)을 유지하고 있어야
하지만, 그것이 쉬운 일은 아니므로 실제의 우리는 마냥 분열될 수밖에 없고,
종국에는 어느 한 쪽으로 더 기울어진 상태에 있을 수밖에 없다고 본다.
그에 따르면, 예컨대 선이라는 가치는 때로 현실의 어둠을 도저히 다 밝혀낼
수 없는 하나의 촛불에 지나지 않을 수가 있다. 즉, 선이라는 가치는 어둠의
두려움을 견디지 못하기 때문에 선이라는 가치의 빛(밝음)으로 떨어져 나간
것에 지나지 않는다. 그에 의하면 밝음(가치)과 어둠(현실)의 종합 상태를
지속적으로 유지하면서 살아가는 것은, 생물과 인간의 변증법적 지양을 완
성한 새로운 차원의 자연(신)이 되어야 함을 시사하는 것이다. 바로 여기에
서 그는 자동기술의 적극적인 의의를 발견한다.

　　　비대상의 시, 즉 어떠한 객체로 의식하지 않는 상태, 그러니까 완전한 내면
　　의 응결만이 얽히다가 어느 순간 터져나오는 시,……(중략)……내면세계가
　　밖으로 드러나는 것, 그것이 非對象詩이다.[10]

---

8) 위의 글, 위의 책, p. 555.
9) 위의 글, 위의 책.
10) 위의 글, 위의 책, p. 541.

김춘수에 의하면 "비대상시가 무관심의 표정으로 굳어지는 것은 당연하며, 그것은 또한 우려할 일이 아니라, 오히려 대견하게 생각해야 될 일일"[11] 수도 있다. 그 굳어진 무관심의 표정으로 해서 한국시가 자기 존재 이유의 깊이를 획득할 날이 올지도 모르기 때문이다. 그렇다면 그의 비대상시에는 정말 대상도 없고 주제도 없을까. 그러나 사실은 그렇지 않다. 그것은 그가 통상적인 의미에서 그렇게 말한 것이고, 철저한 해체소설인 조이스의 「피네건즈 웨이크」가 문학적 주제를 설정하고 있듯이, 『삼국유사』의 처용 설화에서 보는 것처럼 시의 차원에서는 그 자신 실제로 대상과 주제를 설정하고 있었다.[12]

이상에서 본 것처럼 김춘수의 비대상시론에는 그의 독특한 사유와 논리가 담겨 있다. 그러나 이러한 그의 비대상시론과 그가 쓴 시작품의 일치 여부는 그 자신이 밝히고 있는 바와는 관계없이 다른 차원에서 논의해야 할 과제이다.

Ⅲ. 자유연상시론 또는 자유연상의 중시

김춘수의 자유연상에 대한 주장은 네 가지의 측면에서 전개된다. 그것들은 자유연상과 창작의 관계, 자유연상이 개입하는 자리, 자유연상의 역할, 묘사의 경험과 자유연상 등이다. 그것들이 그의 자유연상시론을 형성하는 데에 토대의 역할을 수행하는 것들임은 물론이다.

먼저 김춘수는 자유연상과 창작의 관계를 환기시킨다. "무의미한 자유연상이 굽이치고 또 굽이치고 또 굽이치고 나면 시 한 편의 초고가 종이 위에 새겨진다. 다음 내 의도(의식)가 그 초고에 개입한다. 시에 리얼리티를 부여하는 작업이다."[13] 그에 의하면 시는 전의식과 의식의 팽팽한 긴장관계에서

---

11) 위의 글, 위의 책, p. 555.
12) 김춘수, 「장편 연작시 <처용단장> 시말서」 『처용단장』 (미학사, 1991), p. 139.

완성된다. 또한 그에 의하면 이 경우, 그 자유연상은 현실을 일단 폐허로 만들어 놓고 非在의 세계를 엿볼 수 있게 하겠다는 의지의 기수가 된다.

다음에 김춘수는 자유연상이 개입하는 자리에 주목한다. 그는 시를 쓸 때 "그 때까지의 오랜 타성이 잠재력으로 나의 의도에 저항하고 있었다는 사실을 알게 되었다"[14]고 고백한다. 그래서 그는 갈등의 해소책을 생각하지 않을 수 없게 되고, 詩作에서의 의식과 무의식의 상관관계를 천착하지 않을 수 없게 된다. 그에 의하면 타성(무의식)은 의도(의식)를 배반하기 쉬우므로 詩作 과정에서 또는 시가 일단 완성된 뒤에도 의도의 엄격한 통제를 받아야 한다.

> 寫生에 열중하다 보면 자기도 모르는 사이에 설명이 끼이게 된다. 긴장이 풀어져 있을 때는 그것을 모르고 지나쳐 버린다. 한참 뒤에야 그것이 발견되는 수가 있다. 'id'는 'ego의 감시를 교묘히 피하고 싶은 것이다. 'ego'는 늘 눈 떠 있어야 한다. 이러한 트레이닝을 하고 있는 동안 寫生에서 나는 하나의 확신을 얻게 되었다.
>
> 세잔이 寫生을 거쳐 추상에 이르게 된 그 과정을 나도 그대로 체험하게 되고, 사생은 사생에 머무를 수만은 없다는 확신에 이르게 되었다. 리얼리즘을 확대하면서 超克해 가는 데 詩가 있다는 하나의 사실을 알게 되고 믿게 되었다.[15]

그런데 여기에서 우리는 김춘수가 말하는 '寫生'의 의미를 찬찬히 되새겨 볼 필요가 있다. 그가 말하는 사생은 있는(實在) 풍경을 그대로 그리는 것을 의미하지 않는다. 그가 말하는 사생의 의미는 다음과 같은 것이다. "집이면 집, 나무면 나무를 대상으로 좌우의 배경을 취사선택한다. 경우에 따라서는 대상의 어느 부분은 버리고, 다른 어느 부분은 과장한다. 대상과 배경의 위치

---

13) 김춘수, 「의미에서 무의미까지」 『우리는 모두 무엇이 되고 싶다』 (문학세계사, 1993), p. 151.
14) 위의 글, 위의 책, p. 150.
15) 위의 글, 위의 책.

를 실지와는 전연 다르게 배치하기도 한다. 말하자면 실지의 풍경과는 전연 다른 풍경을 만들게 된다. 풍경의, 또는 대상의 재구성이다."16) 그에 의하면 논리와 자유연상은 이 과정에서 끼이게 된다. 더 나아가 그는, 논리와 자유연 상이 더욱 날카롭게 개입하게 되면 대상의 형태가 부서지고, 마침내 대상마 저 소멸하게 되는데, 무의미시는 이렇게 해서 탄생한다고 주장한다.

이어서 김춘수는 자유연상의 역할을 강조한다. 그에 의하면 "매우 힘든 일이기는 하나 타성(무의식)은 그 내용을 바꿔갈 수 있다. 즉, 말을 아주 관념적으로, 비유적으로 쓰던 타성을 극복하기 위하여 즉물적으로, 서술적 으로 써 보겠다는 의도적 노력을 거듭하다 보면, 그것이 또 하나 새로운 타성이 되어 낡은 타성을 압도할 수가 있게 된다"17)는 것이다. 이렇게 될 경우, 그는 이 새로운 타성이 새로운 무의식으로 등장할 수도 있다고 본다. 이것을 그는 前意識이라고 부른다. 그는 60년대 후반쯤에서 이 전의식을 풀어놓은 적이 있다고 스스로 밝히고 있다. 앞에서 언급했듯이 그의 자유연 상은 현실을 일단 폐허로 만들어 놓고 非在의 세계를 엿볼 수 있게 하겠다는 의지의 旗手가 된다.

마지막으로 김춘수는 묘사의 경험을 자유연상과 관련시킨다. 그는 묘사 의 연습을 거듭한 끝에 "관념을 완전히 배제할 수 있다는 자신감을 얻게 되고,"18) 그 결과 그의 관념공포증은 관념도피 쪽으로 바뀌게 된다. 그는 寫生을 게을리하지 않으면서 이미지를 서술적으로 쓰는 훈련을 계속한다. 또한 그는 비유적 이미지를 관념의 수단으로 보고, 이미지를 위한 이미지를 사용하는 일종의 순수시 상태를 지향하기에 이른다. 그의 자유연상은 바로 이 지점에 위치하는 정신 활동이다.

김춘수가 내세우는 자유연상은 언뜻 서구 초현실주의의 시작 방법인 자 동기술법을 떠올리게 한다. 그러나 자유연상은 의식의 객관화를 완강하게

---

16) 위의 글, 위의 책.
17) 위의 글, 위의 책.
18) 위의 글, 위의 책, p. 149.

거부하면서 신비스러운 세계를 드러내는, 초현실주의의 자동기술법과는 분명하게 구별된다.

Ⅳ. 의미배제시론 또는 무의미 공간의 설정

여기에서 김춘수는 무의미시의 탄생 과정, 시의 의미와 무의미, 시의 사상, 시의 관념에 대한 주장을 전개하는데 나중에 그것들은 시의 의미·사상·관념을 배제해야 한다는 쪽으로 귀결된다.

그는 시의 발전을 진보가 아닌, 진화에서 끌어낸다. 그것을 전제로 그는 어떤 시는 언어의 속성을 바꾸어 놓을 수 있다고 주장한다. 그가 예를 든 "언어에서 의미를 배제하고 언어와 언어의 배합, 또는 충돌에서 빚어지는 音色이나 의미의 그림자나 그것들이 암시하는 第二의 自然 같은 것"[19]은 그것을 구체화한 것이다. 그는 이런 일들이 대상과 의미를 잃음으로써 가능하다는 점을 상기시키면서, 무의미시는 가장 순수한 예술이 되고자 하는 본능에서 비롯되었다고 본다.

> 말하자면 對象(現實·社會)으로부터 심한 拘束을 받고 있다. 자유롭지 못하다. 그러니까 遊戲의 氣分(放心狀態)이 되지 못하고 매우 긴장되어 있다. 그 긴장은 根本的으로는 道德的인 긴장이긴 하나 詩의 方法論的 긴장이 서려 있기도 하여……[20]

김춘수에 의하면 시의 자유로운 상태는 대상과 의미를 잃음으로써 가능하다. 대상과 의미는 근본적으로 긴장상태를 조성하는 것이기 때문이다. 그의 이러한 주장은 무의미시의 탄생 과정에 대한 주장으로 더욱 구체화된다.

---

19) 김춘수, 「대상·무의미·자유」『전집』, p. 378.
20) 위의 글, 위의 책, p. 378.에서 재인용.

무엇이든 오랜 慣習에서 벗어나려고 할 때 우리는 不安해진다. 전연 낯선 세계에 발을 들여놓아야 하는 그 不安과 함께 아직도 많은 사람들이 거기서 安住하고 있는 곳을 떠나야 한다는, 疎外된다는 그 不安이 겹친다. 이러한 不安은 두말할 것도 없이 가치관의 공백기에 생기는 不安이다. 가치관의 空白이란 말은 그것을 의식하는 사람들에게는 虛無한 말이 된다. 懷疑를 모르는 소박한 사람들이 그대로 제자리에 주저앉아 있을 때, 예민한 사람들이 있어 그들이 성실하다고 한다면 이 허무 쪽으로 한 발짝 내디딜 수도 있다. 허무는 글자 그대로 모든 것을 없는 것으로 돌린다. 나무가 있지만 없는 거나 같고, 社會가 있지만 그것도 없는 거나 같다. 물론 그가 그렇게 생각한다고 실지의 나무와 실지의 社會가 없어지는 것은 아니겠지만, 그의 意識 속에서는 어떤 價値도 가지지 못한다. 즉 허무는 자기가 말하고 싶은 대상을 잃게 된다는 것이 된다. 그 대신 그에게는 보다 넓은 시야가 갑자기 펼쳐진다. 이렇게 해서 '無意味詩'는 탄생한다. 그는 바로 허무의 아들이다. 詩人이 성실하다면 그는 그 자신 앞에 펼쳐진 허무를 저버리지 못한다. 그러나 旣成의 價値觀이 모두 편견이 되었으니 그는 그 자신의 힘으로 새로운 뭔가를 찾아가야 한다. 그것이 다른 또 하나의 偏見이 되더라도 그가 참으로 誠實하다면 허무는 언젠가는 超克되어져야 한다. 성실이야말로 허무가 되기도 하고, 허무에 대한 制動이 되기도 한다. 이리하여 새로운 意味(對象), 아니 意味가 새로 소생하고 대상이 새로 소생할 것이다. '道德的인 긴장'이 진실로 그 때 나타난다.21)

김춘수가 "지금 허무를 앓고 있다"22)고 했을 때 그 말은 허무에 대하여 무엇인가를 생각하고 있다는 것을 의미하지 않는다. 그는 오히려 그런 태도를 배격하고자 한다. 그는 "그대로 허무이고자 한다. 아니, 허무라는 글자를 의식하지 않는 상태, 즉 敎外別傳의 상태에 들어가고 싶"23)어 한다. 그것은 그의 꿈이다. 그 꿈이 바로 그의 시라면, 그의 시의 밑바닥에는 그런 의미에

---

21) 위의 글, 위의 책, pp. 378~379.
22) 김춘수, 「대상의 붕괴」『전집』, p. 398.
23) 위의 글, 위의 책, pp. 398~399.

서의 관념이 깔려 있다. 그는 이것을 "매우 역설적"24)이라는 말로 표현한다.

김춘수는 "가장 높은 철학적인 시에 있어서도 본래의 시적인 매력은 의미 속에 존재하지 않는다"25)고 주장한다. 더욱이 그는 플로베르가 그러했던 것처럼, "아무 것도 의미하지 않는 아름다운 詩句는 무엇인가를 의미하는 보다 아름답지 않는 시구보다 낫다"26)는 사실을 중시한다. 결국 그는 "어떤 시구가 무의미하기를 바라는 것이 아니고, 다만 어떤 시구를 시적인 것으로 만드는 것은 그 시구가 표현하는 의미가 아니"27)라는 결론에 도달한다.

김춘수에 의하면 주제나 소재가 시의 전부는 아니다. 그는, "물론 주제에 시가 있을 수 있고, 소재에 시가 있을 수 있지만, 그것들이 곧 시의 전부, 아니 시의 핵심이라고 생각할 때, 우리는 잘못하면 삼류의 사상가로 떨어지게 된다"28)고 주장한다. 다시 말하면 어떤 사상을 시로 착각할 때, 그 사상 자체도 전문적인 사상가의 입장에서 볼 때는 중학생의 푸념 같은 것이 되기도 한다는 것이다. 그에 의하면 시의 허울을 썼다고 사정이 달라지는 것은 아니다. 그러나 그는 시인들 중에 독자적인 훌륭한 사상가가 있음을 인정하면서, 릴케를 그 좋은 예로 든다. 그리고 그는 릴케가 산문 작가가 아님을 상기시킨다. 그에 의하면 릴케는 사상에 수사의 허울을 씌운 그런 사람이 아니다.

그러나 60년대로 접어들자 김춘수는 지금까지 그렇게도 집착했던 릴케로부터 한동안 떠나보기로 작정한다. 그는, 릴케가 그러했던 것처럼 시를 관념이나 사상의 등가물로 취급하려는, 이른바 상징주의적인 태도에 대하여 회의를 품게 되면서 그의 시를 관념으로부터 해방시키고자 한 것이다. 이 때부터 그의 시는 일종의 실험적인 자세를 취하게 된다. 그의 말대로 그 자세는

---

24) 위의 글, 위의 책, p. 399.
25) 김춘수, 「'유년시'에 대하여」『전집』, p. 466.
26) 위의 글, 위의 책, pp. 466~467.
27) 위의 글, 위의 책, p. 467.
28) 김춘수, 「화술과 알레고리」『전집』, p. 445.

매우 의식적인 것이라고 할 수 있다. 따라서 그는, "시는 사상에 있지 않고, 언어의 조직에 있다"29)고 본다. 그는 시를 "언어가 짜는 무늬"30)로 보고, 시는 단순한 센스로 이루어지는 것이 아니라, 총체적 의미(total meaning)로 이루어진다는 리처즈의 주장을 끌어들인다. 그에 의하면 그 의미는 일상적인 차원의 의미가 아니라, 다분히 비유적인 비일상적(형이상적)인 의미이다. 그가 제시하는 예에 의하면, "어조(tone)가 의미의 구실을 한다고 할 때, 그것은 사전에서는 찾아지지 않는, 눈에는 안 보이는, 어떤 민감하고 훈련된 감각만이 포착할 수 있는 그런 것이다. 일종의 촉감, 이를테면 그림의 마티에르와 같은 것이다."31) 그래서 그는, 음악에서 絶對樂이라고 부르는 그 무의미를 청각으로 포착하지 못하면 음악을 놓치게 되는 것처럼, 시의 작자뿐만 아니라 독자도 이런 뉘앙스를 포착하는 감각 훈련이 되어 있지 않으면 결국은 시를 놓치게 된다고 말한다.

그리고 김춘수는 이와 관련하여 문학 교사가 흔히 오버센스를 범하고 있다고 주장한다. "시를 사상으로 환원시켜서 논리적으로 요약하려는 억지를 학생들에게 강요"32)하고 있고, 입시 문제도 이런 것을 요구하는 쪽으로 출제함으로써, 시를 산문처럼 취급하고 있다는 것이다. 그래서 그는 주제가 또렷하고 사상이 강조되고 있는 경우라 하더라도, 시는 주제인 사상만을 위하여 있는 것은 아니라고 주장한다. 이러한 주장과 그가 시에 있어서의 리얼리즘을 전면적으로 부정하는 것은 서로 밀접한 관계에 놓인다.

　　진달래꽃비 오는 西域 三萬里

—서정주「귀촉도」

이것을 왜 우리는 시라고 하는가? 거기에 거짓이 있기 때문이다. 그 거짓

---

29) 김춘수, 『시의 위상』 (둥지, 1991), p. 191.
30) 위의 글, 위의 책.
31) 위의 글, 위의 책.
32) 위의 글, 위의 책.

이 심리적인 차원에서는 진실이 되고 있기 때문이다. 그러니까 이때의 거짓은 물론 물리적인 차원의 거짓이다. 따라서 시는 물리적인 차원과는 다른 것임이 드러난다. 시에서 리얼리즘을 말한다는 것은 아주 엄격한 단서를 붙이지 않는 이상, 무의미한 것이 된다. 여기서의 무의미란 견강부회와 같은 뜻의 말이다.[33]

　무의미시를 주장하는 과정에서 무의미시와 필연적으로 관련되지 않을 수 없는 것이 관념이다. 김춘수는, "어떤 관념은 시의 형상을 통해서만 표시될 수 있다는 것을, 또 어떤 관념은 말의 피안에 있다는 것을 눈치채게 되었다. 나는 관념공포증에 걸려들게 되었다"[34]고 고백한다. 그는 시속에서 관념과 의미를 제거하려는 집요한 노력을 멈추지 않는다.

> 　그 앞에서는 말이 하나의 물체로 얼어붙는다. 이 쓸모 없게 된 말을 부수어 보면 의미는 粉末이 되어 흩어지고, 말은 아무 것도 없어진 거기서 제 무능을 운다. 그것은 있는 것(存在)의 덧없음의 소리요, 그것이 또한 내가 발견한 말의 새로운 모습이다. 말은 의미를 넘어서려고 할 때 스스로 부서진다. 그러나 부서져 보지 못한 말은 어떤 한계 안에 가둬진 말이다. 모험의 그 설레임을 모른다. 나는 설렘에 몸을 맡겨 보고 싶은 충동이 팽팽해졌지만, 간헐적으로 반동이 일어나 말을 아주 제구실의 가장 좁은 한계 안으로 되돌려 보내곤 하였다. 「부다페스트에서의 少女의 죽음」과 같은 詩가 일종 그런 것이다.[35]

　김춘수가 주장하는 의미배제시론은 비대상시론과 불가분리의 관계를 맺고 있다. 그러나 전자가 대상을 중심으로, 후자가 의미를 중심으로 각각 전개되고 있는 점은 서로 다르다.

---

33) 위의 책, p. 154.
34) 김춘수, 「의미에서 무의미까지」『우리는 모두 무엇이 되고 싶다』(문학세계사, 1993), pp. 145~147.
35) 위의 글, 위의 책, p. 147.

V. 절대이미지시론 또는 이미지의 순수화

김춘수는 절대이미지를 경험적 차원에서 논의하면서도, 다른 한편으로는 현상학적인 세계와 관련시킨다. 절대이미지란 무엇인가. 그것은 다르게 말해서 관념을 배제한 순수이미지이다. 그는 이 절대이미지가 이미지를 서술적으로 사용함으로써 만들어진다고 본다. 그에 의하면 그것은 "묘사절대주의의 경지"[36]이다. 여기에서 설명은 완전히 배격되지 않으면 안 된다. 설명은 관념에 대한 설명이기 때문이다. 그는 이렇게 될 경우, "가치관의 입장으로는 일종의 회의주의가 되기도 하고, 현상학적 망설임(판단중지, 판단유보)의 상태, 판단을 괄호 안에 집어넣는 상태가 빚어진다"[37]고 말한다. 그리고 그는 이 상태를 조성하기 위하여 묘사된 어떤 상태만을 인정하되 그 상태에 대한 판단, 즉 관념의 설명은 삼가야 한다고 주장한다.

김춘수는 그가 여태껏 해온 연습에서 얻은 성과를 소중히 살리면서 이미지 위주의 아주 서술적인 시 세계를 만들어 보겠다는 생각을 하게 된다. 물론 여기에는 관념에 대한 절망이 깔려 있었고, 구체적으로는 "현상학적으로 대상을 보는 눈의 훈련"[38]에 몰두하고자 하는 의지가 있었다.

김춘수의 절대이미지시론은 현상학적 세계에 바탕을 두고 있다. 이 점을 분명히 하기 위해 잠시 현상학적 방법에 대해 잠시 살펴보기로 한다.

하이데거에 의하면 현상학이란 기본적으로 방법 개념을 뜻한다. 현상학은 "접근 방법, 일종의 취급 방법을 표시하기 때문에 원칙적으로 다른 학문 분야, 예를 들어 문예학과 같은 분야에도 원용될 수 있다."[39] 이것은 후설의

---

36) 김춘수, 「대상의 붕괴」『전집』, p. 396.
37) 위의 글, 위의 책.
38) 김춘수, 「거듭되는 회의」『전집』, p. 351.
39) M. 마렌 그리제바하, 「현상학적 방법」『문학연구의 방법론』, 장영태 역 (홍성사, 1982), p. 69.

경우에도 동일하다. 다만 하이데거가 그것을 존재에로의 접근방법으로 받아들인 데에 비해서, 후설은 의식 현상이라는 대상에로의 접근 방법으로 받아들인 점이 다를 뿐이다.[40] 그리고 하이데거에 의하면 "현상학이라는 표제는 일종의 원칙, 즉 '사물 자체로!'라고 규정될 수 있는 원칙을 표현한다."[41]

사물 자체에로 접근해 가는 방법상의 조치들에 대해 철학자들은, 대상은 그것을 에워싸고 있는 것으로부터 해방되어야만 개개 요소가 독립될 수 있으며, 이렇게 함으로써 그 대상 자체는 명백히 모순을 드러내게 된다고 설명한다. 후설은 이러한 사고단계를 환원[42] Reduktion이라고 표현했다. 그리제바하의 주장은 계속된다. 이 환원은 양극적으로 관철되어야 한다. 그것은 우선 대상에, 그리고 이 대상을 파악하고자 하는 주체에 해당되기 때문이다. 양극에 걸친 이러한 차단 Ausschaltung은 근원적인 현상학적 관점이 개시될 수 있으므로 우선 수행되지 않으면 안 된다. 대상에 스스로를 내보이지 아니하는—하이데거의 '자신에게서 자체를 내보임'도 이 말에서 기점을 두고 있는 바—일체의 것은 후설에 의하면 '대상을 초월하고 있는 것 das den Gegenstand Transzendierende'이며, 이것은 배제되어야 한다. 이렇게 배제된 이후에 남겨져 있는 것, 그것이 사물 자체이며, 또한 사물의 본질이다.[43]

이러한 점에서 볼 때, 최소한 김춘수가 말하는 현상학적으로 대상을 보는

---

40) 위의 글, 위의 책, p. 70. 참조.
41) 위의 글, 위의 책, p. 71.에서 재인용.
42) 그리제바하는 내용주를 통해 이것을 다음과 같이 설명하고 있다.
  "환원에 대한 이해를 위해서는 후설의 『데카르트적 명상』을 읽는 것이 좋다. 여기서 그는 데카르트적 회의를 극단적으로 밀고 나가 모든 철학의 시초는 통속적인 '자연적 입장'을 버리는 데 있음을 강조한다. 이 때 자연적 입장이란 일체의 이론적 내지 실천적 생활 과정에서 끊임없이 되풀이되는 가운데 부지불식간에 전제로 받아들여지고 있는 세계의 실상에 대한 우리의 입장을 말한다. 이 통속적인 자연적 입장의 탈피, 변경이 바로 현상학적 환원이며, 이러한 환원 이후에 남는 것이 세계에 대한 본질적인 평가로서의 '세계의견'을 지닌 순수의식이다."(위의 글, 위의 책, p. 74.)
43) M. 마렌 그리제바하, 앞의 글, 앞의 책, p. 74.

눈의 훈련과 현상학의 방법은 전적으로 일치하는 것임을 알 수 있다.

김춘수의 순수시와 발레리의 순수시의 차이는 어떨까. 김춘수에 의하면 둘 사이에는 분명히 차이가 있다. 그에 의하면 발레리의 순수시는 시에서 산문의 요소를 모두 배제해버린 그런 성격의 시이다. 그는 그것이 실제로 불가능하다고, 그것이 가능하기 위해서는 시의 매개가 되는 언어가 도구성(수단성)을 완전히 벗어나야 한다고 주장한다. 그러나 그는 "순수시의 성격을 어떻게 규정짓느냐에 따라 순수시는 실지로도 가능해진다. 만약 순수시를 이미지의 쪽으로만 바라본다면 가능해진다"44)고 말한다. 이미지를 순수하게 쓰는 시를 순수시로 보면, 그런 순수시는 가능해진다는 것이다. 그는, 시인이 대개 어떤 관념을 드러내기 위해서 빌리는 이미지는 관념의 도구가 된다고 본다. 그에 의하면 이미지 그 자체가 목적인 이미지로 된 시는 이미지가 도구성을 벗어나 있기 때문에 순수하다. 그러한 시는 일종의 순수시인 셈이다. 그런데 그가 쓴 시는 그러한 순수시이다. 이러한 의미에서 그는, 그의 순수시와 발레리의 순수시는 다르다고 말한다. 이렇게 다르다는 점은, 다음 인용문을 통해 발레리 시의 성격을 파악할 때에도 드러난다.

> 시는, 특히 발레리의 것과 같은 인식의 시는 정신과 사물, 의식과 무의식, 합리와 비합리의 경계, 그들 사이의 접촉점에서밖에 생겨날 수가 없는 것이다. 그런데 '순수한 태도 attitude pure'에 대한 발레리의 편향과 완벽한 지적 유동성은 그와 같은 만남을 어렵게 만든다. 그런데도 그 같은 만남이 때때로 이루어지기도 하는 것은 그가 살려고 애쓰고 자신을 잊어버리며 정신을 잃기도 하는 일이 있기 때문이다. 젊은 파르크의 경우가 그러했듯이, 뱀에게 물리기 전의 인간의 경우가 그러했듯이, 그에게도 저 극단한 의식 hyperconscience의 세계 속에 갇혀 있지 않은 때가 더러 있었다. 이야말로 다행스러운 포기 행위로서 그 덕분에 그의 시가 마치 한 사상가와 한 시인 사이의 멋지고 역설적인 조화의 결실인 듯 성숙할 수가 있었다. 이때 사상가는 오로지 인식에만 흥미가 있고, 시인을 오로지 시가 처음부터 이해받겠다는 목표를 갖지 않은 채

---

44) 김춘수, 「공자와 이오네스크」 『예술가의 삶』 (혜화당, 1993), p. 174.

다만 존재 전체에 도달할 수 있는 음악 속에서만 시를 존중하므로 사상가와
시인은 언제나 동일한 사람은 아니다.45)

김춘수에게 있어서 이미지를 서술적으로 쓰는 훈련, 그것은 매우 중요하
다. 비유적 이미지는 관념의 수단으로 사용되기 때문이다. 그는 이미지를
위한 이미지를 통해서 일종의 시의 순수한 상태를 만들 수 있을 것으로
생각한다.

이미지가 대상에 대한 통일된 전망을 의미하는 것이라면, 김춘수의 무의
미시에는 이미지가 없다. 이것은 그에게 일정한 세계관이 없다는 말과도
같다. 그는 허무가 있을 뿐이라고 말한다. 그는 "이미지 콤플렉스 같은 것은
두말할 나위도 없이 나에게는 없다. 시를 말하는 사람들이 흔히 이미지를
修辭나 기교의 차원에서 보고 있는 것은 하나의 폐단"46)이라고 본다. 이미
지가 없다는 것을, 그는 다음과 같이 정리한다.

한 行이나 또는 두 개나 세 개의 行이 어울려 하나의 이미지를 만들어
가려는 기세를 보이게 되면, 나는 그것을 사정없이 처단하고 전연 다른 활로
를 제시한다. 이미지가 되어 가려는 과정에서 하나는 또 하나의 과정에서
처단되지만 그것 또한 제3의 그것에 의하여 처단된다. 미완성 이미지들이
서로 이미지가 되고 싶어 피비린내 나는 칼싸움을 하는 것이지만, 살아 남아
끝내 자기를 완성시키는 일이 없다. 이것이 나의 修辭요 나의 기교라면 기교
겠지만 그 뿌리는 나의 自我에 있고 나의 의식에 있다. 書道나 禪에서와
같이 동기는 고사하고, 그러한 그 행 자체는 액션페인팅에서도 볼 수 있다.
한 行이나 두 行이 어울려 이미지로 응고되는 순간, 소리(리듬)로 그것을
처단하는 수도 있다. 소리가 또 이미지로 응고하려는 순간, 하나의 장면으로
처단하기도 한다. 連作에 있어서는 한 편의 詩가 다른 한 편의 詩에 대하여

---

45) 마르셀 레몽, 「상징주의의 고전, 폴 발레리」『프랑스 현대시사』, 김화영 역 (문
학과지성사, 1983), pp. 215~216.
46) 김춘수, 「의미에서 무의미까지」『우리는 모두 무엇이 되고 싶다』(문학세계사,
1993), p. 152.

그런 관계에 있다.47)

김춘수에 의하면 이것이 그가 본 허무의 빛깔이며, 그가 만드는 무의미시다. 그는 잭슨 폴록의 그림에서처럼, 가로 세로로 얽힌 궤적들이 보여주는 생생한 단면―현재, 즉 영원이 그의 시에도 있어 주기를 희망한다. 그리고 그는, 그에게 있어서의 허무가 "영원이라는 것의 빛깔"48)임을 토로한다.

자유연상시론이 그러했던 것처럼 절대이미지시론도 서구 순수시론과는 다르다. 이것이 김춘수의 시론을 독창적인 것으로 규정할 수 근거가 될 수 있는가에 대해서도 다른 차원에서 논의해야 할 과제이다.

Ⅵ. 일반시론 또는 편견에 대한 편견

김춘수는 다섯 가지의 측면에서 많은 사람들이 지니고 있는, 시에 대한 편견을 비판한다. 그러나 시를 리얼리즘의 시각으로 보면 그에 의해 편견으로 규정된 것들은 정상적인 견해에 속하는 것들이다.

첫째는 시의 평가 방식에 대한 편견이다. 김춘수는, 사람들이 편견에 사로잡히거나 감정에 치우쳐서 시를 평가하는 태도를 비판한다. "어느 것이 좋고 어느 것이 나쁘다는 식의 아주 간단한 분류법, 예를 들면 쉽게 쓰는 것은 좋고 어렵게 쓰는 것은 나쁘다. 현실도피는 나쁘고 현실참여는 좋다. 시는 '우리'의 문제에 더 관심을 기울일수록 훌륭하다. 논리보다는 美에 더 민감한 것은 부르주아적이다. 이런 따위가 이성적인 발언이 아님은 누구도 쉽게 알 수 있는 일인데도 아무런 뉘앙스도 없이 마구 발설되고 있다"49)는 것이다. 그에 의하면 문화의 양식이건 미각이건 한 발 물러서서 私心(또는 邪心) 없이 보는 것이 이성적인 평가 방식이다.

---

47) 위의 글, 위의 책, p. 153.
48) 위의 글, 위의 책.
49) 김춘수, 「몇 가지 유형」 『전집』, p. 448.

둘째는 시의 구조에 대한 편견이다. 김춘수는, 시의 구조는 이성적이어야 한다는 편견을 비판한다. 그는 그러한 편견을 미국의 신비평가들이 "형이상학파 시인들의 작품을 시의 가장 이상적인 모델로 설정한 데서 생긴 폐단으로 보면서, 형이상학파 시인들의 작품처럼 또렷한 주제가 있을 때는 주제의 전개가 또렷할수록(이성적 구조를 가질수록) 효과적이고 호소력도 커질 수가 있겠지만,"50) 초현실주의 계열의 의식의 흐름이나 禪詩의 비논리적 機微 같은 것에서 보는 것처럼 주제를 가지지 않는 경우는 다르다고 주장한다.

셋째는 시의 사상에 대한 편견이다. 김춘수에 의하면 사상은 이상이므로 쉽게 도달할 수 없다. 그는 사상을 지니고 있다는 사실보다는 사상, 즉 이상에 도달하려는 노력을 하지 않는다는 사실에 비판의 초점을 모은다. 그의 주장의 핵심은 "사상은 그림의 떡이 아니라 실지로 먹을 수 있는 떡이라야 한다는 것"51)에 있다.

넷째는 시의 메시지에 대한 편견이다. 김춘수는 근본적으로 메시지는 산문의 영역에 속하는 것으로 보고 있다. 이것은 "시는 擬記述(pseudo speech)이지만, 산문은 記述(statement)"52)이라는 그의 말과 다음의 인용문에서도 직접 확인되는 사항이다.

> 메시지가 우선하려면 산문의 기술을 택할 수밖에는 없다. 어떤 이념에 투철해지면 그럴 수도 있으리라는 짐작은 가지만, 구차스럽게 시를 두고 그렇게들 할 것이 없이 시를 버리면 되지 않을까? 메시지를 뒤에서 받치고 있는 이념에 비하면 시는 아무 것도 아니지 않는가? 이념을 위해서는 산문이 있지 않는가?53)

다섯째는 시와 체험의 관계에 대한 편견이다. 그에 의하면 체험을 곧 시라

---

50) 위의 글, 위의 책, p. 449.
51) 김춘수, 「사상의 오솔길」『예술가의 삶』, p. 172.
52) 김춘수, 『시의 위상』(둥지, 1991), p. 99.
53) 위의 책, p. 99.

고 보는 것은 낭만주의적 착각이다. 그는 "체험은 남녀노소 물을 것 없이 누구나 일상에서 가지게 되는 그런 것이지, 그 자체가 시일 수가 없다. 시라는 일정한 형식 속에 담길 때 비로소 그 시(poem)의 내용(poetry)이 된다"[54]고 본다. 그는 시를 문화의 핵으로, 문화를 만드는 것(창조)으로, 그리고 이 경우의 '만든다'는 말을 형식을 만든다는 의미로 파악한다. 그가 직접적으로 토로한 "한 편의 시속에 시대의 아픔이 담겨 있기 때문에, 또는 사회의 非를 잘 지적해 주고 있기 때문에 감동적이라고 하고, 그런 감동을 주기 때문에 그것이 바로 좋은 시라고 한다. 이런 따위 단순논리가 어디 있는가?"[55]와 "문화 이전의 감정 따위가 시가 될 수는 없다. 또는 어떤 현학적인 사상이나 어떤 소박한 도그마 따위가 그대로 시가 되지는 않는다."[56] 등은 동일한 맥락에서 나온 주장들이다.

이상에서 살펴본 것처럼 시 일반에 대한 논의는 앞에서 다룬 비대상시론 · 자유연상시론 · 의미배제시론 · 절대이미지시론의 연장선상에서 이루어진 것들이라고 할 수 있다.

Ⅶ. 에필로그

지금까지 김춘수의 시론을 비대상시론 · 자유연상시론 · 의미배제시론 · 절대이미지시론 · 일반시론 등으로 세분하여 살펴보았다. 이제 본론에서 다룬 내용의 큰 흐름만을 결론삼아 요약하면 다음과 같다.

첫째, 김춘수에 의하면 동일한 서술적 이미지라 하더라도 寫生的 素朴性이 유지되고 있을 때는 대상과의 거리를 유지하게 된다. 그러나 그것을 잃었을 때는 이미지와 대상 사이의 거리가 소멸하므로 이미지가 곧 대상이 된다.

---

54) 위의 글, 위의 책, p. 268.
55) 위의 글, 위의 책.
56) 위의 글, 위의 책.

현대의 '무의미시'는 시와 대상 사이의 거리가 소멸한 데서 생긴 현상이다. 그가 말하는 무의미시는 어휘나 센텐스가 아닌, 한 편의 시작품에 부여된 명칭이다. 그에 의하면 대상의 붕괴와 리얼리티의 세계는 매우 밀접한 관계에 있다. 그는, 시에서 대상이 무너지면 시인은 주제를 상실하고 어둠에 묻히게 되는데, 이 때의 어둠은 가치 세계의 바탕이 되는 사실(reality)의 세계라고 말한다. 그는, 어둠과 밝음의 대립을 지양하는 시 쓰기를 자동기술로 설명한다. 그에 의하면 자동기술이란 결국 이들 분열 또는 대립의 상태에 있는 我들을 변증법적으로 지양시켜 통일케 하는 어떤 작용이며 또한 실존의 渾身的 投射이다.

둘째, 김춘수에 의하면 시는 전의식과 의식의 팽팽한 긴장관계에서 완성된다. 그는 자유연상이 현실을 일단 폐허로 만들어 놓고 非在의 세계를 엿볼 수 있게 하는 의지의 旗手로서의 역할을 수행한다고 본다. 그는 세잔이 寫生을 거쳐 추상에 이른 그 과정을 그대로 체험하게 되고, 사생은 사생에 머무를 수만은 없다는 확신에 이르게 되며, 리얼리즘을 확대하면서 초극해 가는 데에, 시가 있다는 사실을 알게 된다. 그런데 그가 말하는 사생은 대상과 배경의 위치를 실지와는 전혀 다르게 배치하는 것을 의미한다. 그는, 논리와 자유연상은 이 과정에서 끼이게 된다고 본다. 그래서 그는 논리와 자유연상이 더욱 날카롭게 개입하게 되면 대상의 형태가 부서지고, 마침내 대상마저 소멸하면서, 무의미시가 탄생하게 된다고 주장한다. 그는 자유연상의 역할을 강조한다. 앞에서 잠시 언급했듯이, 그는 자유연상이 현실을 일단 폐허로 만들어 놓고, 非在의 세계를 엿볼 수 있게 하겠다는 의지의 旗手로서의 역할을 수행한다고 본다. 그는 이미지를 서술적으로 쓰는 훈련을 계속하면서 이미지를 위한 이미지를 사용하는, 일종의 순수시 상태를 지향하기에 이른다. 그가 말하는 자유연상은 바로 이 지점에 위치하는 정신 활동이다.

셋째, 김춘수에 의하면 시의 자유로운 상태는 대상과 의미를 잃음으로써 가능하다. 대상과 의미는 근본적으로 긴장상태를 조성하는 것이기 때문이

다. 그의 이러한 주장은 무의미시의 탄생 과정에 대한 주장으로 더욱 구체화
된다. 그가 허무를 앓고 있다고 했을 때 그 말은 허무에 대하여 무엇인가를
생각하고 있다는 것을 뜻하지 않는다. 그는 궁극적으로 허무라는 글자를
의식하지 않는 상태, 즉 敎外別傳의 상태에 들어가고 싶어한다. 그는 가장
높은 철학적인 시에 있어서도 본래의 시적인 매력은 의미 속에 존재하지
않는다고 주장한다. 그는 어떤 詩句를 시적인 것으로 만드는 것은 그 시구가
표현하는 의미가 아니라는 결론에 도달한다. 그에 의하면 주제나 소재가
시의 전부는 아니다. 그는, 주제나 소재를 시의 전부라고 생각하면, 자칫
삼류 사상가로 떨어지게 된다고 주장한다. 무의미시를 주장하는 과정에서
필연적으로 연관되지 않을 수 없는 것이 바로 관념이다. 그는 집요하게 시속
에서 관념과 의미를 제거하려는 노력을 멈추지 않는다

넷째, 김춘수는 절대이미지를 경험적 차원에서 논의하면서도, 다른 한편
으로는 현상학적인 세계와 관련시킨다. 절대이미지란 한마디로 해서 관념을
배제한 순수이미지이다. 그는 이 절대이미지가 이미지를 서술적으로 씀으로
써 만들어진다고 본다. 그에 의하면 그것은 묘사절대주의의 경지이다. 그는
이 경지에 이르게 될 경우, 일종의 회의주의의 상태에 빠지게 되거나, 현상
학적 망설임(판단중지ㆍ판단유보)의 상태나 판단을 괄호 안에 집어넣는 상
태가 빚어진다고 주장한다. 그의 절대이미지시론은 현상학적 세계에 바탕을
두고 있다. 그에 의하면 그의 순수시와 발레리의 순수시 사이에는 명백한
차이가 있다. 그는 발레리의 순수시를, 시에서 산문의 요소를 일체 배제해
버린 그런 성격의 시로 본다. 그러나 그에 의하면 이미지 그 자체가 목적인
시는 이미지가 도구성을 벗어나 있기 때문에 순수하다. 그런데 그의 시는
그러한 순수시이다. 이러한 의미에서 그는, 그의 순수시가 발레리의 순수시
와는 다르다고 말한다.

다섯째, 김춘수에 의하면 많은 사람들이 지니고 있는 시에 대한 편견은
다섯 가지가 있다. 먼저 시의 평가 방식에 대한 편견이다. 그는 사람들이

편견에 사로잡혀 있거나, 감정에 치우쳐서 시를 평가하는 태도를 비판한다. 다음은 시의 구조에 대한 편견이다. 그는, 시의 구조는 이성적이어야 한다는 편견을 비판한다. 형이상학파 시인들의 작품처럼 또렷한 주제가 있을 때는 주제의 전개가 또렷할수록 효과적이고 호소력도 커질 수가 있겠지만, 초현실주의 계열의 의식의 흐름이나 禪詩의 비논리적 機微 같은 것에서 보는 것처럼, 주제를 가지지 않는 경우는 다르다고 주장한다. 이어서 시의 사상에 대한 편견도 비판의 대상이 된다. 그에 의하면 사상은 이상이므로 쉽게 도달할 수 없다. 그는 사상을 지니고 있다는 사실보다는 사상, 즉 이상에 도달하려는 노력을 하지 않는다는 사실에 비판의 초점을 맞춘다. 그래서 그에게는 또한 시의 메시지에 대한 편견도 비판의 대상이 되지 않을 수 없다. 그는 근본적으로 메시지를 산문의 영역에 속하는 것으로 본다. 마지막으로는 시와 체험의 관계에 대한 편견이다. 그에 의하면 체험을 곧 시라고 보는 것은 낭만주의적 착각이다. 그에 의하면 체험 그 자체가 시일 수는 없으며, 그것은 시라는 일정한 형식 속에 담길 때에 비로소 그 시의 내용이 된다.

제4부

주체적 문화를 위하여

영어 공용어화의 망상

학자들은 한국의 지배이데올로기가 된 신자유주의의 전략을 세 가지로 설명한다. 시장개방을 구체화하는 세계화, 구조조정을 유도하는 노동유연화, 민영화를 허용하는 탈규제가 그것들이다. 이들 중 세계화는 산업·문화·관광·교육·금융 등의 제도적 제약을 제거하여 시장개방을 구체화하는 전략이다. 영어 공용어화 찬성론자들의 주장은 바로 여기에 근거를 두고 있다. 그들은 세계화 전략에 맞추어 한국에서도, 또한 국제자유도시로 발돋움할 제주도에서도 당연히 영어를 공용어로 사용해야 한다고 주장한다. 얼핏 생각하면 한국과 제주도의 발전을 위한 옳은 주장처럼 들릴 수도 있다. 그러나 잘 생각해 보면 그 주장 속에는 언어의 한 측면만으로 언어 전체를 대표하게 하는 성급한 일반화의 오류가 숨어 있음을 알 수 있다.

철학자 하이데거에 의하면, 언어는 '존재가 인간에게' 드러나는 통로이다. 이처럼 언어의 원초적인 힘은 주술적이다. 그의 '언어는 존재의 집'이라는 말은, 모든 사물의 존재는 언어를 통해서만 드러난다는 뜻이다. 이처럼 언어는 내용을 전달하는 도구로서의 역할에 앞서, 주술적인 힘을 통해 모든 사물의 존재를 드러나게 한다. 여기에 '우리'라는 주체를 설정할 경우, 우리를 둘러싼 모든 사물의 존재는 우리의 언어를 통해서만 드러난다고 할 수 있다. 우리의, 우리 문화의 정체성도 우리의 언어를 통해서만 드러나는 것임은 물론이다.

다른 분야에서 그러한 것처럼, 힘의 원리는 두 언어를 공용어로 사용하는 데에도 작용한다(이 경우의 힘은 정치·경제·사회·문화 쪽의 국가적 힘이다). 결국 두 언어는 힘있는 언어와 힘없는 언어로 구분될 수밖에 없다. 이것은 얼마든지 예증될 수 있는 엄연한 사실이다. 인도에서 영어는 지식계급이 사용하는 힘있는 언어가 되었고, 힌디어는 힘없는 언어로 전락했다. 미국이 지배한 이후 필리핀 사람들은 초등교육 기관에서의 2년 동안을 제외하면 주로 영어를 사용한다. 영어는 필리핀어를 제치고 힘있는 언어가 된 것이다. 아프리카에서의 영어와 스와힐리어의 관계도 그와 같다. 조선시대의 한문과 한글의 관계는 그에 대한 더욱더 직접적인 예이다. 영어가 힘있는 언어가 되면, 언어를 매재로 하는 문학작품은 영어로 씌어질 가능성이 많다. 독자들이 영어로 씌어진 작품을 줄기차게 요구할 것이기 때문이다. 그뿐인가. 영화나 연극의 대사는 물론 모든 일상생활에서의 소통도 영어로 이루어질 것이다. 이 모두가 영어 공용어화로 나타날 수 있는, 모골이 송연한 결과들이다.

제주도의 영어 공용어화 찬성론자들은 제주도에서의 영어 공용어화가 ①국제자유도시의 빠른 추진 ②영어교육 환경의 획기적 변화 ③사회적, 경제적 인프라의 글로벌화 ④고유 민속·전통·문화의 세계화 ⑤삶의 지평의 획기적 확대를 가능하게 한다고 주장한다. 평소 영어의 중요성을 절감하는 내가 보아도, 이 주장들 속에 놓여 있는 논리의 빈터는 너무나 많다. 특히 ②와 ⑤는 기를 탁 막히게 하는 주장이다. 한마디로 해서 이 다섯 가지는 영어 공용어화가 아닌, 영어교육 방법의 '획기적 개선'을 통해서 이루어져야 할 것들이다. 설령, 그것을 가능하게 한다 하더라도 그것이 우리의, 우리 문화의 정체성을 지키는 것보다 더 중요할 수는 없다. 우리의, 우리 문화의 정체성을 지키는 것은 곧 우리 자신을 지키는 것과 같다. 우리의 언어가 유린되는 것을 방치하면서, 우리 문화를 온전하게 후손들에게 물려줄 수 있다고 믿는다면 그것은 망상이다.

2000년대의 문화정책은

‘문화’라는 말의 쓰임이 혼란스러운 것은 어제, 오늘의 일이 아니다. 제주도 도정의 네 가지 방침 중에는 ‘문화예술의 진흥’이 들어 있고 제주도 산하기구에는 ‘문화진흥원’이 자리잡고 있으며, 제주도는 이미 ‘세계 섬 문화축제’를 치른 바 있다. 그런데 다른 쪽에서는 ‘문화변동’을 이야기하고 또 다른 쪽에서는 ‘음주문화’, ‘화장실 문화’를 들먹인다. 이러한 현상이 문화라는 말을 정확하게 사용하지 않는 데에서 연유한 결과임은 물론이다.

문화에 대한 개념은 전문적인 분야에 따라 다소 차이를 드러낸다. 인류학에서는 생활 양식이나 어떠한 집단이 남긴 사회적 유산을, 사회학에서는 정신적인 가치를 지닌 것을 문화의 개념으로 각각 내세운다. 그러나 문화를 일상생활의 구성 요소로 보는 관점에서는 그러한 개념들이 아주 유용한 것으로 판단되지 않는다. 무엇보다도 일상생활의 수많은 문화 요소들을 간과하고 있기 때문이다.

가장 일반적인 개념으로서의 문화에는 최소한 세 가지 측면의 세분화된 문화들, 즉 발생 측면의 전통문화 · 창작문화 · 수용문화, 향유 계층 측면의 엘리트문화 · 대중문화, 매체 측면의 음성언어문화 · 문자언어문화 · 통신

문화 등이 모두 포괄되어 있다. 문화가 개별적으로 존재하지 않고 복합적으로 존재하는 것은 그러한 이유에서이다.

2000년대의 문화정책은 먼저 이러한 문화 개념에 입각해서 수립될 필요가 있다. 그 때에 비로소 문화정책은 조직적이고 체계적인 모습을 띠게 되며 그에 따른 실천도 설득력을 지니게 된다.

다음, 2000년대의 문화정책은 문화종사자들에 대한 지원 중심으로 이루어져야 한다. 지금까지의 우리의 문화정책이 문화를 육성의 대상으로 삼아 왔기 때문에 문화는 문화정책의 입김을 곧장 받아 왜곡되는 경우가 많았다.

정작 문화를 육성의 대상으로 삼아야 할 사람들은 엄밀하게 말해서 문화 종사자들이다. 따라서 문화정책은 문화 종사자들을 어떻게 지원할 것인가 하는 쪽으로 수립되고 실천되어야 마땅하다.

마지막으로 2000년대의 문화정책은 '문화' 그 자체를 위한 정책이어야 한다. 문화정책의 목적이 처음에는 그럴 듯하다가도 종국에는 많이 변질되고 변형되는 경우를 우리는 많이 보아왔다. 경우에 따라서는 정치적 목적이나 이념적 목적에 봉사하는 도구로 전락한 적도 있었다.

과거와는 다르게 '문화 진흥'이 정부나 지방자치단체의 시정 방침으로 등장하는 것은 그것의 막중한 중요성을 말해 주는 것이 될 터이다. 그런데 막상 그것을 추진하는 사람들의 의식은 그렇게 많이 바뀐 것 같지 않아 보인다. 아직도 문화 진흥의 본질 쪽에 초점을 맞추기보다는 문화와 크게 관련이 없는 비본질 쪽에 더 초점을 맞추는 인상을 주고 있는 것이다. 문화 종사자들에게는 그것이 좀처럼 이해할 수 없는 부분이다.

경제에 갇힌 문화

1970년대 초의 이야기이다. 경제학을 전공한 기업가가 있었다. 그는 어떤 모임에서도 경제에 대한 이야기가 나오기만 하면 확신에 찬 어조로, "경제적으로 옳은 것은 도덕적으로도 옳다. 훌륭한 경제와 도덕 사이에는 조금의 모순이 없다."고 주장하곤 했다. 나는 우연히 그것이, 공익이 되는 경제 활동은 도덕적이라는 의미를 담은, 미국의 자동차 왕 헨리 포드의 주장임을 알게 된 후부터, 그의 주장과 그의 기업 활동 사이에 놓여 있는 극심한 괴리를 자주 떠올리지 않을 수 없었다. 그는 포드의 주장을 자의적으로 해석하고 그것을, 오로지 돈을 모으는 일에만 집착하는 자신을 그럴 듯하게 합리화하는 수단으로 삼았던 것이다. 결국 그는 사람들로부터 무수히 욕을 먹는 신세로 전락했고, 거느리던 기업들도 모두 도산되는 운명을 맞게 된다. 이것은 공익을 외면하는 기업가가 어떠한 말로에 이르게 되는지를 극명히 보여주는 사례이다.

그 '공익'을 대표하는 것은 말할 필요도 없이 문화이다. 국가가 지속적으로 문화를 지원하는 근거는, 그것이 공익을 대표하는 것이면서 특성상 시장 경제의 원리가 쉽게 적용될 수 없는 분야라는 점에 있다. 문화예술이 아닌,

문화산업 쪽으로 이야기의 초점을 맞춘다고 해도, 큰 범주에서 볼 때는 아직도 사정이 거의 동일하다. 이와 관련하여, 김대중 대통령은 '국민과의 대화'에서 "국민의 정부 들어 처음으로 문화예산이 1%를 넘었다."면서 "문화는 이제 단순히 정신적인 풍요뿐만 아니라 경제적으로 엄청난 힘을 갖고 있다. 경제적 이익을 위해서도 문화는 적극 지원할 가치가 있다."고 말한 바 있다. 그런데 실제로는 어떠한가. 신문 보도에 의하면, 2002년 문화부 예산은 기획예산처에 의해 대폭 삭감되어 정부 전체 예산의 1%에 크게 못 미칠 것이라고 한다. 삭감 대상들에는 지역문화의 육성을 위해 쓰일 예산 항목도 포함되어 있다. 지역문화의 육성을 지향하는 구호들이 공허하게 들릴 수밖에 없는 이유 중의 하나이다.

경제제일주의는 정부가 재계의 준조세 폐지 요구를 받아들여 2002년 1월부터 문예진흥기금 모금을 폐지할 방침임을 밝힌 데서도 확인된다. 모금이 폐지될 경우, 해마다 문화예술계에 지원되는 문예진흥기금은 500억 원 규모에서 40%가 감소된 300억 원 선으로 줄어들게 된다고 한다. 기획예산처에서는 모금을 폐지하고 부족분을 국고로 메꾸겠다고 했지만, 이것은 세금을 크게 늘려 징수하지 않는 한, 현실성이 없는 발상이라는 전문가의 분석이 이미 나와 있다. 모금된 예산으로 이루어졌던 문화예술 활동이 사라진 후에 발생할 정신적인 황폐를 심각하게 생각해 보아야 할 까닭이 여기에 있다.

외국의 경우, 이런 어려움은 주로 기업메세나 활동으로 극복된다. 그러나 누구나 다 알고 있는 대로 특히 제주에서는 이것을 기대하기가 더욱더 어렵다. 그 이유는 독자들이 짐작하는 그대로이다.

경제와 문화는 둘 다 우리의 삶을 위한 필수적 요소이다. 따라서 물질의 형식으로 나타나는 경제만을 중시하고 정신의 현상으로 나타나는 문화를 경시하는 것은, 마치 반쪽의 삶만을 인정하는 것과 같다. 문화 분야에 책정된 예산에서 보듯이, 경제논리가 문화논리를 압도하게 됨에 따라, 지금 문화는 경제에 갇혀 정상적으로 숨을 쉬지 못하는 형국이 지속되고 있다. 그래서 한 편의 소설이나 한 번의 공연이 주는 감동을 수효로 측정할 수 없다는 말은, 수효로 측정할 수 없을 만큼의 큰 영향을 끼친다는 뜻으로도 해석할 필요가 있다.

문화지표 조사가 필요하다

문화지표는 문화통계와 구별된다. 문화통계가 대중의 문화생활 실태를 확인하는 데에 필요한 소극적 자료의 성격을 지닌다면, 문화지표는 대중의 문화생활 수준과 특성을 보여주는 것으로서 문화정책 수립의 기본 방향을 정하는 데에 필요한 적극적 자료의 성격을 지닌다.

유네스코 문화지표 체계는 문화현상 전반에 해당하는 문화적 유산·인쇄매체와 문학·음악·행위예술·시각예술·오디오·시청각 매체·사회 문화적 활동·스포츠와 게임·환경과 자연 등 열 개의 범주로 구성되어 있다. 우리는 이 체계를, 우리의 문화지표를 조사하는 데에 참고할 수는 있을 것이다. 그러나 문화환경이 서구와 현저하게 다른 우리의 문화지표를 조사하는 절대적인 기준으로 삼을 수는 없다. 우리에게는 '인쇄매체와 문학'이라는 항목보다 작가의 경제적·직업적·사회 계층적·세대적·장르적 측면 등의 항목이 훨씬 더 필요하기 때문이다.

과학적이고 실증적인 문화지표 조사의 결과는, 대중의 문화생활을 향상시키기 위한, 그리고 문화생활의 특성을 유지시키기 위한 문화정책 수립의 자료라는 점에서 아무리 강조해도 지나침이 없을 만큼 중요하다. 선진국에

서 이미 오래 전부터 정기적인 문화지표 조사에 힘을 기울이는 것도 바로
그런 점 때문이다.

　서울시정개발원은 오 년 전에 서울 지역에 적합한 이론적 틀에 따라 문화
지표를 조사한 바 있고(장영희 외 3인.『서울시 문화지표 설정 및 측정연구』.
서울 : 서울시정개발연구원, 1996), 청주는 2001년 초에 이미 문화지표 기초
조사를 끝냈다. 그런데 아직까지도 제주에서는 문화지표 조사의 필요성에
대한 논의조차 없다. 문화지표 조사를 위한 본격적인 논의를 시작해야 할
이유들 중의 하나이다.

문화행사 유감

문화는 창조되는 것이면서 다른 한편으로는 수용되는 것이기도 하다. 창조의 주체가 누구이든 창조되지 않은 문화를 생각하기 어렵고, 수용의 주체가 누구이든 수용되지 않는 문화를 상정하기 또한 어렵다.

그런데 창조된 문화가 그냥 수용되는 것은 아니다. 옛날이나 지금이나 똑같이 전승의 방법을 통해서 수용되는 것이다. 이렇게 보면 문화는 창조·전승·수용의 과정을 거쳐야 비로소 제 기능을 발휘하게 되는 것임을 알 수 있다.

문화행사는 문화의 창조·전승·수용의 모습을 한꺼번에 보여준다는 점에서, 그것의 중요성은 아무리 강조해도 결코 지나침이 없을 정도이다. 물론 이에 대한 반론도 얼마든지 가능하다. 가령, 문화행사는 창조나 수용이 아닌, 전승의 방법 쪽에만 위치해 있다는 주장이 있을 수 있다. 그러나 그러한 문화행사가 실제로 있다 하더라도, 그것이 창조나 수용의 측면을 완전히 무시하고 이루어졌다고 보기는 힘들다.

제주에서 열리는 문화행사가 과거에 비해 현저하게 많아진 것은 누가 보아도 바람직한 현상임에 틀림없다. 그러나 이러한 문화행사가—전부 그

렇지는 않겠지만—행사를 위한 행사의 수준에 머무르고 있지는 않은지에
대한 검토는 꼭 한번쯤 해볼 필요가 있다.

문화행사가 행사를 위한 행사인가, 아니면 문화를 위한 행사인가 하는
것은 그 행사의 현장에 가보면 금방 알 수 있다. 행사를 위한 행사에는 공통
적으로 모든 것이 상투적이고 경직되어 있으며 무성의하다. 행사 자체에도
문제가 많다. 행사 시작부터도 그렇고 행사 마지막까지도 또한 그렇다. 이런
경우에 사람들은 몇 가지의 의문을 품게 된다. 그 의문들은 대체로 무엇을
위해서 이 행사를 벌이는가, 누가 이 행사의 주체인가, 언제까지 이 행사를
계속할 것인가 하는 것들인데, 이러한 의문들에 대한 답을 알고 나면 누구라
도 그저 답답하다는 생각을 갖지 않을 수 없을 것이다. 한편, 문화를 위한
행사에는 공통적으로 모든 것이 창의적이고 부드러우며 성의가 넘친다. 이
러한 행사 속의 문화는 그야말로 발전하는 문화, 살아있는 문화이며, 불순한
목적에 연결된 문화, 죽어 있는 문화와는 아주 대조적인 문화이다. 바람직한
문화행사가 어떠한 문화를 창출해내는가 하는 것은 이제 자명해진 셈이다.

바람직한 문화행사를 통해 창출되는 문화와는 별도로 바람직한 문화행사
가 되기 위해서는 최소한 두 가지의 조건이 충족되어야 한다고 나는 생각한
다. 그것의 하나는 문화의 내용·형식에 있어서의 주체성과, 그것의 다른
하나는 문화의 수용자와 각각 관련된 것이다.

제주사회에서 제주문화가 다른 문화를 지배하는 것은 너무나도 당연하
다. 사회를 규정하는 것이 문화라면 제주사회를 규정하는 것은 제주문화이
다. 만일 서울문화, 외래문화가 범람하여 제주사회가 그것에 의해 규정된다
면 그것은 예상하기도 싫은 불행한 결과라 아니 할 수 없다. 그러므로 무엇
보다도 중요한 것은 문화의 '내용과 형식'에 있어서의 주체성을 확고히 하는
일이다. 이것은 단순한 지역주의와는 엄격히 구별되어야 할 성질의 것이다.

한 미학이론에 의하면, 예술작품은 그것의 생산자인 예술가의 창조 결과
만을 가리키지 않는다. 진정한 예술작품은 그 창조의 결과뿐만 아니라 그것

을 수용하는 사람들의 수용행위가 이루어질 때에 비로소 성립된다. 문학의 예를 들면, 작가가 창작해 놓은 인쇄물 형태의 작품은 텍스트에 불과할 뿐이며, 예술로서의 작품이 되기 위해서는 그 문학텍스트가 많은 독자들의 독서행위를 거쳐 다르게 해석되는 여러 작품으로 탄생해야 한다.

이러한 논리는 문화의 경우에도 똑같이 적용된다. 바로 이것이, 문화행사에 있어서의 수용자의 문제에 대해서는, 관객(또는 청중)의 수효를 헤아려보는 단계에서 빨리 벗어나 더 높은 차원에서의 해결방안이 모색되어야 하는 이유이다.

바람직한 제주문화

산업사회에서는 공장의 기계를 이용한 대량생산이 중시되었고 이를 뒷받침하는 공정의 효율성이 강조되었다. 반면에 오늘날과 같은 후기산업사회에서는 예술·정보·지식의 총체인 문화가 중시되고 이 문화를 보존·발전시키는 제도가 강조된다. 산업적인 측면에서 볼 때 문화는 어떤 것보다도 높은 부가가치를 지닌 상품이기 때문이다.

미국의 경우이기는 하지만 문화상품이라는 말이 어색하지 않게 사용되고 산업의 한 품목으로서의 문화산업을 논하는 단계에까지 이르게 된 것을 통해서, 우리는 후기산업사회에서의 문화는 더 이상 관념의 영역에 머무르기를 거부하고 생산과 소비의 현상에 참여할 수도 있는 것임을 알게 된다.

실제로 의식적, 무의식적으로 우리는 남들이 세워 놓고 실천하는 문화산업의 구체적 전략에 따라 문화상품을 소비하는 일에 가담하고 있다. 음악을 예로 들어 말한다면 과거의 재즈·블루스, 최근의 랩·레게음악은 흑인들의 어두운 정서를 바탕으로 만들어진 문화상품들이다. 그것이 무엇을 목적으로 만들어진 것인지에 대한 판단도 해보지 않고 우리나라의 가수나 TV연출자들은 너무도 쉽게 열성적인 소비자가 되고 만다.

우리도 문화상품을 만들고 문화산업을 일으키면 될 게 아니냐고 할 사람이 많을 것이다. 그렇다. 우리도 만들면 된다. 그러나 그것은 당장 만들 수 있는 것이 아니라는 데에 어려움이 있다. 문화의 중요성에 대한 인식은 이러한 이유로서도 반드시 필요하다. 우리나라에서 1990년 1월에 문화부가 발족되어 그동안 소홀히 취급되어 왔던 우리 고유의 전통문화를 보존하고 발전시키는 정책을 폈던 것은 문화의 중요성에 대한 인식의 결과로 볼 수 있을 것이다. 그런데 그 문화부가 얼마 전부터 문화체육부의 한 부서로 격하되었다. 적지 않은 사람들이 이를 계기로 문화정책의 중요성도 함께 축소 조정되는 것이 아닌가 하는 우려를 표명한 바 있다.

그러한 우려는 기실 우리의 문화에 대한 뜨거운 관심에서 비롯된 것일 터이다. 문화가 반드시 산업의 한 품목이 되지 않는다 하더라도 어떤 문화가 바람직한 문화인가라는 물음은 되풀이해서 가져볼 만한 가치가 있다. 바람직한 문화는 우리의 삶을 바르게 이끄는 역할을 하기 때문이다(물론 거꾸로 삶이 문화를 형성하는 측면도 있다). 그 물음과 관련하여 나는 제주문화가 지향해야 할 세 가지 점을 강조하고 싶다.

첫째, 제주문화는 고유문화여야 한다는 점이다. 다른 지역의 문화가 나쁘거나 신통치 않아서가 아니다. 제주문화의 정체성은 제주의 고유문화를 통해서만 나타나기 때문이다. 이러한 주장에 대해서는 물론 반론이 있을 수 있는데, 문화란 정해진 위치에 떨어지거나 땅에서 솟아나는 것이 아니라 굴절과 교류를 통해 서서히 형성된 것이라는 것이 그것일 것이다. 그렇다. 문화는 굴절과 교류를 통해서 서서히 형성된다. 그러므로 '굴절과 교류를 통해 서서히 형성'된 문화는 외래문화가 아닌 고유문화이다. 제주문화가 고유문화여야 한다는 주장의 핵심은 '굴절과 교류를 통해 서서히 형성'된 문화가 아닌, 단순한 외래문화의 포함 가능성을 배제하자는 데에 있다.

둘째, 제주문화는 자주문화여야 한다는 점이다. 자주문화란 지배·종속의 상태를 거부하는 문화를 말한다. 두루 다 알고 있는 대로 우리나라에서 지배문화의 역할을 맡아 온 문화는 서울문화이다. 지역문화는 종속문화의 처지에 놓이기 쉬운 약점을 많이 가지고 있다. 이 약점을 없애기 위해서는 문화적인 힘의 소유가 필요하다. 자주문화든 주체적 문화든 문화적 힘을 지니고 있을 때에 비로소 문화의 존립이 가능하기 때문이다.

셋째, 제주문화는 민간문화여야 한다는 점이다. 민간문화가 아닌 官 主導 문화에서 官의 의도가 民의 의도보다 우세하게 작용하리라는 것은 쉽게 짐작할 수 있다. 의도의 순수함을 말하는 게 아니다. 의도가 순수하다 하더라도 의도에 따라 전개되는 내용이 그러할 것이라는 말이다.

이상의 세 가지 방향은 다른 지역문화에도 똑같이 해당될 수 있다. 그런데도 앞에서 언급한 대로 이 세 가지 방향을 특히 제주문화를 이야기할 때에 강조하고자 하는 것은, 제주의 경우는 다른 지역에 비해 문화 발전을 촉진하는 방안에 대한 사회적 합의가 아직 이루어지지 않았을 뿐만 아니라, 이를 위한 제도적 지원장치도 미흡하다고 판단되기 때문이다.

세시풍속의 올바른 계승

세시풍속이란 사람의 생활전반에서, 계절에 맞추어 옛날부터 관습적으로 행하여 온 민속을 의미한다. 그러므로 사회현상과 결부되어 나타났다가 사라져버리는 일시적 유행과는 쉽게 구별된다. 근본적으로 세시풍속은 사회·계절·사람의 세 요소가 어우러진 관습적 삶의 형태라고 할 수 있다.

세시풍속을 계승해야 할 것인가, 계승하지 말아야 할 것인가라는 물음이 있다면 그것은 대단히 잘못된 물음이다. 거기에는 자칫하면 우리의 삶의 형태를 송두리째 부정할 수도 있는 위험한 발상의 가능성이 담겨 있기 때문이다. 그래서 우리에게 필요한 것은 세시풍속을 어떻게 계승해야 할 것인가 하는 물음이다.

세시풍속의 올바른 계승 방안을 모색하기 위해서는 그에 앞서 세시풍속의 성격을 파악할 수 있어야 한다. 세시풍속의 성격은 대체로 네 가지로 이야기할 수 있는데 반복성·공감성·풍토성·문화성 등이 그것들이다.

반복성은 세시풍속의 가장 중요한 성격이면서 원리이기도 하다. 설날·추석과 같은 명절에 새 옷으로 단장하고 酒饌을 장만하여 조상에게 제사를 지내는 것이 세시풍속일 수 있는 것은 정해진 때에 관습적으로 반복되는 성격 때문이다. 그런 점에서 반복성은 세시풍속을 형성하는 원리라고도 할 수 있다. 그런데 반복성 하나만으로 세시풍속이 온전히 유지된다고 보기는 힘들다. 반복성이 구현하는 가치적 관념의 뒷받침이 있어야 하는 것이다. 공감성은 그 경우의 대표적인 관념이다.

공감성은 세시풍속이 관습적으로 반복되는 이유 쪽에서 발휘되는 성격이다. 사실, 세시풍속이 왜 관습적으로 반복되는가를 물을 때 그에 대한 대답으로 가장 적절하게 내세울 수 있는 것은 공감성뿐이다. 설령, 그것이 직접적, 실제적인 것이 아니라 그와 반대로 간접적, 비실제적인 것이라 해도 사정은 같다. 이것은 우리를 지배하는 도덕이나 윤리에 대한 의식이 얼마나 견고한 것인가를 말해 주는 것이기도 하다.

풍토성은, 세시풍속이 자연환경과의 관련 속에서 존재한다는 원칙에 따른 성격이다. 세시풍속은 계절에 맞추어 행하여 온 민속임을 앞에서 언급한 바가 있거니와, 동식물이 자연환경과 적절히 조화를 이루어야 제대로 성장할 수 있듯이, 세시풍속도 자연환경에 알맞게 형성된 것이어야 오래 유지된다.

세시풍속이 삶의 형태라면, 그것이 삶의 양식을 의미하는 문화 속에 수렴되는 것은 당연하다. 세시풍속의 문화성은 이러한 결과에서 연유되는 성격이다.

세시풍속의 이러한 성격들은 물론 단독적으로 나타나지 않고 서로 중첩되면서 나타난다. 이것은 세시풍속의 올바른 계승방안을 제시하기 어렵게 만든다. 그 방안이 구체성을 지향하는 것이어야 한다면 그것은 더욱더 그렇다. 그러나 아무리 그렇다 하더라도 그것이 그 방안에 대한 논의를 불가능하게 하는 것은 아니다. 논의는 얼마든지 가능한 것이다.

그 논의는 최소한 두 가지의 토대적 당위 위에서 이루어질 수 있을 터인데, 그것의 하나는 세시풍속에 내포되어 있는 전통적 도덕이나 윤리의 중요성을 인식해야 한다는 것이고, 다른 하나는 세시풍속을 전통문화의 차원으로 일반화시켜야 한다는 것이다.

　세시풍속의 올바른 계승 방안을 모색하려는 사람은 누구나 이러한 논의를 거쳐야 한다. 논의를 거쳐 방안을 제시한 후, 마지막에 세시풍속에 스며 있는 인간의 욕망과 갈등, 행복과 고통, 희망과 절망 등 삶의 원리를 추출해 내고 그것을 이 시대에 통용되는 삶의 원리와 비교할 수 있다면, 그러한 작업이야말로 세시풍속에 대한 새로운 시각을 제공하는 계기가 될 것이다.

　세시풍속을 올바르게 계승하는 데에 적용될 수 있는 방안은 형형색색으로 무수히 많을 터이다. 가장 좋은 방안은 항상 그 많은 방안들을 한데 모아 진지하게 검토한 뒤에야 구축되는 것이므로 그러한 기회를 마련하는 것 또한 하나의 방안이라 할 수 있다.

주체적 문화를 위하여

　문화를, 인간의 모든 생활방식 또는 정신적인 가치를 지닌 것으로 정의한다면, 모든 사회는 수준의 높낮이에 관계없이 일정한 문화를 지니고 있다고 할 수 있다. 그런데 중요한 점은 사회가 일정한 문화를 지니고 있다는 데에 있지 않고 사회가 어떤 수준의 문화를 지니고 있는가 하는 데에 있다. 이러한 인식이 전제되었을 때에만 문화가 사회를 규정한다는 주장은 그 타당성을 인정받는다.

　문화는 인간의 모든 생활방식 또는 정신적 가치이므로 그것의 수준이 '인간의 생활'의 수준과 밀접하게 관련될 것이라는 점은 쉽게 짐작할 수 있다. 구체적으로 말해서 수준이 높은 문화는 수준이 높은 '인간의 생활'을 가능하게 하는 데에, 수준이 낮은 문화는 수준이 낮은 '인간의 생활'을 계속하게 하는 데에 각각 인과적으로 작용한다.

　그래서 우리의 관심은, 수준이 높은 문화에 대해 쏠릴 수밖에 없다. 도대체 수준이 높은 문화란 어떤 문화인가? 우리나라의 많은 사람들이 숭앙(?)해 마지 않는 서구문화인가? 아니면 지역의 많은 사람들이 너도나도 접근하려고 애쓰는 서울문화인가? 서구문화와 서울문화가 수준이 높은 문화로 판단

될 정도의 우월성을 지니고 있는 것은 사실이다. 그러나 이 사실이 서구문화와 서울문화를 수용문화의 범주에서 밀어내지는 못한다.

수용문화에 대해서는 그것을 긍정적으로 바라보는 시각과 부정적으로 바라보는 시각이 있을 수 있다. 그 시각이 어떠하든 동질성의 존재 여부를 기준으로 해서 보면, 수용문화는 주체적 문화가 아님이 확실하다. 바로 여기에, '인간의 생활'의 높은 수준을 가능하게 하는, 수준이 높은 문화를 수용문화에서 찾아서는 안 되는 이유가 있다.

우리의 주체적 문화가 수준이 높은 문화로 판정되면, 우리는 자긍심을 가지고 그것을 유지하려는 노력만을 기울이면 된다. 그러나 유감스럽게도 우리의 주체적 문화가 진정한 의미에서의 주체적 문화인가에 대해서는 회의적이다. 실제로 수준이 높은 문화라고 할 수 있는 근거도 희박한 것으로 보인다. 이것은 특히 문화의 전승자, 문화의 창조자들이 심각하게 생각해 보아야 할 점이다.

우리의 문화를 주체적 문화로, 그리고 수준이 높은 문화로 만들기 위해서 맨먼저 해야 할 일은 우리의 문화(제주의 문화)에 의미를 부여하고 그 바탕 위에서 소중한 가치를 찾는 일이다. 서구문화, 서울문화만을 의미있고 가치 있는 것으로 여기고 우리의 문화를 하찮은 것으로 비하하는 사고부터 버려야 한다. 이것은 문화 수용자들에게 더욱 요구되는 사항이다.

다음으로 해야 할 일은 문화를, 모방의 단계에서 벗어난 창조의 단계에서 만들도록 노력하는 일이다. 이것은 물론 문화 창조자들의 몫이지만 무조건 그들의 몫으로만 돌릴 수 없는 사정이 있다. 문화수용자들의, 문화창조자들에 대한 끊임없는 요구와 유형·무형의 자극이 그들을 노력하게 만드는 요인으로 작용하는 측면도 분명히 있기 때문이다. 사정이야 어떻든 문화는 창조적으로 만들어진 것이어야 새로운 가치를 확보할 수 있는 것임은 말할 필요도 없다.

마지막으로 해야 할 일은 문화를 우리의 일상생활의 중요한 구성 성분으

로 자리잡게 하는 일이다. 문화가 우리의 일상생활의 중요한 구성 성분으로
자리잡게 되면, 보다 높은 수준의 일상생활을 영위하려는 욕구를 지닌 사람
들은 끊임없이 수준이 높은 문화를 요구하게 된다. 결국 그러한 요구에 따르
는 우리의 주체적 문화는 수준이 높아질 터이고 그것은 높은 수준의 일상생
활에 기여하게 되는 결과로 이어진다.

　문화의 주체성을 경시하고 현재의 제주 문화에 만족해 버린다면 제주는
글자 그대로 변방의 섬으로 남아 있을 수박에 없다. 우리가 그토록 중시하는
여러 분야의 관광자원도 주체적 문화의 틀 속에서 조명되고 보존될 때 더욱
빛을 발하게 될 것이다.

　국제화, 세계화란 말이 유행처럼 사용되고 있다. 진정한 국제화, 진정한
세계화는 주체적 문화를 소멸시키거나 포기하게 해서는 결코 이루어질 수
없음을 알아야 한다. 그것은 주체적 문화와 상호 작용하면서 이루어지는
것이다. 주체적 문화의 중요성은 여기에도 있다.

시애틀 추장의 편지

1855년, 태평양 연안에 살던 인디언 추장 시애틀은 당시의 피어스 미국 대통령에게 한 통의 편지를 보낸다. 그 편지의 내용은 대통령에 대한 개인적인 부탁도, 찬사도 아니었다. 그것은 미국 정부가 인디언 땅을 사려는 데에 대한 인디언들의 생각을 대변하는 내용이었다. 시애틀 추장은 편지에서 이렇게 말한다. "당신들은 어떻게 하늘과 땅의 온기를 사고 팔 수 있습니까? 그러한 생각은 우리에게는 낯설기만 합니다. 만약 우리가 신선한 공기와 반짝이는 물을 소유하지 않는다면, 어떻게 당신들은 그것들을 살 수 있다는 말입니까?" 편지의 내용은 계속된다. "이 땅의 모든 구석구석이 우리 사람들에게는 신성합니다. 반짝이는 소나무잎, 모래 해변, 깊은 숲속의 안개, 빈터와 윙윙거리는 곤충 하나하나가 우리의 기억과 경험에는 모두 거룩합니다." 이것은 자연환경을 효용적 가치로 판단하는 미국 정부에 대한 시애틀 추장의 준엄한 경고였지만, 요즈음에는 자연환경 파괴, 생태 파괴의 심각한 결과를 일깨우는 말로도 들린다.

말할 필요도 없이, 인간과 자연은 끊임없이 서로에게 커다란 영향을 주고받을 만큼 불가분리의 관계에 놓여 있다. 그래서 동서양의 문학작품에는 자연을 소재로 삼는 경우뿐만 아니라, 인간과 자연의 관계를 다룬 경우도 많다. 문학작품에서는 주로 인간이 자연을 찬양하는 형국이 많이 나타난다. 그런데 2, 3년 전부터 문학을 이야기하는 자리에서는, 에코우사이드(생태파괴)라는 말이 빈번하게 사용되고 있다. 자연환경 파괴나 생태파괴가 우리의 생사와 관련된 중요한 문제가 되었음을 말해 주는 증거이다.

프랑스 한 사상가(조르주 바타유)는, 생명이 인간에 의해 좌우되는 수동적 존재가 아니라, 여건이 갖추어질 때 압력을 행사할 수 있는 능동적 존재임을 강조한다. 그가 주장하는 내용은 대체로 다음과 같다. 원칙적으로 우리가 살고 있는 지구의 표면은 가능한 범위 내에서 생명으로 뒤덮여 있다. 그러나 생명체들과 지역적·풍토적·지질학적 여건이 맺고 있는 항구적인 관계를 고려한다면, 생명은 활용이 가능한 공간의 전체를 점유하고 있다고 할 수 있다. 이 지역적 여건들은 생명이 모든 방향으로 행사하는 압력의 강도를 결정한다. 이 때의 압력은 어떤 방도를 통해 활용이 가능한 공간을 넓히면, 그 공간은 즉시 인접한 공간과 같은 방식으로 점유된다는 의미에서의 압력이다. 그것은 산불·화산 현상에 의해, 그리고 사람의 손에 의해 지구의 한 지점에서 생명이 파괴될 때 잘 관찰된다.

그렇다면 여기에서 주목하고 싶은 것이 바로 그 '지역적 여건들'이다. 한라산에 케이블카를 설치할 경우, 그에 따라 달라지는 '지역적 여건들'이 그 지점의 '생명' 말고도, 인접한 공간의 '생명'까지를 파괴하는 압력을 행사할 수 있기 때문이다. 물론 케이블카를 설치해서 그것이 보여주는 가시적 효과를 기대할 수도 있을 것이다. 그러나 그 가시적 효과는 '잠시 동안'의 효과에 불과할 것임이 분명하다. 잠시 동안 보여줄 가시적 효과 때문에, 파괴되지 않은 그 모습 그대로의 한라산이 아주 오래도록 우리에게 줄 수 있는, 유형·무형의 엄청난 혜택을 포기할 수는 없는 일이다. 이것은 한라산 케이블카 설치를 단순한 편의시설 설치로 인식해서는 안 되는 이유이기도 하다.

시애틀 추장의 편지, 그것은 한라산의 내재적이고 본질적인 가치를 다시
한번 생각하게 한다.

예술 푸대접

비유적으로 말해서, 오늘의 지방자치단체장은 지역의 얼굴이다. 지방자치단체장은 지역을 대표할 뿐만 아니라 인사·예산·조직 등의 부문에서 거의 독점적인 권력을 행사한다. 지방자치단체장이 지니고 있는 진취성·전문성·창조성의 수준이 지역 발전의 수준을 결정하는 것은 바로 이런 점 때문이다.

지방자치단체장은 지역 발전을 위한 일들을 계획하고 추진하며 감독한다. 이 경우, 그 '지역 발전을 위한 일들'이 선거에서 공약한 일들과 동일한 점은 일단 이해할 수 있다 그러나 단체장들이 무조건 '지역 발전을 위한 일'들과 공약한 일들 사이의 수학적 등식 관계만을 고집하는 것은 지역 발전을 위해서도 바람직하지 않다. 단체장들이 내세운 공약만이 지역 발전을 위한 일들의 전부는 아니기 때문이다. 이 말은 단체장들이 공약하지 않은 일들까지도 다 해내야 한다거나, 공약을 지키지 않아도 좋다는 말과는 다르다. 이 말의 올바른 뜻은, 공약으로 내세우지 않은 일이라 하더라도 중요한 일이라고 판단되면 단체장들은 그것을 계획하고 추진하며 감독할 수 있어야 한다는 데에 있다.

어느 지역의 지방자치단체장을 방문하여 그 동안 발간된 문학 단체 기관지 세 권을 '아주 어렵게' 기증한 적이 있다. 굳이 '아주 어렵게'라는 표현을 사용한 것은 그 기증이 책 받기를 거절하는 단계를 거쳐서 이루어졌기 때문이다. 나는 '책 받기를 거절'한 것이야말로 그 단체장이 지니고 있는 문학(예술)에 대한 인식의 수준을 잘 드러낸 상징적인 사례라고 생각한다. 우리나라의 기초자치단체장 232명 중에는 당당하게 시집을 발간하여 주변의 친지들에게 나누어 준 사람도 있고, 그 지역의 시 낭송회에 찾아가 직접 시를 낭송한 사람도 있다고 한다. '책 받기를 거절'한 것과는 너무도 극명한 대조라고 하지 않을 수 없다.

자연인이 아닌, 지방자치단체장에게 책을 기증하려 한 것이었는데도 불구하고 그 단체장이 잠시 동안 책 받기를 거절했던 데에는 나름대로의 이유가 있었을 법하다. 짐작건대, 책을 받으면 앞으로 문학 단체에 지원을 해주어야 할지도 모른다는 판단과 문학 단체에 지원을 해주는 것은 공약 사항이 아니라는 생각이 그것의 '나름대로의 이유'였을 것이다.

의외로 정부 쪽의, 예술에 대한 인식의 수준은 이와 판이하게 다르다. 문화관광부에서는 2000년을 '2000 예술의 해'로 정해 문학분과위원회를 중심으로 예술의 발전을 위한 사업을 적극적으로 전개한 바 있고, 한국문화예술진흥원에서는 예술작품 창작을 지원하는 '문예창작기금' 제도를 시행하고 있다. 그런데 제주도 일부 지방자치단체들의, 예술에 대한 인식의 수준은 앞의 사례가 보여주는 그대로이다.

지방자치단체장들이 행사하는 권력은 온전히 주민들로부터 한시적으로 위임받은 권력에 불과하다. 바로 이 점이 그들로 하여금 선거와 관련이 없는 것들을 철저히 경시하게 하고, 차기 선거를 위한 전략에만 몰두하게 하는지도 모른다. 그러나 그 예술 경시의 근본적인 이유는 아무래도, "만일 그들이 예술을 제대로 이해한다면 그렇게 하지는 않을 것"이라는 식의 어법으로 작성한 여러 가정들 속에서 찾는 것이 타당할 듯하다. 분명히 말하면, 예술

은 푸대접의 대상이 아니라, 인간다운 삶을 영위하기 위해서는 누구나 필수
적으로 접근해야 하는 정신활동의 집적이다.

현실의 도덕과 문학의 도덕

문화부(당시의 명칭임)가 1993년을 책의 해로 정하자 모든 언론들은 앞다투어 책의 중요성을 강조하는 글들을 실었다. 그런데 엄밀하게 따져볼 때 그 '책의 중요성'은 좋은 책을 읽는 일의 중요성을 의미하므로 앞으로 강조해야 할 것은 책의 중요성이 아니라 좋은 책을 읽는 일의 중요성이라야 할 것이다.

좋은 책이란 어떠한 책인가. 한 권의 책을 좋은 책으로 판정하기 위해서는 애매모호한 여러 가지의 문제들을 먼저 정리하지 않으면 안 된다. 현실의 도덕과 문학의 도덕이라는, 얼핏 생각하면 상이한 것 같기도 하고 동일한 것 같기도 한, 두 도덕에 관한 문제는 그러한 문제들 중의 대표적인 것일 터이다.

현실의 도덕은 그것의 전통적 의미나 현대적 의미에 구애받지 않고 사회적인 기능을 발휘한다. 그것은 어느 시대에서나 사회 구성원의 행위를 결정하는 데 영향을 주어왔고, 사회 구성원의 그릇된 행위를 통제해 왔으며, 앞으로도 그러할 것이다. 이것은 사회의 관습이나 제도가 지금까지 그렇게 해왔고, 앞으로도 그러할 것이라는 점과 비슷하다.

현실의 도덕은 사회적 기능을 발휘하므로 그것의 본질적 가치는 당연히 효용성에서 찾을 수밖에 없다. 관념론자들이 아무리 목청 높여 다른 주장을 한다고 해도, 그것은 도덕의 표면에 대한 주장에 불과하다. 다 알다시피 본질과 표면은 절대 동일하지 않다. 오히려 그 둘 사이에는 커다란 차이가 존재한다.

현실의 도덕은 추상적 개념이지만, 그것이 발현되는 통로는 구체적 현실의 도덕적 행위이다. 그래서 구체적 현실과 도덕적 행위는 결코 분리될 수 없다. 그런데 이 경우의 행위어는 가시적으로 확인할 수 있는 행위뿐만 아니라 느끼고 생각하는, 가시적으로 확인할 수 없는 것까지 다 포함된다. 현실의 도덕이 사회적 기능을 발휘하고 효용적 가치를 지니게 되는 것은, 그것이 구체적 현실의 도덕적 행위를 통해서 발현되는 점과 크게 관련이 있다.

문학의 도덕은 어떠한가. 문학의 도덕은 우선 문학작품의 감상 과정이나 감상 결과에서 발견된다. 따라서 누구도 문학의 도덕에 대해서는 옳다거나 그르다고 말할 수 없다. 감동적이라거나 감동적이지 않다고 말할 수 있을 뿐이다.

현실의 도덕이 지니는 효용성은 말할 필요도 없이 현실적 효용성이다. 그런데 문학의 도덕과 관련되는 효용성은 문학적 효용성이다. 그 문학적 효용성은 문학작품의 수용자인 독자가, 도덕에 대한 문학적 경험을 거칠 때에 비로소 느끼게 되는, 어떠한 힘이라고 할 수 있다.

현실의 도덕이 구체적으르 발현되는 형태가 도덕적 행위인 데에 비해, 문학의 도덕이 구체적으로 발현되는 형태는 평가언어이다. 우리는 그 도덕적 행위에 대해서는 떳떳하게 옳다거나 그르다고 말할 수 있지만, '평가언어의 형태로 발현되는 문학의 도덕'에 대해서는 그렇게 말할 수 없다. 평가언어는 인간의 삶이나 사회현상을, 작가가 주관적으로 평가하는 언어이기 때문이다.

그러나 현실의 도덕과 문학의 도덕이 이렇게 구분된다고 해서 두 도덕을

완전히 다른 것으로 취급하거나 방치하는 것이 허용되는 것은 아니다. 건전
한 사회의 양식이 두 도덕에 대해 이성과 교양을 지닌 사람들이 쉽게 수긍하
고 받아들일 수 있는 수준을 갖출 것을 끊임없이 요구하기 때문이다.

한국문학 속의 불교적 세계관

　문학은 美의 범주를 드러내는 예술이고 종교는 眞의 범주를 드러내는 정신 활동이다. 문학과 종교는 이처럼 다르다. 그러나 공통점도 있다. 둘 다 인간존재와 인간의 삶에 대한 성찰을 지향하는 문화현상이라는 점이 그것이다. 그 공통점은 바로 한국문학 속의 불교적 세계관에 대해 말할 수 있게 하는 근거가 된다.

　한국문학 작품에서 불교적 세계관이 드러나는 방식은 두 가지인데, 그것의 하나는 표현형식을 통해 드러나는 방식이고, 다른 하나는 배경을 통해 드러나는 방식이다. 전자의 표현 형식은 주로 역설로 나타나는 기법적 측면을, 후자의 배경은 주로 윤회설로 나타나는 사상적 측면을 각각 가리킨다. 작품에 따라서는 그 두 가지 방식이 함께 드러나기도 한다.

　空의 사상에 의하면 두개의 사물을 분별하는 것은 부질없는 일이다. 모든 존재는 인연에 의해서 생겨난 것이므로 실체란 있을 수 없다. 이 사물을 옷이라고 하고 저 사물을 꽃이라고 하는 것은 사물을 분별하는 행위에 속한다. '반야심경'에 나오는 空卽是色이나 色卽是空, '여럿이 곧 하나요, 하나가 곧 여럿', '부처가 곧 중생이요, 중생이 곧 부처' 등의 말은 그러한 분별행위를 넘어선 경지를 나타내는 말이다. 심지어 불교에는 공도 역시 공이라는 뜻의 空亦復空이라는 말도 있다.

한용운의 「님의 침묵」에서의 "아아, 님은 갔지마는 나는 님을 보내지 아니하였습니다"는 공의 사상에 의거한 역설이다. 이 시에서는 모순·대립·갈등·충돌의 관계에 있는 것들이 변증법적 상상력을 통해 지양되고 있을 뿐만 아니라 존재와 부재가 분별되지 않는다. 이러한 역설로 해서 이 시는 한국 현대시의 훌륭한 성취라는 위치를 획득한다.

넓은 의미에서 말하는 역설은 세계를 인식하기 위한 하나의 방편이다. 세계를 인식하는 형태에는 두 가지가 있다. 그것의 하나는 대상을 그 자체로 인식하는 것이요, 다른 하나는 대상을 넘어선 본질이나 실체를 인식하는 것이다. 역설은 후자의 경우에 해당한다. 역설을 표층역설과 심층역설로 나눌 수 있다면 「님의 침묵」에서의 역설은 두 가지를 다 포괄한다.

「驛馬」는 불교적 윤회설이 배경에 놓인, 김동리의 문학을 이해하는 데에 있어서 아주 중요한 작품이다. 남자 주인공 성기에게는 역마살이 끼어 있다. 부모 곁을 떠나 객지를 돌아다녀야 命이 길어질 수 있다는 운명을 지니고 태어난 것이다. 실제로 그는 집을 떠나 중노릇을 하고 장날에만 집에 와서 책장사를 하는데 체장수 영감이 어머니에게 맡기고 간 딸 계연과 사랑하는 사이가 된다.

두 사람이 결혼해서 정착하기만 하면 역마살은 극복될 수도 있었을 것이다. 그러나 결국 성기와 계연의 사랑은 비련으로 끝나고 성기는 예언된 역마살을 따라 엿목판을 지고 방랑의 길을 떠난다. 사람에 따라서는 이 작품을 운명론적 시각에서 볼 수도 있을 것이다. 그러나 그럴 경우에도 불교적 윤회설은 그냥 그대로 남는다.

한국문학 속의 불교적 세계관은 반드시 문학 연구의 차원에서만 중요한 것이 아니다. 이를테면 그것은 한국인에게 있어서 불교는 무엇인가를 설명할 때 유용한 자료로 사용될 수도 있을 것이다.

제주도를 상징하는 것들

　제주도는 이제 더 이상 절해고도가 아니다. 제주도에는 매년 수백만 명의 관광객이 찾아온다. 2001년의 경우, 제주도를 찾아온 관광객은 411만 명이 조금 넘는다. 그뿐인가. 1991년부터 오늘까지 고르바초프·클린턴·주룽지·나카소네 등 11명의 현직 대통령(총리)이 제주도를 다녀갔다. 머지 않아 김정일 위원장도 제주도에 올 것으로 추측하는 사람들이 많다. 이제 제주도와 절해고도는 등식의 관계에 있지 않다.

　그러나 잘 생각해 보자. 수백만 명의 관광객과 세계 각국의 정상들이 다녀갔다는 사실이 제주도에 대한 담론의 중심적인 화두가 될 수 있을까. 많은 관광객과 세계 각국의 정상들이 제주도를 다녀갔다는 사실은, 그들이 많은 지역들 중에서 제주도를 선택한 결과일 뿐이다. 그 사실이 중심적인 화두가 될 수는 없다. 중심적인 화두는 아무래도 제주도를 상징하는 것들 속에서 찾아야 한다. 제주도의 참모습은 그 속에 들어 있기 때문이다.

　한라산을 중심으로 해서 제주도의 곳곳에 산재한 360여 개의 오름(기생 화산으로서 산이나 봉우리를 의미하는 제주 방언)은 제주도 사람들의 고단한 삶을 간직하고 있다. 세계에서 가장 많은 기생 화산으로 알려진 지중해

시칠리아 섬 에트나山의 기생 화산이 260여 개에 불과하므로 제주도는 실질적인 오름의 왕국이다. 그런데 그 오름들이 목축업으로 생계를 이어간 제주도 사람들의 삶의 터전이었음을 아는 사람은 많지만 4·3항쟁의 거점이었음을, 특히 다랑쉬오름이 토벌대에 의해 입산주민 11명이 몰살된 비극의 현장이었음을 아는 사람은 그렇게 많지 않다.

제주도의 바다는 어떠한가. 제주바다는 단순히 육지와 제주도 사이에 놓인 물리적 현상으로서의 바다가 아니다. 제주바다는 해녀들의 삶의 근거지였고, 그들이 고통스러운 삶을 피해 도달하고자 한 이상향으로서의 이어도가 존재하는 곳이었다. 여기서 중시되어야 할 것은 이어도에 도달하고자 한 그 열망의 정도와 고통스러운 삶의 정도는 정비례했다는 점이다. 그래서 「제주바다」의 시인 문충성은 제주바다를, "누이야 원래 싸움터였다 / 바다가 어둠을 여는 줄로 너는 알았지? / 바다가 빛을 켜는 줄로 알고 있었지? / 아니다, 처음 어둠이 바다를 열었다. 빛이 / 바다를 열었지, 싸움이었다."(「제주바다 1」)고 노래했다.

제주도에는 무속신화·설화·민요 등 구비문학이 풍부하다. 이들 중 특히, 일반적인 우주현상과 인간의 생사를 관장하는 열두 신의 본풀이인('본풀이'는 신의 뿌리나 굿의 원리에 대한 해석·설명을 의미한다. '본풀이'에는 역사적 解寃이라는 의미도 들어 있다.) 무속신화 「열두본풀이」는 제주도 사람들의 세계관과 가치관을 고스란히 담고 있다. 그것은 천지창조의 원리, 육아의 원리, 생명 연장의 원리, 식물의 원리, 재앙과 복의 원리, 농경·목축의 원리, 저승의 원리, 인간 탄생의 원리, 가정 수호의 원리, 동물의 원리, 질병의 원리를 해석하고 있어서 제주도 사람들의 문화적 상상력이 어느 정도인가를, 그리고 생활의 규범·가치가 무엇인가를 잘 보여준다. 그것은 한마디로 제주도 사람들의 존재적 심층을 상징하는 이야기이다. 그것은 세계를 전망하는 한 방법으로서의 신화인 동시에 상상력의 미적 창조로서의 신화이기도 하다.

제주도는 항쟁의 땅이다. 제주도에는 삼별초항쟁(1270) 이후의 방성칠란
(1898)·이재수란(1901)으로 불리는 두 민란이, 일제시대의 해녀항쟁
(1932)이, 해방공간의 4·3(1948. 4. 3) 항쟁이 있었다. 항쟁사의 끝자리에
놓이는 4·3항쟁을 직접 체험한 「순이 삼촌」의 작가 현기영은, 4·3은 일년
넘게 계속된 미군정의 가혹한 압제에 대한 부득이한 저항, 즉 강요된 저항이
있는데도 불구하고 역대 독재 정권들은 4·3을 좌익 폭동으로 몰아서 붉은
단일색으로 칠해버렸다고 말한다. 1948년의 신생 중앙권력은 제주 백성의
절반쯤 죽여도 상관없다고 공언한 적이 있고, 무고한 양민들이 RED
HUNT(빨갱이 사냥)에 대량 학살되었다. 4·3항쟁의 과정에서 폭도나 용공
의 누명을 쓴 채 죽어간 사람은 대략 3만 명으로 추산된다. 그 대참사에서
생존한 사람들은, 1999년 12월, 국회에서 4·3특별법이 통과된 후 피해자
신고를 받기 전까지 4·3에 대한 이야기를 '결코 발설해서는 안 되는' 금기
로 여겼다. 그런데 요즈음 4·3 위령 공원에 대한 논의가 한창인 것을 보면
시대가 바뀌었음을 실감하게 된다.
　4·3은 문학 쪽에서도 수용되어 김석범·현기영·현길언·오성찬·오
경훈·한림화·고시홍 등은 소설을 통해, 문충성·김용해·문무병·김광
렬·김수열 등은 시를 통해 그들의 4·3에 대한 수난사적, 항쟁사적인 시각
을 보여준다. 4·3문학을 이론적으로 논의하는 작업은 수년 전부터 시작되
었다. 제주작가회의(민족문학작가회의 제주도지회)는 매년 '4·3문학 심포
지엄'을 열고 그 내용을 기관지『제주작가』(실천문학사 刊)의 특집으로 다
루고 있다.
　제주도를 관광한 것만으로 제주도와 제주사람들을 담론의 대상으로 삼을
수 있으리라고 생각하는 것은 착각이다. 한국의 어느 지역에 대해서든 쉽게
말할 수 있으랴만, 제주 사람인 나는 그렇게 단언할 수 있다.

찾아보기

(ㅂ)

(ㅇ)

한국 문학과 풍토

인쇄일 초판 1쇄   2002년 09월 30일
          2쇄   2015년 06월 21일
발행일 초판 1쇄   2002년 10월 15일
          2쇄   2015년 06월 24일

지은이 김 병 택
발행인 정 찬 용
발행처 새미
등록일 1987.12.21, 제17-270호
서울시 강동구 성내동 447-11 현영빌딩 2층
Tel : 442-4623~4 Fax : 442-4625
www. kookhak.co.kr
E- mail : kookhak2001@hanmail.net

ISBN 978-89-5628-029-5[03800]
가 격 13,000원

*새미는 국학자료원 의 자매회사입니다.
*저자와의 협의 하에 인지는 생략합니다.
*잘못된 책은 구입하신 곳에서 교환하여 드립니다.